보통 맛

보통 맛

최유안 소설집

민음사

차례

1부

본게마인샤프트

방문을 연 혜령은 할 말을 잃고 잠시 멍하니 서 있었다. 시야를 가로막은 것은 8층짜리 원목 책장이었다. 그 위로 뾰족하게 솟은 천장 중앙이 한눈에 들어왔다. 책장을 기준으로 구분된 좌우 공간은 좁지 않았지만 가구라고는 양쪽 구석에 싱글 침대와 어깨너비의 책상이 하나씩 놓인 게 전부라 단출했다. 입술을 꾹 깨문 혜령이 안쪽으로 막 들어서려는 순간 복도에서 '쿵' 소리가 났다. 누군가 웅얼대더니 바퀴 구르는 소리도 이어 들렸다. 뒤를 돌아본 혜령의 눈앞에 한참을 꾸물거리다 나타난 사람은 혜령의 것과 비슷한 크기의 짐을 끌고 방으로 들어오는 아시아계 여학생이었다.

"할로."

혜령은 대답하듯 가볍게 고개를 숙여 인사했다. 그녀가 혜령에게 다가와 손을 내밀었다.

"나는 멍이야!"

혜령이 건성으로 손을 끼워 넣었다. 제대로 듣지 못한 이름을 기억해 내느라 반사적으로 몸을 기울인 채였다.

"윤혜령이야."

혜령은 손을 빼내며 그녀를 살폈다. 키가 크고 깡마른 데다 쌍꺼풀 없이 두터운 눈두덩, 돌출된 구강 구조와 작은 입술 때문에 맹한 데가 있어 보이는 인상이었다. 게다가 중국이라니, 동양 애들을 몰아넣으면 좋아할 거라고 생각했나 보지.

혜령은 자신이 할 줄 아는 독일어를 적극적으로 동원해 그녀가 언제 독일에 도착했는지, 입국 도시는 프랑크푸르트였는지 뮌헨이었는지, 중국 어느 지역 출신이고 나이는 몇인지 물었다. 룸메이트는 비교적 정확한 문법으로 시간을 들여 자신을 소개했다. 그녀는 중국에서도 산업화 속도가 느린 서안 출신이었고 혜령보다는 한 살 어렸으며 이미 독일어 전공으로 대학을 한 번 졸업했다고 말했다. 혜령도 그랬다. 경영학 학위는 한국의 구직 시장에서 발에 차일 정도로 흔한 것이었고 독일에서 다시 시작하는 학위 과정은 돌파구나 다름없었다. 혜령이 생각하는 사이 그녀가 덧붙이듯 한 말은 서독에 비해 저렴한 물가 때문에 동독을 택했고, 2인 1실에 배정되었다는 건 오늘 오전 행정실 직원과의 면담을 통해 알았다는 거였다. 혜령 역시 자리가 잡히는 대로 '독일은 철저한 개인주의 이념 때문에 모든 기숙사가 1인 1실'이라던 서울의 유학원 담당자에게 연락하겠다고 벼르던 참이었다.

혜령이 이미 방의 오른쪽에 서 있었으므로 룸메이트가 자연스럽게 왼쪽을 사용하기로 했다. 이삿짐이라고 해 봐야 이민 가방이 전부였지만 둘은 오후 내내 짐을 정리했다. 누가 먼저랄 것 없이 책장부터 채웠다. 가방 가득 들어 있던 옷과 책을 다 쟁여 넣고도 책장이 텅텅 빈 게 상대편에서 훤히 들여다보일 것 같았다. 혜령은 가져온 물건 중에 가장 크기가 큰 고추장 통을 들어 올렸다. 속옷과 여름옷을 넣어 둔 것이었다. 아무리 그래도 고추장 통은 시각적으로 좀 그렇지. 들고 있던 통을 바닥에 내려놓다가 우연히 반대편 책장에 놓인 노트에서 룸메이트의 이름을 발견했다. 간체자였지만 금방 알아 볼 수 있을 만한 단어였다. 이름이 몽(夢)이구나.

늦겨울 낮은 유독 짧았고 배는 금방 고파 왔다. 더 어두워지기 전에 함께 장이라도 보러 갈까 싶은 마음에 혜령이 몽을 불렀다.

"저기."

그때 마침 현관문이 열리는 소리가 들렸다. 능숙한 독일어 대화가 뒤를 이었다.

"나가 보자, 애들이 왔나 봐."

스테파니와 멜라니는 근처의 소도시에서 나고 자랐다고 했다. 멜라니보다 조금 더 체격이 우람하고 쾌활해 보이는 스테파니가 몽과 혜령에게 차례로 악수를 청했다. 그러곤 혜령의 이름을 여러 번 발음했다.

"쉽지 않은 이름이네."

창백한 낯빛의 멜라니가 거북목이 도드라지도록 고개를 내밀며 혜령을 바라봤다. 잠시 어색한 침묵이 감돌았다. 혜령은 앞머리를 쓸어내렸고 몽은 신발 끝을 바닥에 찧고 있었다. 방문 열쇠를 만지작거리던 스테파니가 영화를 보는 게 어떻겠냐고 물었다. 고픈 배를 의식하면서 혜령이 입술을 끌어올려 웃으며 말했다.

"좋은 생각이야."

방에 DVD가 많다는 멜라니가 할리우드 영화와 독일 영화 중 어떤 것이 좋은지 물었다. 혜령이 생각도 않고 대답했다.

"그야 물론 독일 영화지!"

멜라니와 스테파니는 90도 각도로 마주본 각자의 방 문고리를 쥐고 열쇠를 꽂아 넣었다. 혜령은 멜라니가 문을 열었을 때 방 안쪽을 재빠르게 훑었다. 커다란 벽이 두 방을 가르며 꼿꼿이 서 있었다. 혜령의 얼굴 근육이 빠른 속도로 뻣뻣하게 굳었다. 이 집엔 방이 세 개네.

멜라니는 최근 극장에서 상영했던 로맨스물을 골라 왔다. DVD 표지에 영화의 줄거리와 의의가 짧게 소개되어 있었다. 첫 구절은 이랬다. '뇌 구조가 직선형인 남자 주인공 얀은 상대의 의도를 다각도로 파악하는 데 어려움을 느끼고, 뇌 구조가 다선형인 여자 주인공 카트린은 목적 달성형 미션에 어려움을 느낀다.' 넷은 카트린이 보내는 언어 신호를 얀이 이해하지 못할 때마다 비명을 지르며 흥분했다. 가끔 주인공의 대사가 알아듣기 힘들 정도로 빨리 지나갔을 때, 스테파니와 멜라니 둘만 소리 내 웃었을 때, 어려운 단어가 등장했을 때 스테파니는 혜령과 몽을 바라봤다. 그러다가 혜령이 화장실을 다녀왔을 땐 어느새 장면마다 독일어 자막이 붙어 나오고 있었다. 혜령은 일부러 적절한 시기를 골라 웃거나 콧소리를 냈다. 혼자만 웃을 때마다 불안했다.

영화가 끝나고 방문을 열자 거실에 쉰내가 진동했다. 스테파니가 물었다.

"이게 대체 무슨 냄새야?"

"무슨 냄새?"

코를 킁킁대던 혜령의 머릿속에 퍼뜩 떠오르는 것이 있었다. 혜령은 서둘러 방으로 들어가 가방을 들고 밖으로 다시 나오며, 기어들어 갈 듯 작은 목소리로 말했다.

"김치 봉투가 터졌어."

몽이 김치 국물이 다른 곳에 묻지는 않았는지 걱정스

럽게 물었다.

"한참 말리면 냄새는 달아나."

몽이 말하며 걸레를 찾으러 방에 들어갔다. 스테파니는 굳은 표정으로 고개를 돌렸다. 위축된 혜령은 그 자리에서 변명을 할까 하다 말없이 가방을 끌고 화장실로 들어갔다. 김치 국물을 닦아 내고 방에 돌아와 남은 짐을 정리할 때까지 묘하게 언짢은 기분이 혜령을 따라다녔다.

두 시간쯤 지났을 때 스테파니가 방문을 두드렸다.

"잠깐만 나와 봐."

잠옷을 갈아입던 몽과 유학 첫날의 감회를 곱씹으며 일기를 쓰던 혜령이 일사불란하게 거실로 나갔다. 스테파니는 분리수거 하는 법, 쓰레기 버리는 법, 식사 후 뒤처리하는 법까지 꼼꼼하고 세세하게 기록된 A4용지 두 장짜리 규칙을 식탁 위에 내밀었다. 혜령은 종이를 넘기며 조항의 수를 살폈다. 스무 개가 넘었다. 규칙에 까다롭고 조항에 민감한 게 독일인들이라는 걸 귀가 닳도록 들어 왔으나, 제품 안내서나 카드 설명서도 제대로 읽은 적이 없는 혜령에게 이 상황은 낯설기만 했다.

스물한 번째 조항은 '사생활 조항'이었다. '밤 8시 이후, 오전 9시 이전에는 소음 행위를 금지함.' 혜령은 입술을 비죽 내밀었다. '역겨운 냄새를 동반한 음식은 공용 냉장고에 넣지 말 것.' 혜령은 얼굴을 찌푸렸다. 짜증과 모멸감이 함께 밀려들었다. 서둘러 욕실로 들어가는 스테파니의 뒷모습을 보며 몽에게 낮은 목소리로 물었다.

"김치 냄새가 역겨워?"

그러자 몽이 말했다.

"글쎄, 그건 애들한테 물어봐야 하지 않을까?"

아직 거실에 진동하는 김치 냄새를 맡으며 혜령은 이 집에 정붙이고 사는 일이 쉽지만은 않을 거라는 걸 직감했다.

그 직감은 그날 밤새 다른 방식으로 증명되었다. 몽은 코를 심하게 골았고 혜령은 저러다 코가 막혀 버리는 건 아닐까 걱정하며 뜬눈으로 밤을 지새웠다. 다음 날 아침에 몽이 '중국에서 독일까지 오느라 피곤했다.'라고 해명했지만, 혜령은 혹시나 몽의 기분이 상할까 봐 '서안보다 1600킬로미터 더 먼 인천에서 독일까지 비행한 후에 다섯 시간 넘게 기차를 타고 기숙사 방에 들어와서도 제대로 잠이 들 수 없었다.'라는 사실은 늘어놓지 않았다.

그럭저럭 도시와 학교에 적응해 가는 사이 몇 주의 시간이 흘렀다. 스테파니와 멜라니는 매월 마지막 주 금요일 저녁이면 부모님이 있는 도시로 가 주말을 보내고 돌아오곤 했는데, 이번에는 공휴일까지 겹쳐 둘 다 자리를 오래 비울 예정이었다. 혜령과 몽은 이른 저녁 식사를 함께한 후 거실에서 한가로이 시간을 보내고 있었다. 혜령은 식탁 의자에, 몽은 소파에 앉아 각자 할 일을 하며 가끔 대화를 주고받았다.

스테파니의 방에서 벌써 수십 번째 벨 소리가 울리는 중이었다.

"어쩐지 전화를 받아야 할 것 같아."

몽이 혜령을 보며 말했다. 혜령이 쉽게 반응하지 않자 몽이 안절부절못하더니 결국 일어나 스테파니의 방으로 걸어갔다. 굳게 잠겨 있을 줄 알았던 문이 의외로 쉽게 열리자 도리어 당황한 몽이 혜령을 바라봤다. 혜령은 굳은 표정으로 어깨를 으쓱할 뿐이었다. 바깥 불빛에 의지해 어둠 속을 걸어 들어간 몽이 수화기를 귀에 갖다 댔다. 궁금해진 혜령이 고개를 내밀어 방 안쪽을 들여다봤다. 몽은 한참 만에 침울한 표정으로 방에서 나왔다.

"스테파니야. 햄스터 먹이 주는 걸 잊었대."

혜령이 입을 꾹 다물고 몽을 물끄러미 바라봤다. 스테파니가 뭔가 부탁했다는 사실보다 스스로 세운 규칙 중 스물한 번째 '사생활 조항'의 1항, '다른 사람을 방해하는 행위를 금지한다.'를 침범하고 있다는 사실을 몽이 함께 깨닫고 있기를 바랐다. 기대와 달리 몽은 스스럼없이 햄스터가 뛰어놀 짚을 새것으로 갈고, 사료를 넣고, 물통을 갈아 끼웠다. 혜령은 한 글자도 눈에 들어오지 않는 수업 교재로 눈을 돌렸다. 전화를 받은 사람이 자신이 아닌 게 다행이라면 다행이었다. 본게마인샤프트가 어떤 공간인지 기억하자고 스스로 되뇌기까지 했다. 공동체지만 사생활이 철저히 보호되는 공간. 함께 살지만 다른 이의 삶을 속속 알지 않기로 합의한 공간. 그곳이 바로 '본게마인샤프트'가 아니던가.

혜령은 읽고 있던 교재에 고개를 깊이 파묻었다. 철학 세미나 과제로 주어진 텍스트였다. 세미나는 매주 다른 주제의 자료를 읽고 와 토론하는 식으로 진행됐고 다음 주 강의 주제는 '18세기 독일철학사조'였다. 수강생들에게는 이마누엘 칸트의 『순수이성비판』을 다룬 텍스트가 과제로 주어졌다. 한국 대학에서 철학과 수업을 몇 번 들었던 혜령은 이번만큼은 몽보다 좋은 점수를 받을 자신이 있었다. 혜령과 몽이 함께 살고 나이도 비슷한 데다 쪽지 시험 결과까지 매번 비슷해 그렇지 않아도 은근히 비교를 당하던 차였다. '인간은 자신의 내면에 있는 범주를 통해 인식한다.' 벌써 반나절 넘게 붙들고 있는 이 문장은 칸트 인식론의 한 구절이었다.

방에 들어와서도 몽은 햄스터가 계속 신경 쓰이는지 스테파니의 방을 자주 들여다봤다. 뭐라도 도와줘야 할 것 같은 의무감에 혜령도 불편하긴 마찬가지였다. 신경을 건드리는 건 그뿐이 아니었다. 오후에 한두 방울 내리던 빗줄기가 밤이 되면서 무서운 속도로 강해지고 있었고, 저녁을 너무 일찍 먹은 탓인지 배도 고팠다. 혜령은 책장 한구석에 넣어 뒀던 봉투에서 호밀빵 한 조각을 꺼내 초콜릿 잼을 듬뿍 발랐다. 그때 몽의 침대 등이 꺼졌다. 햄스터 뒤치다꺼리에 지쳤는지 꼼짝도 하지 않고 누워 있는 것 같았다. 혜령은 조심히 빵을 입에 넣고 우물거렸다. 초콜릿 풍미에 기분이 좋아졌다. 코를 고는 소리가 희미하게 들려왔다. 내친김에 빵 한 조각을 더 꺼내 정성스럽게 잼을 발랐다. 빵을 베어 물었을 때 다시 전화벨이 울렸다. 혜령은 빵을 그대로 접시 위에 올리고 옆에 있는 이어폰을 쥐어 조심히 귀에 꽂았다. 머리카락은 이어폰이 잘 보이도록 위로 올려 고무줄로 묶었다. 열리고 닫히고 다시 열리는 방문의 움직임을 보지 않아도 생생하게 느꼈다. 방문 앞에 선 몽이 혜령을 불렀다. 혜령이 대답하지 않자 더 큰 소리로 불렀다. 혜령은 느긋하게 이어폰을 귀에서 떼어 냈다. 몽의 목소리가 한껏 고양되어 있었다.

"잠깐 나와 봐."

혜령이 몽을 따라나섰다. 복도를 지나는 어둠 속에서 거칠게 창문을 두드리는 빗소리가 들렸다. 스테파니의 방문 앞까지 가서야 몽이 말했다.

"햄스터가 죽어 있어. 천장에 달린 봉은 어두워지면 위험하니까 치워 달랬는데 잊어버렸어. 죽은 햄스터 머리에 피가 터졌어."

울먹거리며 몽은 마지막 말을 겨우 뱉어 냈다. 스테파니가 사체를 치워 주길 원한다고. 막 방에 들어가려던 혜령이 발걸음을 멈췄다.

"뭐라고?"

머리가 터진 쥐새끼 사체를 치워 달라고? 다음 할 말이 생각나지 않아 잠시 멈춰 섰다. 몽이 어서 들어가자고 채근하듯 혜령을 바라봤다. 마비된 언어를 더듬듯 단어마다 천천히 힘을 주어 가며 혜령이 몽에게 물었다.

"넌 햄스터가 죽은 걸 이미 본 거지?"

몽이 가까스로 대답하며 주저앉았다.

"응. 너무 무서워."

혜령은 몽을 일으키며 안심시켰다.

"그냥 두자. 스테파니가 와서 치울 거야."

"스테파니가 치워 달라고 했단 말이야. 무섭다니까 혜령에게 도움을 청하라고 했어."

혜령은 여전히 한 발짝도 앞으로 내딛지 못했다. 방문을 열기만 해도 죽은 동물 냄새가 진동할 것 같았다.

한참을 서 있다가, 혜령은 결국 돌아섰다.

방에 들어와 혜령은 호흡을 가다듬었다. '혜령에게 도움을 청하라.'라고 했다는 스테파니의 말이 자꾸만 귓가를 맴돌았다. 혜령은 허공의 스테파니를 오래 쏘아봤다. '넌 네가 나의 생활을 침범하고 있다는 사실을 알아둘 필요가 있어.'라고 중얼거리며.

몽은 한참 뒤 방에 들어왔다. 혜령이 고개를 돌려 몽을 바라봤다. 스테파니가 과연 부탁을 한 건지 강요를 한 건지, 말투가 어떻고 태도는 어땠는지 물어볼 셈이었다. 무엇보다 '그러게 뭐 하러 잘 알지도 못하는 햄스터를 돌보겠다고 나섰느냐.'라고 한마디 해 주고 싶었다. 혜령을 의식하는 게 분명한 몽은 오히려 말없이 침대에 누웠다. 씻지도 않고 옷도 갈아입지 않은 채 그대로 잠드는 것 같았다. 혜령도 스탠드를 끄고 누웠다. 오지 않는 잠을 애써 청했다. 잠결에 뒤척이다 팔뚝만 한 햄스터가 혜령의 몸에 깔려 죽어 있는 꿈을 꿨다. 꿈속에서도 스테파니가 화낼 것이 무서웠다.

스테파니는 물론이고 멜라니 역시 도통 다른 이에게 관심이 없었다. 한 번도 한국이나 중국, 혹은 몽이나 혜령에 대해 궁금해하거나 알려고 하지 않았다. 혜령이 냄비에 끓여 놓은 미역국을 보고 멜라니가 흐느적거리는 생물 같다며 진저리를 치고, 물이 흥건한 욕실 바닥 때문에 스테파니가 혜령에게 몇 번 주의를 준 것이 다였다. 멜라니는 제 방에 들어가면 있는지 없는지 알 수 없을 정도로 조용했다. 혜령도 그들에게 쓸데없는 관심을 쏟지 않기로 했다. 어느 순간부터는 스테파니와 멜라니의 존재를 구별하는 일도 의미 없어졌다. 혜령에게 그들은 여러 비슷한 특징들로 인식되었다. 그들은 같은 독일인이었고, 금발 머리에, 비슷한 인상이었으므로 거의 한 명인 것처럼 느껴졌다. 혜령은 속으로 그들을 부를 때면 스테파니, 멜라니의 끝 글자를 따서 '니 시스터즈'라고 퉁쳐 불렀다. 혜령은 이들 '니 시스터즈'를 피해 아침 일찍 집을 나갔고 저녁 늦게 집에 들어왔다. 요리는 거의 해 먹지 않았고 집안 살림살이도 거의 만지지 않았다.

같은 방을 쓰는 몽은 거의 매일 잠들기 전에 침대에 누워 혜령에게 이것저것을 물었다. 아시아 전역을 휩쓴다는 한국 드라마와 연예인에 대해, 한국의 교육열과 중국과의 외교 관계에 대해, 한국 남자들과의 연애에 대해. 혜령은 거의 대답하지 않았다. 대화가 깊어지고 논리가 복잡해질수록 생각하는 것이 부담스러웠다. 정치적으로 공산주의라면서 경제적으로 시장경제 체제를 추구하는 중국의 국가 전략을 자랑스레 내뱉는 몽의 논리가 혜령으로서는 모순적이기 이를 데 없었다.

몽이 또 혜령을 불렀다. 혜령은 그만 자는 게 좋겠다고, 오늘은 아주 피곤하다고 답했다.

한참 뒤에 몽이 다시 혜령을 불렀을 때 혜령은 아무런 대답도 하지 않았다. 천장에 붙어 있는 형광별만 잠자코 들여다보고 있었다. 두어 번 혜령의 이름을 다시 부르던 몽이, 들릴 듯 말 듯 한 소리로 말했다.

"근데 말이야. 내 이름은 멍이야, 몽이 아니고."

혜령의 얼굴이 달아올랐다. 어둠 속 공기가 탁하고

덥게 느껴졌다. 언젠가 멍이 혜령의 얼굴을 물끄러미 들여다보며 했던 말이 기억났다. "내 이름은 멍이야." 지금이라도 일어나 미안하다고 말해야 하나 생각했다. 천천히 커지는 멍의 코 고는 소리를 들으며 혜령은 빛이 사그라져 가는 형광별을 올려다봤다. '몽'이 한국식 한자 발음이라는 것, 같은 한자라도 국가에 따라 발음기호가 천차만별이라는 사실을 혜령은 그 후 한참이 지나 알게 되었다. 그때까지 혜령은 멍의 이름을 소리 내 발음할 상황을 일부러 만들지 않았다.

'니 시스터즈'가 없는 주말이 다시 왔다. 혜령과 멍은 함께 강의를 듣는 외국인 친구들을 불러 모았다. 각자 자신의 국가를 대표하는 음식을 만들어 식탁이 가장 넓은 혜령과 멍의 집에서 모이기로 했다. 혜령은 김밥과 불고기를, 멍은 중국식 볶음 요리를, 유코는 일본식 계란말이 다마고야키를, 이프게니아는 불가리아식 샵스카 샐러드를, 에바는 대만식 볶음국수 요리를 선택했다. 멍은 자기 몫을 빨리 끝내고 김밥 만드는 걸 도와주겠다며 커다란 프라이팬에 재료를 아무렇게나 넣고 볶기 시작했다. 팔각과 산초가 재료에 섞여 들어가자 혜령이 재채기를 했다. 이 광경을 벌써 여러 번 목격한 멍이 여유롭게 허리에 손을 얹으며 웃었다.

친구들은 불고기가 특히 맛있다고 했다. 혜령은 다음

엔 더 맛있는 한국식 찜 요리를 해 주겠다고 큰소리를 쳤다. 아이들이 환호하는 동안 멍이 커다란 대접에 볶음 요리를 담아 냈다.

"이게 무슨 요리야?"

혜령이 묻자 멍이 말했다.

"이름이 없어. 그냥 중국식 요리야."

유코와 이프게니아가 젓가락과 포크로 고기와 파프리카, 양파를 한꺼번에 집어 입에 넣었다. 이프게니아가 엄지를 추켜들자 유코가 엄지 두 개를 번쩍 들어 동의했다. 멍이 밥을 조금 담아 와 그 위에 흩뿌렸다. 혜령은 입을 비죽 내밀었다. 멍이 향신료를 빼고 먹으면 좀 괜찮아질 거라고 혜령을 위로하듯 말했다. 이프게니아가 다마고야키를 입에 넣으며 정색했다.

"너 정도면 양호한 거야. 이번에 우리 집에 들어온 아프리카 애는 대체 뭘 해 먹는지 모르겠어. 냄새가 집 밖으로 빠져나가지 않는 탓에 숨이 막힐 지경이라니까."

그 아프리카 친구, 쥐라도 구워 먹는 거 아니냐고 누군가 농담조로 이야기하자 모두 웃기 시작했다. 그 순간 갑자기 현관문 잠금장치가 딸깍 열리는 소리가 났다.

당황한 건 이쪽만이 아니었다. 문을 열고 들어온 스테파니는 어쩔 줄 모르는 표정으로 잠시 현관문을 닫지 못한 채 서 있었다. 혜령은 반사적으로 시계를 확인했다. 밤 9시 30분을 지나고 있었다. 스테파니가 자기 방으로 들어가자 친구들이 서로 시선을 교환했다. 이프게니아가 큰 눈을 끔벅거리며 소곤댔다.

"쟤가 스테파니지? 딱 봐도 알겠다."

친구들은 서둘러 짐을 꾸렸다. 가지고 온 음식 통을 정리하고 옷을 주섬주섬 찾아 입었다. 나이가 가장 많은 에바가 정리하는 것을 돕겠다고 접시와 포크, 쟁반을 싱크대에 넣다가 락앤락 통 하나를 바닥에 떨어뜨렸다. 쨍하는 소리가 거실의 공기를 흔들었다. 모두가 굳은 자세로 그 소리를 들었다. 혜령이 에바의 손에 들린 수세미를 거칠게 낚아챘다.

"괜찮아. 그냥 다들 집에 가 주면 좋겠어."

모두가 가는 소리를 들었겠지만 스테파니는 방에서 나오지 않았다. 멍이 행주를 들고 우물쭈물했다. 혜령은 독일식으로 싱크대에 뜨거운 물을 붓고 그 안에 접시를 채우는 대신 접시 위에 직접 수세미를 대고 거칠게 문질렀다. 시계를 보며 안절부절못하는 멍과 접시를 싱크대 위에 턱턱 내려놓는 혜령이 묘하게 긴장되는 분위기를 감지하는 사이 스테파니가 커다란 샤워 타월을 들고 방에서 나왔다. 스테파니는 바로 욕실로 가지 않고 거실에 서서 싱크대를 지켜봤다. 혜령은 싱크대 위에 놓인 접시 사이에(거기에는 혜령과 멍의 것뿐만 아니라 스테파니와 멜라니의 것으로 추정되는 물건도 있었다.) 포크와 젓가락을 쑤셔 넣었다. 멍이 손으로 입술을 뜯으며 혜령의 주위를 맴돌았다. 팽팽한 긴장을 깨고 혜령이 말했다.

"나도 알아. 8시 이후에는 설거지 금지인 거."

스테파니가 쿵쿵거리며 거실을 가로질러 욕실 문을 닫았다.

"먹은 후에는 뒤처리를 해 놓으라며. 뭐 어쩌라는 거야."

혜령이 욕실을 향해 소리를 지르자 멍이 혜령의 팔을 잡았다. 멍의 손이 가늘게 떨리고 있었다. 그렇지 않아도 맹하게 보이는 멍의 두꺼비눈에 눈물이 금방이라도 맺힐 듯 아른거렸다. 혜령이 다시 소리를 질렀다.

"야. 우리나라에서는 밤에 세탁기를 돌려도 상관없어. 새벽에 분리수거를 하든 말든 다른 사람들은 관심이 없다고. 너네만 규칙 있고 우리는 없냐? 그만 좀 깐깐하게 굴어. 재수 없게!"

혜령이 욕실에 대고 신나게 소리를 질러 댔지만 정작 욕실 안에서는 별 반응이 없었다. 물소리도 들리지 않았다. 혜령은 끼고 있던 고무장갑을 손에서 빼 내던졌다. 그러곤 그길로 현관문을 닫고 집을 나왔다. 시원한 콜라나 맥주를 마시고 싶었다. 깜깜한 어둠 속, 멀리 반짝이는 정류장의 불빛을 바라보며 혜령은 생각했다.

'여긴 밤에 문 여는 상점이 없는 독일이지.'

답답한 마음에 공연히 기숙사 건물만 두어 바퀴 돌았다.

방에 돌아왔을 때는 벌써 자정을 넘긴 후였다. 그때까지 자지 않고 있던 멍은 스테파니가 상황을 이해하고 있을 거라고 위로하듯 말했다. 그 말이 오히려 미묘하게 혜령을 자극했다. 멍은 스테파니가 아니라 혜령의 편에서 이 상황을 해석하고 있어야 했으니까. 혜령은 말없이 침대에 누웠다.

스테파니가 등장하는 꿈을 세 번쯤 꿨다. 그중 한 꿈속에서 스테파니는 혜령에게 규칙을 어긴 벌로 욕실 청소를 시켰다. 혜령이 청소를 하려고 변기를 들여다보자 묽은 똥이 혜령을 향해 빠르게 부풀어 올랐다. 스테파니가 굳은 표정으로 혜령을 지켜보고 있었다. 멍이 그 옆에서 불쌍한 눈으로 혜령을 바라봤다. 혜령이 울먹였다. '몽…….' 그러자 멍이 소리를 질렀다. 내 이름은 '멍'이라니까! 혜령이 변기 속을 들여다봤다. 부스러기 같은 똥 덩어리가 곧 넘쳐흐를 것 같았다. 그러던 어느 순간, 누군가 엄청난 완력으로 혜령의 머리를 변기통 속으로 밀어 넣었다.

"아, 스테파니, 스테파니!"

비명을 지르다 눈을 뜨니 아침이었다. 중국에 있는 부모님과 영상통화를 하던 멍이 놀란 눈으로 혜령을 바라봤다. 순간 꿈속에서 스테파니 옆에 서 불쌍하게 혜령을 바라보던 멍의 눈이 떠올라 혜령은 멍을 향해 울부짖듯 말했다.

"몽, 넌 아무렇지도 않아?"

멍이 서둘러 전화를 끊었다. 조금 뒤 전화가 다시 울렸지만 멍은 받지 않았다.

"죽은 햄스터 뒤치다꺼리나 시키고, 시원찮은 규칙이나 만들어 못살게 굴잖아. 넌 이 상황이 싫지 않아?"

멍이 혜령을 향해 안타까운 표정을 지어 보였다.

"스테파니도 나름대로 노력하잖아."

하아. 혜령은 한숨을 쉬며 멍에게서 시선을 거뒀다. 멍이 입술을 꾹 다문 채 혜령을 바라봤다. 그 눈이 꼭 '내 이름은 멍이라니까.'라고 말하는 것 같았다. 순간 자신이 멍을 또 '몽'이라고 불렀다는 것을 깨달은 혜령은 머리끝까지 이불을 올려 덮었다.

'몽이든, 멍이든, 널 어떻게 부르든 내 맘이야!'

잠시 후 멍이 밖으로 나가는 소리가 들렸다. 혜령은 이불을 박차고 일어나 스테파니의 방으로 걸어갔다. 거실 의자에 앉아 있던 멍의 시선이 혜령을 따라 움직였다. 똑똑. 혜령이 문을 두드리자 멍이 의자에서 벌떡 일어났다. 혜령의 머릿속도 하얗게 변했다. 준비된 멘트가 없었다. 안쪽에서 대답이 없자 기분이 묘해진 혜령이 표정을 굳히며 더 크게 노크했다. 잠시 후 스테파니가 아직 잠에서 깨지 않은 듯 헝클어진 머리를 부스대며 방문 사이로 얼굴을 내밀었다.

"햄스터 말이야."

스테파니는 잔뜩 미간을 찌푸렸다.
"넌 네가 만들어 놓은 규칙을 그날 이미 어겼어."
스테파니가 혜령을 바라봤다. 기분이 드러난 표정이라기보다 뭐가 어떻게 돌아가는지 모르겠다는 눈빛이었다. 혜령은 스테파니를 보며 뭔가 잘못된 것 같다고 생각했다. 그러나 당장 상황을 수습해야 했고 그래서 조금 더 용기를 냈다. 심장이 놀랄 만큼 격렬하게 뛰었다.
"넌 몽에게 햄스터의 사체를 치워 달라고 했어. 부탁이 아니라 강요였고."
"강요?"
"네가 만들어 놓은 규칙 21조 '사생활은 간섭하지 않는다'. 너는 그날 나와 몽의 저녁을 완전히 엉망으로 만들어 놓았지. 1항, 서로에게 방해가 되는 일은 하지 않는다. 5항, 서로에게 도움을 구할 때는 정중하게 부탁한다. 넌 내게 부탁하지 않았어. '강요'했지."
스테파니가 입술을 실룩거렸다. 그 실룩거림에 마지막 말이 자동으로 뱉어졌다.
"넌 어젯밤에 내게 그런 반응을 보일 자격이 없었어."
혜령이 모든 이야기를 하는 동안 스테파니는 조금도 흥분하지 않았다. 오히려 당황한 것은 혜령 쪽이었다. 말을 할수록 엉키는 독일어 문장. 손가락 사이로 흩어지는 모래를 한없이 두 손으로 퍼 올리는 느낌이었다. 묵묵히 이야기를 다 듣고 난 스테파니의 입에서 겨우 한

마디 말이 흘러나왔다.

"유감이네."

유감? 유감이라니! 적어도 '노력해 볼게.'라든가, '잘못했어.' 하는 종류의 대답이 나왔어야지! 혜령의 입술 사이로 가벼운 한숨이 저절로 나왔다. 할 말도 더 이상 생각나지 않았다.

"조심할게. 오케이?"

스테파니는 심드렁하게 말하곤 웃었다. 차갑고 건조한 웃음이었다.

"이제 문 좀 닫아도 될까?"

말이 끝나기 무섭게 스테파니의 방문은 쿵 소리를 내며 닫혔다. 혜령은 다시 스테파니의 방문 가까이에 손을 갖다 댔다. 분노보다 억울함에 가까운, 그보다 처량함에 가까운 감정에 가슴이 터질 것 같았다.

'대체 내가 뭘 잘못한 거지?'

멍이 두 손으로 양 볼을 감싸 쥔 채 모든 걸 고스란히 목격하고 있었다.

혜령은 오전에 당장 행정실을 찾아가 스테파니 방과 같은 크기의 빈방이 있는지 물었다. 도시 전체에 있는 100여 개의 본게마인샤프트 중에 자신이 살고 있는 곳이 그나마 저렴한 편에 속한다는 사실을 알게 된 건 그때가 처음이었다. 혜령은 지금의 방보다 100유로는 족히 더 나가는 스테파니 방의 월세를 보고 조용히 서류를 덮었다. 가지런히 정리된 서류철에서 직원이 빼 든 것은 혜령이 한국에서 보낸 계약서였다. 혜령은 물끄러미 서류를 바라봤다. 뒷면 '2인실 배정 동의'란에는 혜령의 서명이 굵고 진하게 남아 있었다. 가격이 저렴하면 뭐든 괜찮다고 생각했던 기억도 아스라이 떠올랐다.

군이 요청하지 않았음에도 직원은 이사에 필요한 비용과 절차에 대한 부가 설명을 시작했다. 천재지변이 아닌 이유로 이사하는 경우 수수료는 30유로, 시에 부담하는 추가 이주 수수료 10유로, 이사 직전에는 반드시 하우스 마이스터에게 집 검사를 받을 것, 구성원 모두로부터 퇴사자가 책임질 가구 파손 등의 청구 사항이 없음을 확인받은 동의서를 제출할 것. 이 과정을 모든 구성원의 합의하에 진행할 것. 그것이 바로 본게마인샤프트, 주거 공동체에 사는 사람의 의무이자 규칙이라는 것까지. 전에 없이 친절하고 깍듯한 설명이었다. 혜령은 스테파니가 사는 그 방을 포기했다. 대신 지금 사는 방의 계약 연장서에 서명하고 사무실을 나섰다.

집에 돌아오는 길에 근처 마트에 들렀다. 진하고 달콤한 밀카 초콜릿을 따뜻한 우유에 넣어 마시며 헛헛한 마음을 달랠 셈이었다. 초코칩이 박힌 라이브니츠 미니 쿠키나 초콜릿 파이도 나쁘지 않지. 혜령은 식품 코너가 있는 쪽에 시선을 고정하며 입구 회전판을 부드럽게 밀었다. 베이커리 코너에서 번져 나오는 풍미 가득한 양귀비씨 호밀빵 향기가 혜령의 코를 사로잡았다. 초콜릿 케이크가 좋겠어. 혜령은 충동적으로 베이커리를 향해 몸을 돌렸다. 운명의 장난처럼 혜령이 발견한 것은 베이커리 뒤편 생활용품 코너에서 물건을 고르는 스테파니였다. 혜령은 반사적으로 걸음을 멈췄지만 몸을 숨길 여유도 없이 스테파니가 혜령 쪽을 바라봤다. 혜령은 그 자리에 꼿꼿이 선 채 스테파니를 향해 어색하게 웃었다. 스테파니의 손에는 포크 세트와 접시가 들려 있었다. 심장이 덜컹 내려앉았다. 말없이 식기를 쓴 것마저 싫었나. 식기를 새것으로 바꿔 버리겠다는 건가. 혜령의 굳은 표정을 보던 스테파니가 말을 걸었다.

"식기가 부족하잖아."

혜령은 의심스러운 눈으로 스테파니를 바라봤다.

"뭐라고?"

스테파니는 작게 헛기침을 두어 번 하고는 말을 이었다.

"어제 보니 친구들 식기가 충분하지 않더라. 그래서 사러 왔어."

혜령은 스테파니의 얼굴을 빤히 들여다봤다.

"괜찮으면 오늘 저녁에 멜라니와 멍과 함께 식사할래?"

스테파니의 미소는 차분했으나 어색했다. 온몸이 뻣

뻣하게 굳은 채 혜령은 엉겁결에 고개를 끄덕였다.

"좋아, 그럼 뭘 먹을까? 뭐 먹고 싶은 거 있어?"

대답을 듣지 않고 스테파니는 앞장서 걸었다. 스테파니의 몸집에 반쯤 가려진 채 혜령은 그녀의 뒤를 따랐다. 몽의 말, 아니 '멍'의 말처럼 스테파니는 혹시 나름의 방식대로 나를 이해하고 있는 게 아닐까. 오싹했다. 그렇게까지 심하게 말하는 게 아니었는데. 혜령은 잠시 망설였다. 어제 일은 우발적이고 충동적이었다고, 그럴 생각까지는 아니었노라고 말할까 싶었다. 혜령은 장 보는 엄마를 따라나선 아이처럼 이것저것 물건을 고르는 스테파니 곁에 섰다. 스테파니가 빨간 사과가 좋아, 파란 사과가 좋아? 하고 물었을 때, '매운 맛'이라고 적힌 소스 봉투의 글자를 읽으며 한국인한테 이 정도는 매운 것도 아니지? 하고 물었을 때, 혜령의 내면에 설명할 수 없는 낯선 감정들이 차곡차곡 들어찼다.

계산대에서 혜령은 일부러 더 무거운 봉투를 골라 들었다. 스테파니가 말렸지만 혜령은 굳이 스테파니가 들고 있던 봉투에서 상품 몇 개를 꺼내 자신이 든 봉투에 옮겨 담았다. 그러자 이번에는 스테파니가 봉투를 바꿔 들었다. 혜령의 가슴속에 무언가 쿵 소리를 내며 떨어졌다. 정작 정해진 생활 규칙을 깬 건 내가 아니었던가. 혜령은 자신의 옹졸함을 인정하고 스스로를 힐난했다. 그러고는 스테파니 옆에 나란히 서서 집까지 걸었다. 거실

벽에 붙어 있던 생활 규칙서가 없어진 걸 알았을 때 혜령은 완전히 안심했다.

넷은 처음으로 함께 식사를 하며 더없이 평화로운 시간을 즐겼다. 살짝 익힌 면에 크림을 얹고 데친 브로콜리와 파프리카를 곁들인 파스타 요리, 으깬 토마토에 올리브유를 둘러 만든 따뜻한 수프가 메뉴의 전부였지만 더할 나위 없었다. 혜령은 참으로 오랜만에 온전한 평화로움을 느꼈다. 낯선 독일에 적응할 수 있도록 도와주는 친구들을 향한 감사의 마음이 솟아 뭉클해졌다. 왜 처음부터 스테파니에게 불편한 점을 말하지 않았던 걸까. 스테파니의 제안을 받았을 때 내 의견을 조리 있게 전달했더라면 그토록 불편한 시간을 겪지 않았을 텐데. 혜령은 스스로를 끊임없이 질책했다. 스테파니는 스테파니대로, 멜라니는 멜라니대로, 멍은 멍대로, 또 자신은 자신대로 모두를 그대로 인정하고 이해해 주었으면 좋았을 텐데. 못난 나는 어째서 내 세계의 둘레에 갇혀 있었던 걸까.

넷은 수개월 전 함께 본 영화 내용을 회상하며 웃었고, 스테파니는 멍과 혜령에게 학교 생활과 수강하는 과목들, 함께 공부하는 친구들에 대해 물었다. 네 사람의 대화 사이에 간간이 웃음이, 환호 섞인 비명과 감탄사가 친밀감을 대변하듯 흘렀다.

멍이 스테파니에게 저녁 식사를 제안했다는 것은 누

군가 흘러가듯 한 말이었다. 혜령이 멍을 쳐다봤을 때 멍은 아무렇지 않다는 듯 볼 깊은 프라이팬을 가리켰다.

"더 먹을래?"

혜령은 가볍게 고개를 저었다. 곧 멜라니가 혜령에게 칸트는 다 해석했느냐고 물었기 때문에 멍에 대한 혜령의 생각은 거기서 멈췄다.

그러다 어느새 밤이 깊어져 누군가 오늘 설거지할 사람을 제비뽑기로 정하자고 했다. 혜령이 자진해 손을 들었다. 그러자 스테파니가 돕겠다고 했다. 스테파니와 혜령이 서로를 바라보며 웃었다. 멜라니는 바닥 청소를 하겠다고, 멍은 식탁을 치우겠다고 했다. 모두 각자의 자리에 서서 자신이 맡은 일을 시작했다. 혜령은 세제를 묻힌 수세미로 접시를 하나씩 닦아 싱크대 위에 차곡차곡 올렸다. 물이 너무 뜨거워서 온도를 조금 낮췄다. 콧노래가 나왔다.

스테파니가 조용히 싱크대 위를 바라봤다. 그 눈빛이 예사롭지 않다는 걸 눈치챈 혜령이 조심스럽게 설거지통에 세제를 풀고 뜨거운 물을 받았다. 접시는 설거지통 안에 넣어 다시 닦았다. 헹군 접시는 식기세척기 안에 차곡차곡 넣었다. 그러자 스테파니가 식기세척기 안에 넣은 접시를 꺼내 마른 수건으로 닦고 다시 넣었다. 이 의미 없는 행위가 계속 반복됐다. 혜령은 젖은 접시를 식기세척기에 넣었고, 스테파니는 접시를 꺼내 마른 수건으로 깨끗이 닦은 후 그 안에 다시 넣었다.

'그러게. 나 혼자 한다니까 뭘 거들어.'

혜령이 입술을 비죽거리며 기름을 둘렀던 프라이팬을 집어 들었다. 마침 식탁 위에 두루마리 화장지가 있어 그걸 몇 장 쥐어 프라이팬에 얹었다. 그러자 스테파니는 도저히 못 참겠다는 듯 '꽥' 비명을 질렀다. 혜령은 멍한 얼굴로 스테파니를 쳐다봤다. 혜령이 쥐고 있던 프라이팬을 스테파니가 거칠게 뺏어 갔다. 그러더니 프라이팬 위에 올려놓은 휴지를 벌레 다루듯 손가락 끝으로 집어 쓰레기통에 처넣었다.

"너, 먹을 것도 이 위에 올리더라. 더럽게!"

혜령은 스테파니의 말을 들으며 두루마리 화장지로 시선을 돌렸다. 얼마 전 그 위에 올린 건 튀긴 오징어였다. 음식이 눅눅해지지 않도록 화장지에 받쳐 기름기를 흡수시킬 생각이었다. 그토록 세세한 자신의 행동까지 스테파니가 눈여겨봤을 거라곤 생각조차 하지 못했다. 무엇보다 혜령은 지금 자신의 상황이 도무지 이해되지 않았다.

지켜보던 멍이 의자에 주저앉았다. 청소 도구를 찾으러 방에 들어갔던 멜라니의 방문은 열리다 말고 다시 닫혔다. 하아. 한숨을 내쉬며 혜령은 싱크대에 손을 얹었다. 손이 미세하게 떨렸다. 혜령은 그대로 서서 잠시 눈을 감았다. 쥐고 있던 수세미를 설거지통 안에 집어 던진 후 그 자리를 빠져나왔다. 어두운 복도 끝 혜령의 방에서 불빛이 새어 나오고 있었다. 그 빛이 하염없이 외롭게 복도를 비췄다. 사방이 칠흑같이 어두웠지만 혜령은 복도의 전등을 켜지 않았다. 길고 좁은 복도가 음침했다. 혜령은 희미한 빛을 따라 좁고 어두운 복도를 걸었다. 설거지를 하다 칼에 베였는지 오른쪽 엄지손가락 한쪽이 욱신거렸다. 혜령은 손가락을 그러모아 주먹을 쥐었다. 우리는 여전히 서로를 잘 모른다. 앞으로도 그럴 것이다. 그 당연한 사실에 안심하며 혜령은 주먹을 더 꾹 움켜쥐었다.

내가 만든 사례에 대하여

1 인터뷰

비가 오는 금요일 저녁 을지로입구역은 퇴근하는 사람들과 쇼핑백을 든 관광객들로 북적였다. 나는 출구로 가는 통로에 서서 휴대폰의 메일 목록을 뒤적이는 중이었다. 습한 날씨에 더위를 먹은 건지 휴대폰이 자주 버벅댔다. 한참 만에 학과 공지 메일에서 찾아낸 논문 마감일은 지금으로부터 네 달 후였다. 나는 날짜를 역산해 인터뷰 횟수를 가늠했다. 인터뷰이들과 시간만 잘 맞추면 미리 계획한 두 번의 인터뷰 후에도 두어 번 추가 인터뷰가 가능할 것 같았다. 사례 정리와 논문 작성을 번갈아 진행하기에 충분하지는 않은 시간이었지만 촉박

하지도 않았다. 관건은 인터뷰를 진행하며 논문의 결론에 도달하는 데 도움이 될 적절한 사례를 발굴해 내는 거였다. 화면을 끄고 고개를 들어 방향을 더듬었다. 출입구 안쪽으로 사람들이 밀려 들어왔다. 나는 깊이 숨을 한 번 들이마시고 바깥을 향해 걸었다. 몸 깊숙이 심장 뛰는 소리가 둔중하게 들려왔다.

출구는 유난히 번잡스러웠다. 빗물을 머금은 눅진한 여름 공기 입자들이 한데 숨을 죽이고 있다가 사람들을 하나씩 삼켰다. 도시로 섞여 나가는 사람들이 순서대로 열은 숨을 토해 냈다. 온 나라가 찜기 안에 들어 있는 것 같은 한국의 장마. 에어컨 냉기가 사라지자마자 숨이 턱 막혔다. 안경 렌즈가 삽시간에 부옇게 변했다. 나는 손을 뒤로 뻗어 가방 입구를 열고 안쪽을 뒤적거렸다. 안경집이 깊숙이 처박혔는지 손에 걸리지 않았고 등에는 금방 땀이 솟았다.

하필 안경집이었고 하필 난민 기구에 가는 길인 탓이었다고밖에 설명할 수 없겠지만, 그때 내 기억 속에 어렴풋이 떠오르는 장면들이 있었다. 그것은 한 사람의 얼굴로 나타나기도 했고 어떤 장소에 있는 사물로 나타나기도 했으며 바람이나 냄새를 동반하기도 했다. 아주 흐릿해서 거의 보이지 않을 지경이었지만 나는 기억의 늪 위로 떠오르려는 것들의 실체를 짐작하고 있었다. 어떤 것들은 실체를 마주하기 전에 알아차리게 되기 마련이고, 그게 두려움이나 공포라면 반응 속도는 훨씬 빠르니까. 나는 내가 지도 교수의 메일을 받은 후 2주 만에 인터뷰 약속을 잡고 이곳에 도착하기까지 그 장면들을 떠올리지 않기 위해 최선을 다해 왔다는 사실을 인정하지 않을 수 없었다. 사실이 그렇다고 하더라도, 어쩔 텐가. 나는 빠른 걸음으로 출구를 빠져나가 사람들의 무리에 섞여 버렸다.

난민 기구를 찾은 건 학위 논문에 쓸 인터뷰를 최신 것으로 수정하라는 지도 교수의 조언 때문이었다. 제네바 국제개발대학의 저명한 노학자인 내 지도 교수는 내후년 정년퇴직을 앞두고 있었고, 퇴직 즉시 학계에서 손을 떼고 유엔 난민 기구 본부의 의회 고문으로 활동하기로 계약한 상황이었다. 그는 오랫동안 논문을 끌어 오던 몇몇 학생들에게 직접 연락을 하는 것으로 그가 갖고 있던 부채감을 덜어 냈다. 나는 '우선 연락 대상'의 하나였음이 분명하다. 내가 인터뷰를 중도에 포기하고 일언반구도 없이 한국으로 돌아와 5년이 넘게 아무런 연락을 취하지 않은 채 학위 과정을 방치한 것이 지도 교수에게는 몹시 의뭉스럽게 느껴졌을 터였다. 그는 내게 보낸 메일의 말미에 용기의 의미에 대해 썼다.

용기란 주어진 상황을 헤쳐 나가는 것이 아니라 주어진 상황을 품고 가는 것이라네.

그 문장 때문만은 아니더라도, 나는 다시 인터뷰를 해 볼 용기를 냈다. 마침 또 한 번의 임시직 계약이 끝나 가는 중이었고 다시 구직 시장에 뛰어들어야 한다는 압박감이 천천히 나를 찾아들고 있었다. 수료와 졸업은 종이 한 장 차이였지만 그것은 구직 시장에서 평가의 중요한 근거가 되었다. 학위 과정을 밟는 동안 증발해 버린 6년의 공백을 일거에 메꿀 수 있는 유일한 해결책은 학위 논문이었고 때를 맞추기라도 한 듯 지도 교수에게서 연락이 왔다. 물론 내게는 난민에 대한 연민의 감정도 남아 있었다. 내가 그들에게 일말의 도움이 된다면 기꺼이 돕고 싶은 마음도 없지 않았다. 이 모든 이유들이 넝쿨처럼 단단하고 질펀하게 뒤엉켜 나를 옭아맸다.

나는 며칠 동안 고민한 후에 지도 교수에게 답장을 썼다. 난민 캠프로 돌아가기에는 물리적인 시간과 경제적 여건상 제약이 있으니 한국에 있는 난민 기구 사무소에서 심층 사례를 연구해 보고 싶다고 제안했다. 지도 교수는 흔쾌히 받아들였다. 그의 동의를 받은 후에 나는 난민 기구의 한국 대표부에 전화를 걸어 인터뷰를 요청했다. 무턱대고 부탁할 수는 없었으므로 지도 교수를 학회에 섭외해 주겠다고 약속했다. 지도 교수가 한국 학계에 정평이 난 인물이라는 사실이 다행이라면 다행이었다.

거대한 빌딩의 한 층에 각종 국제기구의 한국 대표부들이 모여 있었다. 난민 기구는 왼쪽 복도의 안쪽 끝에 자리 잡고 있었다. 나는 발걸음을 옮기며 다른 사무실을 살폈다. 다양한 국제기구의 명칭이 눈에 들어왔다. 익숙한 명칭도 있었고, 한 번도 들어 본 적이 없는 낯선 것도 있었다. 복도 끝이 보이자 나도 모르게 가슴이 떨렸다. 나는 일부러 조금 천천히 걸으며 숨을 골랐다. 철제 자재에 반사되어 비치는 내 모습을 볼 때면 잠깐 서서 옷차림을 확인하기도 했다. 괜히 머리를 매만지고 옷매무새도 가다듬었다. 그러다 사무실 서너 개를 이어 만든 단출한 크기의 유리문에 다다랐다. '국제 난민 기구'. 팻말 앞에 서서 나는 쭈뼛대며 고개를 들었다. 사무실 안쪽을 훔쳐보고 싶었지만 공교롭게도 현관은 불투명 유리였다. 문 앞에 무릎을 꿇은 안젤리나 졸리가 작고 마른 여자아이와 눈을 맞추는 장면을 담은 천연색 포스터가 붙어 있었다. 통유리로 된 현관문의 상단 한쪽을 완전히 가릴 정도로 큰 포스터였다. 그제야 머릿속을 스치는 것이 있었다. 빌딩 현관, 엘리베이터, 층별 게시판, 심지어 지하철역에서도 같은 포스터를 스쳐 지났다는 사실. 웃고 있는 안젤리나 졸리의 얼굴에는 핏기가 하나도 없었다. 이혼 후에도 여전히 봉사에 열심이시네. 이런저런 생각들을 하다 헛웃음이 나왔다. 과연 홍보물에 광고 효과라는 게 있긴 한 걸까. 혹시 다른 사람들도 홍보물 속 모델에만 관심이 있는 게 아닐까. '이제 결혼 생각은 없나.'라든지, '몰라보게 살이 빠졌네.'라든지. 나는 혀를 끌끌 가볍게 차며 포스터를 훑었다. 내 시선이 멈춘 곳은 포스터 오른쪽 하단이었다. "난민을 위해 모금하세요!" 문장 옆, 눈에 띄지 않을 만큼 희미한 흰색 글씨로 사진이 찍힌 장소가 적혀 있었다.

— 레스보스섬, 그리스.

내 뇌파는 반사적으로 안젤리나 졸리의 뒤를 따르는 난민들과 언론사 카메라를 그려 냈다. 카메라들 뒤로 난민 캠프의 하얀 텐트들, 그 뒤쪽에 자원봉사단원들의 숙소, 숙소 왼쪽으로 운동장만 한 크기의 물류 창고가 차례대로 그려졌다. 활짝 열린 낡은 철제문 안쪽으로 방금 도착한 구호품 트럭이 물품들을 사정없이 쏟아 내는 장면을 상상하는 건 어려운 일이 아니었다.

"안녕하세요!"

나는 소리가 나는 쪽으로 고개를 돌렸다. 편안한 청바지 차림의 앳된 여자가 나를 보고 웃음 짓고 있었다.

"조금 전에 전화 주셨던 분 맞죠?"

나는 고개를 조금 숙여 인사했다. 그녀가 내게 자신을 먼저 소개했다.

"난민 기구 직원 이해정입니다."

"손영은입니다."

"반갑습니다."

이해정은 내가 보고 있던 포스터로 고개를 돌렸다.

"한국 대사는 정우성이거든요? 엊그제 왔다 갔는데!"

밝고 생기 있는 목소리였다. 나는 그녀의 얼굴을 그제야 제대로 확인했다. 아쉬운 표정을 짓는 그녀는 한눈에 봐도 어리고 가냘팠다. 청바지와 면 티셔츠, 질끈 묶은 머리, 젊음과 열정의 냄새. 그녀의 차림새와 자신감 있는 목소리는 조직의 경직되지 않은 분위기를 느끼게 했다. 나는 입술을 옆으로 당겨 웃으며 눈앞의 그녀를 사랑스럽게 바라봤다. 5년 전의 나, 당당하게 캠프 문을 박차고 나오던 그때의 내가 언뜻 생각났기 때문이었다.

그녀는 나를 안쪽으로 안내했다. 사무실 안쪽 벽에는 다른 종류의 포스터가 줄줄이 붙어 있었다. 연민과 동정의 감정을 진한 눈빛으로 표현하는 안젤리나 졸리, 뼈가 앙상한 아이를 품에 안은 안젤리나 졸리, 호흡기를 찬 난민 아이를 격려하는 안젤리나 졸리.

본부나 국가 대표부 차원에서 유명 배우나 엔터테이너를 홍보 대사로 기용하는 건 불문율이었다. 홍보 대사들이 하는 일은 대동소이했다. 그들에게 주어진 가장 중요한 임무는 1년에 두 번 난민 캠프에서 난민들의 실상을 목격하고 인터뷰에 응해 주는 것이었다. 포스터는 그들의 캠프 첫 방문에 찍힌 사진으로 제작되는 경우가 흔했다. 대부분의 사람들은 그곳에서 그들 인생을 통틀어 가장 강렬한 고통을 경험하기 마련이고 그 표정은 늘 첫 번째 방문에서 가장 잘 드러나기 때문이었다. 처참하게 무너진 인간들을 향한 무한한 애정과 연민. 홍보팀은 바로 그 표정을 경이로울 정도로 잘 잡아냈다. 그렇게 만들어진 포스터나 영상은 전 세계 난민 대표부로 옮겨졌고 각국 대중의 눈에 띌 만한 곳으로 배달되었다. 포스터로, TV나 인터넷 광고로, 다큐멘터리로. 나는 줄줄이 걸린 포스터를 하나도 놓치지 않고 봤다. 무엇보다 유심히 본 건 오른쪽 하단의 흰 글씨였다.

이해정은 나를 회의실로 안내하며 충고했다.

"예민한 질문은 피해 주시면 좋겠어요."

나는 이해정을 물끄러미 바라봤다. 그녀는 몸집에 비해 크고 거친 손바닥을 비비며 주저했다.

"사실 얼마 전 방송국 보도 때문에 내부가 좀 시끄러워요. 구조 대원들이 구조는 뒷전이고 언론에 보낼 사진만 찍어 댔다느니……."

"걱정 마세요. 말씀드렸던 것처럼 난민 구호에 대한 국가별 공조가 주 내용이에요."

그녀는 고개를 끄덕였지만 나에 대한 긴장은 풀지 않았다.

"아이들 사생활 보호 차원에서 불필요한 질문도 삼가 주시고요."

"네. 그러죠."

이해정은 뭔가 다시 생각하는가 싶더니 조그맣게 입

을 열어 작은 소리로 말했다.

"참, 하반기 한국개발학회 포럼에 롤랑 교수님 섭외하는 거요……."

나는 여유롭게 미소 지었다. 그녀도 나를 따라 객쩍게 웃었다.

"걱정하지 마세요. 저, 약속 잘 지킵니다."

나는 아해정을 조금 더 다정스럽게 바라보았다. 아이들을 보호하려는 연민과 책임감, 거물급 인사를 섭외하는 데에서 오는 부담감. 그건 바로 잊고 있던 여러 해 전 나의 모습이었다. 나는 아이들과 함께 언제 저녁이나 한 끼 하자고 말했다. 나는 그 정도로 오지랖이 넓지는 않았는데 아마 이해정이 마음에 들었던 것 같다. 건성이었든 진심이었든 그녀는 밝게 웃었다. 그때 마침 아이들 셋이 회의실로 들어왔으므로 우리의 대화는 거기서 중단되었다. 조심스럽게 문을 닫고 나가는 이해정의 뒷모습을 보며 나는 다시 빙그레 웃었다.

처음에 나는 아술을 알아보지 못했다. 그는 자신을 무하마드라고 소개했고 나는 그 이름을 들으며 세상에 무하마드라는 이름을 가진 사람은 도대체 얼마나 많은 걸까 생각했다. 다른 두 아이의 이름은 들으면서 잊어버렸는데, 그건 무하마드가 비정상적일 정도로 내 얼굴에 집중하고 있다는 것을 알아챘기 때문이었다. 나는 그를 의식하지 않기 위해 필요 없을 정도로 꼼꼼하게 인터뷰 질문지를 넘겨 보았다.

나는 먼저 조심스럽게 아이들의 한국 생활에 대해 물었다. 친한 친구들은 없는지, 학교 분위기는 어떤지, 생활에 불편함은 없는지. 서툰 한국어였지만 아이들은 밝았다. 학교 안팎의 생활에 대체로 만족했다. 마음이 놓였다. 아이들이 한국에 적응해 가는 모습이 기특하기도 했지만, 무엇보다 논문이 잘 풀릴 것 같은 예감 때문이었다.

나는 아이들에게 내 논문의 주제가 난민 구호의 국제 공조 체제에 관한 것이라는 사실을 알렸다. 말을 듣고 난 후에 세 아이가 모두 멀뚱히 나를 쳐다봤다. 나는 그제야 '구호', '공조', '체제'가 아이들에게 상당히 어려운 한국어 단어라는 걸 깨달았다. 미안해진 내가 다시 '기구의 도움을 받아 한국에 들어올 때까지의 과정을 설명해 주는 것'이라고 천천히 풀어 말했다.

"어려운 건 아니네요."

누군가 말했다.

"어렵지는 않고 여러분들 입이 좀 아프겠죠."

내 말에 그들은 아이들답게 키득거렸다. 상황을 대하는 나 역시 진중했지만 마음만큼은 가벼웠다. 5년 전 레스보스에 비할 바가 아니었다.

아이들은 맑고 스스럼이 없었다. 아이들과의 대화는

진지했지만 유쾌했고 가끔 감동적일 때도 있었다. 아이들이 난민 보트에 오르기까지 겪었던 전쟁의 참상에 대해 들을 때는 두려웠고 난민 보트에 올라 지중해를 거쳐 리비아 해안에서 겪은 일을 들을 때는 눈앞이 아찔했으며, 난민 기구에서 파견한 구조선에 의해 구조되는 장면에서는 몇 번이나 눈물이 나올 뻔했다.

세 아이는 비슷한 점을 공유하고 있었는데, 그건 부모가 모두 전쟁 중에 죽었거나 죽었을지 모른다고 생각했다는 것과 주변 사람들 덕분에 한국까지 오게 됐다는 점이었다. 한 아이는 한국에서 일하던 형이 악착같이 모은 돈으로 어렵사리 비행기 표를 구했고, 다른 한 아이는 '세이브 더 칠드런(save the children)'의 아동 지원 사업 중 하나인 입양 사업의 절차를 밟아 한국에 오게 됐다고 했다. 무하마드는 머뭇거렸고 나는 나의 질문이 의도치 않게 그의 고통스러운 과거를 들춰내고 있다면 힘들게 기억을 되살릴 필요가 없다는 말을 덧붙였다.

첫날 무하마드가 내게 들려준 이야기는 비교적 멀지 않은 과거에 그가 했던 경험이었다. 죽은 줄 알았던 아버지와 힘들게 재회한 경위, 아버지와 그의 여자 친구와 함께 살았던 폴란드 시내의 창문 없는 비좁은 아파트와 유럽 곳곳에서 매일 벌어지던 난민 반대 시위에 대한 소문들, 한국에 가야겠다고 했을 때 아버지가 꺼낸 비상금, 수십 명이 넘는 사람들이 엉겨 붙어 쪽잠을 청해야 했던 인천공항 송환 대기실에서의 2주일, 그리고 한국에 들어온다는 것이 그에게 어떤 의미였는가에 대한 이야기.

나는 아이들의 말을 들으며 머릿속으로는 각 사례별 논문과의 연계 가능성을 꼼꼼하게 계산했다. 한국에서 일하는 형과 함께 사는 첫 번째 사례는 국제 공조보다 사례자 개인의 노력이 탁월하게 드러나는 경우였고, 두 번째 사례는 한국 정부와 국제기구 간 공조 체제보다 국제기구 일방이 추진한 입양 제안이 도드라지는 경우였으므로 두 사례보다는 무하마드의 사례가 적합할 것 같다는 직감이 들었다. 그에게 한국을 선택한 이유와 난민 캠프에서 한국으로 들어오기까지의 과정을 설명하게 하고, 내가 이야기의 맥락 속에서 국제기구와 개별 정부의 공조 사례를 발굴해 낸다면 더할 나위 없을 거였다.

한 시간 후, 인터뷰의 끝자락에 나는 다음번 면담 날짜를 제안했다. 아이들이 방학 중인 덕에 무리 없이 인터뷰 날짜가 맞춰졌다. 무하마드는 머뭇거렸다. 두 아이가 아랍어로 재잘거리며 회의실을 빠져나갈 때까지 그는 미동이 없었다. 손바닥을 바지에 대고 두어 번 쓸어 올렸다 내릴 뿐이었다. 나는 그를 바라봤다. 뭔가 할 말이 남은 건가 싶었다.

"무하마드도 8월까지는 괜찮은 거지?"

그는 내 질문을 묘하게 피하며 아래로 몸을 굽혔다. 신발 끈이 풀려 있었다. 자연스럽게 내 시선도 그가 신은 운동화로 향했다. 하얀 천에 하얀 가죽의 브랜드 로고가 덧대어진 반들거리는 운동화였다.

"운동화 예쁘네."

그는 나를 올려보며 웃었다. 강렬하고 섬뜩한 데다 이상할 정도로 익숙한 표정이었다. 나는 긴장된 순간을 모면해 보려 시큰둥하게 웃었다. 무하마드가 웃음을 멈추고 고개를 숙여 인사하더니 그대로 회의실을 빠져나갔다. 나는 입술 근육을 잔뜩 오므리며 비죽였다. 자료를 정리하는 동안에도 그 웃음이 생각나 어쩐지 기분이 상했다. 나는 애써 스스로를 위로하며, 문화권에 따라 쓰는 표정 언어가 다를 수 있다고 생각했다. 이슬람 문화권의 경우에는 차이가 더할 수도 있는 거였다.

나는 집으로 돌아가며 두 번째 인터뷰에서 물어봐야 할 것들을 메모했다. 오늘의 인터뷰가 사례자 각각의 현재 상황을 들어 볼 기회로 활용되었다면, 다음 인터뷰에서는 논문의 주제에 조금 더 적합한 내용을 끌어낼 필요가 있었다. 수첩 한쪽에 무하마드의 이름을 썼다. 순간 무하마드의 섬뜩한 웃음이 떠올라 결심을 방해했지만 용기를 내 무하마드의 이름에 동그라미를 크게 그려 넣었다. 인터뷰가 끝나면 어차피 그와의 인연은 끝날 테고 내게 주어진 기회는 겨우 네 번뿐이지 않은가. 나는 무하마드에게 질문할 거리를 조금 더 구체적으로 생각해 간략하게 메모했다.

— 한국으로 올 때까지의 과정
— 한국 정부에 청원서를 넣었을 때 외교부의 대응
— 한국 정부는 국제기구 매뉴얼에 맞춰 협력하였는가
— 한국을 선택한 동기

나는 잠시 후 세 번째 질문을 지우고, 무하마드가 한국으로 오기까지의 과정을 들은 후에 외교부와 국제기구 간 협력 과정에 대한 질문은 간추려 이해정에게 따로 하는 편이 좋겠다고 적었다.

2 아술

일주일 뒤 인터뷰이들과 다시 만났다. 아이들이 들려준 그리스의 난민 캠프는 전쟁터와 다름이 없었다. 일순간 일터와 학교가 폭파되고 집과 가족을 잃고 일상이 무너진 그들에게 삶은 이미 지옥이었다. 근거 없는 소문도 꼬리를 물었다. 급진 무장 세력이 난민 보트에 휩쓸려 들어왔다는 소문과 유명한 브로커들이 사실 인신매매단이라는 소문은 그때쯤 레스보스 봉사단에 있던 나도 들은 적이 있었다. 소요 사태와 총기 난사는 잠잠하다 싶으면 일어났고 늘 부족하던 구호품은 도난당하기 일쑤였으며 아이든 어른이든 여성은 늘 극도의 위험에 노출되어 있었다.

부모의 보호가 없었던 무하마드의 누나는 쉽게 남자들의 먹잇감이 되었다. 어떤 형은 무하마드에게 아이스크림과 과자를 쥐여 주며 나가서 먹고 오면 용돈을 주겠다고 얼렀고, 아버지와 비슷한 나이대의 남자는 자기 아들을 데려와 무하마드와 놀게 해 놓고 텐트 안으로 들어가 일을 치렀다고 했다. 한참을 놀다 들어오면 누나는 매번 텐트 구석에 처박혀 울고 있었다. 무하마드는 그 후로도 오랜 시간이 지난 후에야 그때 어떤 일이 일어났었는지 알게 되었다고 했다. 누나를 떠올리는 동안 감정이 격앙된 무하마드는 이윽고 후회와 원망이 뒤섞인 표정으로 울먹였다.

"누나가 죽던 날마저 나는 아무것도 할 수 없었어요."

그날 무하마드가 친구와 해변에 나갔다 돌아왔을 때, 텐트는 화염에 휩싸인 채 타오르고 있었다. 무하마드는 텐트 앞에 서서 그를 바라보던 사람들의 눈빛을 잊을 수 없다고 했다. 연민도 동정도 아닌, 지난한 일상에 지친 사람들의 무심한 눈빛이었다.

누나와 남자는 텐트 안에 갇혀 죽은 채 발견되었다. 누나는 나체였고 남자는 하의를 탈의한 상태였다. 텐트에는 발화의 원인인 촛불만 덩그러니 바닥을 굴러다녔다. 남자의 얼굴은 알아볼 수 없을 정도로 훼손되어 있었지만 무하마드는 그가 누군지 금방 알아보았다. 남자의 팔 한쪽이 없었기 때문이었다. 누나의 유품은 희생자의 유일한 가족인 무하마드에게 전달되었고 무하마드는 난민 캠프에서 아동 난민 보호소로 옮겨졌다. 그사이 아버지가 보낸 브로커와 연락이 닿았다. 사실 그에게는 선택의 여지가 없었다. 남은 가족은 아버지뿐이었고 유럽연합 내 국가에 정착한 난민의 직계 가족은 난민 캠프에 혼자 머물 수 없었다. 그는 떠나야 했다.

여기까지 이야기하고 그는 숨을 골랐다. 목소리가 가늘게 떨렸다. 나는 그의 이야기 속에서 논문에 도움이 될 만한 것들을 추려 간단히 메모를 하고 있었다.

폴란드-그리스 아동난민 협조체계, 유럽연합 상임위 국가별 공조 시스템

나는 떨고 있었다. 텐트 안에서 화염에 휩싸여 죽어 갔다는 그의 누나를 상상하는 동안 심장이 미치도록 쿵쾅 뛰었다. 내색하지 않으려고 나는 생각나는 것은 무엇이든 썼다. 메모장 위의 글씨는 차츰 알 수 없는 기호처럼 변해 갔다.

"계속 이야기할까요?"

무하마드가 말했다. 나는 무하마드와 아이들을 번갈아 봤다. 침울한 공기가 회의실 전체를 뒤흔들고 있었다.

나는 소리 없이 고개를 끄덕였다.

아버지를 만나기로 한 곳은 거의 매일 난민 반대 시위가 열리는 폴란드의 국경 도시였다. 난민 캠프에서 출발한 버스가 멈추고 무하마드가 내리자 사람들은 피켓을 들고 무하마드 쪽으로 몰려오기 시작했다. 그것은 어마어마한 권력을 가진 자들의 위협처럼 느껴졌고, 무하마드는 브로커가 시킨 대로 무작정 뛰기 시작했다. 으슥한 곳, 한적한 곳, 아무도 찾지 않을 것 같은 곳으로.

세 시간 후에 그는 기차역으로 갔다. 기차역에는 난민들과 노숙자들이 버려진 쓰레기들처럼 아무 데나 널브러져 있었다. 그는 역 앞 시계탑에 우두커니 앉아 있는, 자신의 아버지라고 보기에는 지나치게 마르고 까맣게 변해 버린 남자에게 다가갔다. 아버지는 혼자서 죽을 고비를 넘기며 자신을 찾아온 어린 아들을 끌어안고 하염없이 울었다. 아들을 만난 아버지가 가장 먼저 한 일은 아이의 이름을 바꾸는 거였다. 그에게 처음 주어진 이름은 '페터'였다. 완벽한 기독교식 이름이었다. 그의 아버지는 이제 완전히 다른 삶을 살아야 한다고, 그래야 유럽에 적응할 수 있다고 믿었다.

"잠깐만, 무하마드."

나는 무하마드의 이야기를 중지시켰다. 스스로 놀랄 만큼 낮고 무거운 목소리였다. 짧은 침묵이 지나갔다.

"혹시 무하마드가 네 본명이니?"

그는 작게 고개를 가로저으며 뜸을 들이다 말했다.

"한국에 들어오면서 아버지의 이름을 썼어요."

나는 무하마드를 바라봤다. 그는 실없이 웃었다.

"하마터면 한국에 들어올 때 신분 위조로 난민 신청을 포기해야 할 뻔했어요."

한참 동안 정적이 흘렀다. 혀끝에 질문이 감돌았지만 입술은 떼어지지 않았다. 무하마드는 고개를 돌려 나를 바라봤다.

"혹시 네가 있었던 캠프의 위치가 그리스 레스보스섬이니?"

나는 무하마드의 얼굴을 정면으로 응시하며 물었다. 그의 눈은 슬펐고 얇고 건조한 입술은 가늘게 떨리고 있었다.

"그리스였던 건 맞아요. 정확한 섬의 이름은 모르겠어요."

나는 그날 그에게 더 이상 질문을 하지 않았다. 다른 두 아이에게 질문지의 남은 질문을 모두 던졌지만 아이들의 대답 중에 어떤 것도 또렷하게 귀에 들어오지 않았다. 다른 아이들이 내 질문에 대답하는 동안에도 나는 두 아이 옆에서 물끄러미 나를 바라보는 그를 의식하고 있었다.

아술.

나는 준비해 온 질문의 반도 끝내지 않은 채 인터뷰

를 마무리했다.

지도 교수의 충고처럼 주어진 상황을 품고 가는 것이 용기라면 내게 주어진 상황은 대체 어디까지 흘러갈 셈인가. 내가 인터뷰를 하기로 마음먹었을 때 이미 아술과의 재회를 예상할 수 있었다면 상황은 달라졌을까.

나는 이제 어떻게 해야 하는가.

이후의 일정을 취소하고 택시를 불렀다. 그날 저녁 식사를 제안했던 이해정은 아쉬운 표정으로 한 번 더 나를 설득했지만 나는 식욕을 완전히 잃은 후였다. 나는 그녀의 손에 5만 원짜리 지폐 네 장을 쥐여 주었다. 눈이 휘둥그레진 이해정이 면담비를 주는 거냐고 물었다. 나는 힘없이 대답했다.

"오늘 저 대신 아이들 맛있는 거 사 주세요."

이해정이 무슨 이야기를 더 하려는 것 같아 나는 택시를 불렀다며 서둘러 밖으로 뛰쳐나왔다. 나오는 길에 아이들 중 한 명과 눈이 마주쳤지만 말없이 복도로 몸을 틀었다.

태양이 사라진 자리에도 어둠은 쉬이 들어앉지 않았다. 무더위 속에 어둠을 잃은 밤거리는 온통 회색이었다. 나는 빌딩 앞 시멘트 계단에 주저앉아 양팔로 무릎을 감싸고 고개를 파묻었다. 조각난 기억이 하나로 맞춰지면서 강렬한 이미지로 나를 관통해 지나갔다. 어린 아술의 얼굴이 또렷해지자 비로소 무하마드와 아술이 겹쳐 보였다. 모든 계획이 일순간 어그러지는 느낌이었다.

이대로 시간이 멈춰 버리길 기도했다.

택시는 한참 만에 나타났다. 장마철 습한 날씨와 교통 체증에 대한 불만을 토로하던 택시 기사는 대꾸 없는 나를 백미러로 흘겨보더니 입을 닫고 조용히 라디오를 틀었다.

얼마나 지났을까. 눈을 떴을 때 택시는 성수대교 남단을 막 빠져나가고 있었다. 늦은 밤 잘 정비된 올림픽대로를 통과하는 차들이 뿜는 빛으로 거리는 반짝였다. 그때 마침 라디오에서 이탈리아를 향해 가던 난민 보트가 뒤집혀 150여 명의 사상자가 나왔다는 뉴스를 전하고 있었다. 동유럽에서는 열차로 가는 난민들의 통로가 막혔다는 소식도 뒤를 이었다. 내가 그 소식을 들으려고 스피커 쪽으로 조금 더 몸을 기울이자 기사는 기다렸다는 듯 라디오를 끄며 불만스런 어조로 중얼거렸다.

젠장, 이 나라에서 죽어 가는 사람들도 못 구하는 판국에 이런 뉴스는 왜 하나 몰라.

나는 고개를 돌려 어둠에 잠긴 한강을 바라봤다. 강변에는 여름밤 축제가 한창이었고 어디선가 힘차고 영롱한 소녀들의 목소리로 이루어진, 비트가 빠르고 시원한 댄스곡이 흘러나왔다. 빛을 내며 어디론가 향해 가는 자동차들과 밤의 공기 사이로 퍼지는 빠른 리듬과 라일라의 손을 꼭 쥐고 있던 아술의 울음소리가 묘하게 겹친 한강의 야경을 나는 오래도록 바라봤다.

3 레스보스

라일라와 아술의 이야기를 하려면 5년 전 그리스 레스보스섬의 난민 캠프에 대한 기억을 꺼내야 한다. 나는 그때 졸업 자격 시험을 막 통과한 후 논문 예비 심사를 준비하고 있었다. 학교는 예비 학위자들의 자원봉사나 인턴 프로그램 참가를 적극적으로 독려했으므로 나는 지도 교수의 추천을 받아 난민 기구의 자원봉사단에 들어가 난민 구조를 돕고 그들의 캠프 생활에 어려움이 없도록 지원하기로 했다.

날카롭게 코끝을 지나는 늦겨울의 차디찬 공기, 캠프 사이로 언뜻 보이는 무표정의 사람들, 그 앞을 어줍게 서성대던 나. 그것이 캠프에 대한 내 첫인상이었다. 캠프의 난민들은 시리아나 이라크에서 도망쳐 유럽으로 가는 사람이 대부분이었고, 가끔 북아프리카에서 건너온 사람들이 있었지만 그 수는 많지 않았다. 나는 지중해 연안 국가들의 내전 상황과 간단한 생활 수칙을 미리 교육받고 실전에 투입되었다.

캠프에 도착한 첫날부터 한 달 동안 내가 맡은 임무는 구호 물품을 정리하는 것이었다. 전 세계 수십 개 국가에서 보낸 2000여 개의 물품을 정리해서 텐트에 넣는 작업을 마치면 저녁 즈음 다시 물품이 도착하는 식이었다. 물품을 분류하는 방법을 막 배운 터라 업무가 아직 손에 익지 않았던 데다가 구조선이 곧 들어올 거라는 이야기까지 전해 들어 마음이 다급한 상태였다. 3일 전 새벽 락까에 공습이 있었던 탓에 오늘 들어올 난민들이 족히 몇백 명은 될 거라는데 솔직히 그 수가 가늠되지 않았다. 아무튼 나는 캠프 본부 뒤쪽에 세워진 운동장만 한 넓이의 임시 창고 바닥에 널린 신발과 옷가지를 정리하면서 오전 시간 대부분을 보내고 있었다.

분류 작업은 누구나 할 수 있지만 만만한 일이 아니었다. 매일 아침저녁으로 들어오는 몇천 개의 구호품을 적재적소에 전달하도록 분류하는 건 실로 다양한 재주를 필요로 했다. 분류의 핵심은 속도였고, 속도보다 중요한 건 감각이었다. 누구에게 무엇이 필요한지 예상해 동마다 구호품을 나누어 주고 우리 쪽에 필요하지 않을 것은 남겨서 다른 캠프에 다시 기부했다.

팀에서 1년 넘게 근무한 중국계 미국인 시니어 린이 아니었으면 나는 아마 오전 내내 헤매고만 있었을지 모른다. 팀장은 대강의 업무 지시를 내리고 비상 운영회의에 들어갔기 때문에 나는 구호품으로 쌓인 거대한 산들을 떠다니며 애만 끓이고 있었다. 모두 자기 작업에 충실해 보여 도움을 구하기 힘든 분위기였다. 그때 린이 내게 다가와 도움이 필요한지 물었다. 낮고 작은 코, 베이징 시내의 어느 거리에서나 보일 법한 둥근 얼굴. 그녀가 다가왔을 때 나는 조금 위축됐다. 완벽한 문법으로 구사되는 그녀의 미국식 영어 억양 때문이었다. 나는 쏟아지는 구호품들을 바라보며 린을 향해 고개를 끄덕였다. 구세주를 만난 느낌이었다.

"쉬워 보이는 일이 가장 어렵죠. 모두가 다 할 줄 안다고 착각하니까."

린은 말하며 가까이 다가왔다.

내가 언제 쉬워 보인댔나?

어쩐지 압도되어 기분이 상했지만 그뿐이었다. 린은 다정하지 않았지만 친절했고 강단 있는 태도로 내게 일하는 법을 알려 줬다. 일을 하는 중간중간 그녀는 내게 논문의 주제와 방향, 난민 캠프에 오게 된 경위에 대해 물었다. 간간이 서로의 문장을 잘못 이해했지만 분위기는 나쁘지 않았다. 무엇보다 그녀가 구사하는 깨끗한 미국 영어는 정말 매력적이었다. 내 논문에 대해 이야기를 마쳤을 때 린은 구호품 박스 위에 붙여진 스티커에서 '스위스', '일본', '미국'이라고 적힌 글씨를 가리키며 말했다.

"물품팀에서는 국제 구호의 사례를 엄청나게 많이 발견할 수 있죠."

나는 스위스에서 온 구호품 박스를 열어젖히며 말했다.

"그러게요. 이렇게 잘되고 있는 줄 알았으면 주제를

바꿨을 텐데."

"'레스보스는 정말 레즈비언을 낳는 섬인가.' 이런 걸로?"

그녀의 말에 나는 고개를 한껏 젖히고 웃었다. '레즈비언'의 언어적 기원이 레스보스라는 건 이곳에 들어오는 사람이면 누구나 자연스럽게 알게 되는 사실이었다.

"레스보스에 정말 게이는 없는가."

내 말에 린이 장난스러운 말투로 대꾸했다.

"조심해요. 아무래도 내가 세운 가설의 검증 가능성이 훨씬 높을 테니까."

우리는 웃으며 일본, 미국, 벨기에에서 도착한 물품을 박스에서 꺼냈고, A동, B동, C동, D동으로 구분한 목적지에 따라 필요할 것으로 예상되는 물품을 정리해 넣었다. A동에는 남성과 대가족이 주로 기거했고 B동은 아동과 소단위 가족, D동은 환자들의 숙소였다.

우리가 분류 작업에 열중하는 동안 시간은 소리 없이 지나갔다. 팀장이 급하게 창고 문을 열고 들어와 소리치지 않았다면 시간이 그렇게 빨리 지나갔는지도 모를 뻔했다.

"비상 구조선까지 떴어!"

구조대로 오를 단원이 급히 필요하다는 말에 우리는 창고에서 물품 작업을 하던 팀을 반으로 나눴다. 린을 비롯해 물품 작업을 비교적 신속하게 할 수 있는 시니어 몇 명이 창고에 남고, 나를 비롯한 신규 봉사자들이 우선 구조선에 들어가기로 했다. 남은 물량은 오후에 돌아와 처리하기로 했다. 나는 미리 교육받은 대로 구명조끼와 헬멧을 착용하고 그 밖의 안전장치를 꼼꼼하게 점검한 후 가장 마지막에 뜬 구조선에 올랐다.

2월의 지중해에 이는 혹독한 추위가 살갗을 파고들었다. 매섭게 몰아치던 바람이 잠잠해지자마자 구조선은 출발했다. 먼저 출발한 헬기가 바다 한가운데 떠서 상황을 주시하고 있었다. 우리가 구조해야 하는 보트는 시리아에서 출발해 그리스로 오려던 40명 정원의 난민 보트였다. 그 안에는 정원의 배가 넘는 사람들이 타고 있다고 했다.

상황을 잘 아는 한 구조대원은 어젯밤 늦게 항해를 시작했던 것으로 추정되는 고무보트에 오른 사람들 대부분은 지난 락까 공습 때 제대로 된 준비 없이 집에서 뛰쳐나온 사람들일 거라고 했다. 그들은 해안의 날씨에 취약한 도시 사람들이고 대부분은 평범한 회사원을 가장으로 둔 4인 가족이므로 고무보트로 겨울 해안을 건너는 것이 살인 행위에 가깝다는 사실을 모를 리 없다는 거였다. 그 얘기를 듣는 동안 나는 지중해의 검은 심해를 건너려 고무보트에 올랐다가 죽은 사람들의 시체가 바람에 떠밀려 가는 것을 몇 번이나 목격했다. 겨울 바다는 성난 파도를 거칠게 내몰았고 지중해 반대편에 보이는 파도의 높이는 거대한 구조선을 덮치고도 남을 만큼 위협적으로 보였다. 배가 심하게 흔들릴 때마다 파도의 포말이 갑판을 뒤덮었다.

라일라와 아술은 그날 내가 구조선에서 처음 목격한 아이들이었다. 두 아이는 고무보트 한쪽 끝에 위태롭게 서 있었다. 나는 아이들에게 이쪽으로 건너오라고 손짓했다. 나와 눈이 마주친 라일라는 굳은 표정으로 나를 응시할 뿐이었다. 아술은 라일라의 왼손을 잡은 채 서서 울고 있었다. 정지된 화면에 갇힌 것처럼 미동도 하지 않았다. 라일라의 몸은 보트와 바다의 경계에 아슬아슬하게 세워진 채 흔들거렸다. 머리는 완전히 풀어 헤쳐지고 얼굴은 핏기 없이 굳어 있었다. 나는 라일라가 새벽 내내 물보라를 맞았을지 모른다고 생각했다. 어쩌면 아이들은 동상에 걸려 걸음 떼는 것조차 힘겨울 수도 있었다. 나는 구조선에서 내려와 고무보트에 올랐다. 끼고 있던 장갑을 벗어 쥐며 중얼거렸다. 나에게는 구호의 책임과 의무가 있다. 책임과 의무가 있다. 입술이 사정없이 떨렸고 미끈거리는 고무보트 때문에 온몸이 흔들거렸다. 아직 바다 안개가 걷히지 않았고 아이는 한쪽으로 비스듬히 기울어져 있었으므로 보트 안쪽의 상황을 확인할 수는 없었다.

나는 시야가 선명해질 때까지 아이들을 향해 걸어갔

다. 그제야 보이는 것이 있었다. 라일라는 죽은 채 한쪽 몸을 보트에 걸친 어머니의 손을 붙들고 있었다. 아이들의 어머니는 입을 약간 벌리고 보트에 몸을 기댄 채 숨져 있었다. 순간 다리가 풀린 나는 미끈거리는 고무보트 위에 그대로 주저앉을 뻔했다. 기울어진 보트에 물이 차오르는 중이었다. 어떻게 아이들을 구해 구조선에 태웠는지는 기억나지 않는다. 구조선 위에서 굳은 엄마의 사체를 하염없이 바라보던 라일라의 눈빛만 기억난다.

고무보트가 전복되던 그날 새벽의 상황은 나중에 전해 들었다. 아이들만은 보트에 남을 수 있도록 스스로 바다로 뛰어내려 필사적으로 고무보트를 붙잡고 있었다던 아술과 라일라의 어머니, 그녀의 처참했던 최후에 대해.

그 뒤로 비가 오는 날이면 나는 가끔 언덕에 올라 보슬비가 내리는 리비아 해안을 바라보곤 했다. 태평양만큼 넓거나 깊지 않지만 무겁고 은밀한 아픔을 간직한 채 두 대륙을 가르며 끝도 없이 펼쳐진 검은 바다를.

두 아이와 친해지면서 나는 라일라를 통해 캠프에 오기 전의 상황에 대해 전해 들을 수 있었다. 그날 두 아이가 어머니와 함께 난민 캠프행 고무보트에 올랐던 이유는 폴란드로 먼저 간 아버지 때문이었다. 그들의 여정을 도왔던 브로커는 아버지의 친한 친구였고 그가 그의 가족을 폴란드에 전부 이주시킨 이력이 있었으므로 라일라의 가족 역시 모두 함께 무사히 폴란드로 갈 수 있을 거라고 믿어 의심치 않았다. 그들은 락까 공습 이전에 이미 도주하기로 마음먹었으므로 일자리를 찾아야 했던 아버지가 우선 폴란드로 가는 열차에 올랐다. 이미 며칠 전 공습으로 아술의 초등학교가 폭파되었고 아버지의 직장은 문을 닫았지만 며칠 사이에 일이 또 터지지는 않을 거라고 믿었다.

예상은 보란 듯 빗나가고 아버지가 폴란드로 떠난 바로 그날 저녁에 락까에 공습이 있었다. 공습의 표적이었던 반정부 시위대 본부 근처에 있는 라일라의 집은 그날 자정 한쪽이 완전히 무너져 내렸다. 폭발음에 놀란 사람들이 하나둘 집밖으로 나와 사태를 살폈고, 청년들 몇몇은 시위대를 저지하려던 정부군에 무력으로 제압당하기도 했다. 아술은 폭격 파편이 날아와 갑자기 깨진 유리창 때문에 놀라 잠에서 깨 울고 있었고, 그사이 라일라를 깨워 짐을 대강 꾸려 뒀던 어머니는 방으로 들어가 아이들의 손을 잡으며 말했다.

우리는 이제 조금 먼 여행을 해야 해.

4 라일라

부모를 잃은 아이들은 많았지만 나는 누구에게도 라

일라에게 준 만큼의 정성을 쏟지 않았다. 구조대원으로 일하며 처음 만난 아이라 각별했다. 죽은 어머니의 손을 붙든 라일라의 모습이 나의 뇌리에 너무 깊이 각인된 탓이기도 했다. 나는 아이들을 돕고 싶었다. 캠프는 어디까지나 임시 거처일 뿐이었고 아이들은 결국 사회로 나가야 했다. 그걸 도우려면 아이들의 친부가 필요했다. 폴란드에 있다는 아이들의 아버지를 찾기 위해 몇 번 시도해 보았지만 쉽지는 않았다. 전문 브로커를 통해 수소문했고 폴란드에 있는 친구들에게 부탁도 해 봤다. 그러나 폴란드의 난민 임시 거처에는 아미르 무하마드라는 이름을 가진 40대 후반의 남자가 넘쳐 났고 그나마도 자리를 잡은 대다수는 사회로 진출한 상태였다. 일단 사회로 나가면 난민 출신이라는 것이 흠이 될까 염려한 사람들이 신분을 세탁하거나 위조하기 마련이었다. 그를 찾을 가능성은 점점 희박해져 갔다.

나 역시 시간이 갈수록 아이들의 아버지를 찾는 것이 무의미한 노력일지 모른다는 생각을 했다. 결국 무하마드 찾기는 그저 기계적인 나의 오전 일과로 자리 잡았다. 아버지 소식을 손꼽아 기다리는 아이들에게 전후 상황을 세세히 이야기하지는 못했다. 아버지 쪽에서 아이들을 찾을 수 있으니 캠프 생활에 충실해야 하지 않겠냐고 조언해 주는 게 전부였다. 어쩌면 내 역할은 두 아이에게 희망을 주는 것일지 모른다고 스스로를 위로

하면서.

풀죽은 두 아이의 모습이 눈에 밟혀 나는 일하는 틈틈이 라일라를 찾아가 보살폈다. 캠프에 들어와 며칠을 울기만 하던 꼬마 아술은 다행히 차츰 회복이 되었고 어느새 친해진 캠프의 또래 친구들과 틈만 나면 공을 차러 나갔다. 라일라는 주로 텐트 안에서 책을 읽거나 캠프를 산책했다. 캠프 주변은 산책을 즐기기에 좋은 환경이 아니었기 때문에 늘 주변을 두어 바퀴 돌고 오는 것으로 산책을 마쳤다.

전부터 공부하는 것을 좋아했다던 라일라는 산책을 할 때도 책을 꼭 옆에 끼고 다녔다. 생존이 유일한 목적인 캠프에서 라일라의 지적 면모는 좋은 쪽으로 작용하지 않았다. 사람들은 라일라가 책을 들고 다닐 때마다 유난스럽다는 눈빛을 아끼지 않았다. 라일라는 그런 눈빛을 느끼는 날이면 다가올 미래가 잠을 잘 수 없을 만큼 두렵다고 말했다. 이대로 캠프에서의 시간이 쌓여 20대가 되어 버리면 자신이 할 수 있는 일은 프랑크푸르트 시내에 있는 할인 마트 캐셔뿐일 거란 말이 부쩍 늘었을 때야 나는 라일라의 고민이 꽤나 실제적이라는 걸 알아챘다.

나는 라일라가 공부를 소홀히 하지 않길 바라는 마음으로 필요한 것이 없는지 꼼꼼히 챙겼다. 아침마다 폴란드에 관련된 인터넷 영어 뉴스를 프린트해 라일라에게 전해 주고, 가끔 구호품으로 들어오는 아랍어 소설을 챙겨 뒀다 건네기도 했다. 책을 구해 주거나 읽을거리를 가져가는 건 어려운 일이 아니었다. 사실 내 마음속에 늘 가시처럼 걸려 있던 것은 안경이었다. 라일라는 고도 근시였고, 라일라의 안경은 우리가 처음 만난 그날 지중해 바다에 떨어져 지금쯤 에게해 어딘가를 떠돌고 있을 터였다. 안경은 구하기 쉽지 않았다. 구호 품목에 포함된 물건이 아니었고 생활 제반 시설이 갖춰지지 않은 난민 캠프 근처에는 라일라에게 딱 맞는 안경을 구할 만한 안경점이 없었다. 나는 늘 안경을 염두에 두고 있었지만 그렇다고 뾰족한 해결책이 나오는 건 아니었다.

그날 밤을 기억하는 건 아마도 수면에 비친 달빛 때문인 것 같다. 달빛이 아니라 지중해를 떠돌던 보트의 방향등이었을지도 모르겠다. 아무려나 라일라를 떠올릴 때면 달빛은 그녀의 메타포처럼 늘 등장한다. 그러니 그날도 내 기억 속에는 달빛의 밤으로 남아 있다. 나는 여느 때와 다름없이 미리 챙겨 둔 간식거리를 들고 라일라의 텐트를 찾았고, 우리는 저녁 무렵 우리만의 산책 코스에서 비밀스러운 회동을 계획했다. 굳이 비밀일 필요는 없었는데 우리는 늘 비밀 의식을 치르듯 조심히 캠프 주변을 돌았다. 우리의 산책은 늘 우리가 '달빛 언덕'이라고 이름 지은 언덕에서 끝났다.

라일라는 유독 나를 물끄러미 들여다봤다. 그날 산책하는 내내 그랬다. 나는 괜히 중언부언 두서없는 이야기를 해 댔는데, 그러다 달빛 언덕에 닿았을 때 라일라가 문득 물었다.

"언니, 안경 쓴 거 처음 봐요."

아, 안경이 이상했던 거로구나.

"그러면 지금까지 안경을 안 썼는데 어떻게 봤어요?"

나는 잠깐 생각하다 라일라에게 안경을 건넸다.

"한번 써 봐."

그러자 라일라가 웃으며 안경을 손으로 밀어냈다.

"아니에요."

나는 안경을 다시 건네며 말했다.

"써 봐, 잘 보일 거야."

내 안경을 건네받아 콧등에 걸친 라일라는 박수를 쳐 가며 과장된 소리로 웃었다. 나는 잘 맞지도 않는 내 안경을 쓰고 빵 한쪽을 입에 담고 오물거리는 라일라를 물끄러미 봤다. 그제야 라일라가 애초에 나의 제안을 거절한 이유를 뒤늦게 알아챘다. 라일라는 내가 자신에게 그 안경을 줄 의도였다고 착각했던 거였다. 나는 라일라가 민망하지 않도록 최대한 진중한 표정을 지으며 마음속으로 빠르게 생각했다. 그 안경은 비상용 안경이었고, 봉사를 마칠 때까지 4개월 남짓밖에 남지 않은 데다, 일회용 렌즈도 한 박스나 남아 있었다. 안경은 제네바나 한국에 가서 얼마든지 살 수 있었다. 나는 환히 웃었다. 비상용 안경쯤이야 라일라에게 선물해도 상관없었다. 나는 내가 너무 계산적인가 반성하며 라일라의 어깨를 다독였다. 셈하는 내 마음을 라일라가 읽지 않았길 바라며 나는 말했다.

"안경도 생겼으니까 공부 더 열심히 해야 해."

나와 라일라의 시력이 같았을 리도 없거니와, 내 경우 왼쪽과 오른쪽 시력이 완전히 달랐으므로 안경이 제 눈에 완벽하게 맞지 않았을 텐데도 라일라는 환하게 웃었다. 그 시기를 견디게 해 준 것은 그 웃음뿐이었다고 생각할 정도로 여전히 기억에 선명한 환한 웃음.

'달빛 언덕'은 평지보다 조금 높고 너른 둔덕일 뿐이었지만, 나는 캠프 너머 멀리 지중해가 언뜻 내려다보이는 그곳을 좋아했다. 빛이 충만한 보름달이 마침 차오르고 있었다. 라일라는 레스보스섬 너머 지중해 위에 뜬 달을 멀리 내다보며 말했다.

"달에는 빛이 없어요."

"저 달빛은 뭔데?"

"어떤 책에서 봤는데요. 달의 빛은 태양에 반사되어 나온대요."

나는 태양에 반사되어 나왔다는 그 달빛을 바라봤다.

"그래서 육안으로 태양의 빛은 볼 수 없어도 달의 빛은 볼 수 있대요."

라일라가 나를 슬쩍 보더니 말을 이었다.

"언니에게는 따뜻한 빛이 흘러요."

우리는 한동안 말없이 달빛을 바라봤다. 라일라가 정말 궁금했을 법한 이야기를 꺼냈다.

"언니는 왜 여기에 살아요?"

"그게 무슨 말이야?"

"한국에는 이상한 사람도 없고, 전쟁도 없고, 언니 가족들도 있고."

나는 부드럽게 웃었다.

"내가 여기에 있는 게 이상해? 일본인 아저씨도 있잖아."

나는 얼마 전 국경없는의사회 소속으로 의료 봉사단에 합류한 유키 씨를 흉내 내며 어깨를 앞뒤로 흔들었다. 내과의인 유키 씨가 청진기를 들고 아이들에게 시범을 보일 때마다 하는 동작이었다. 라일라가 피식 웃어 버렸고, 결국 우리는 함께 크게 웃었다.

"한국에 가 보고 싶어?"

내가 묻자 라일라는 머뭇거렸다.

"아버지를 찾을 가능성이 거의 없다는 걸 알아요."

나는 달빛에 비친 라일라를 바라봤다. 라일라의 어깨를 다독여 주고 싶었다. 나는 라일라에게 조금 더 가까이 다가갔다. 그때 저편에서 사람들이 이쪽으로 걸어오는 게 보였다. 어둠 속 희미한 실루엣은 물품팀장과 린이었다. 그들은 처음에 나를 발견하고 손을 번쩍 들어 인사했다. 나는 그들을 향해 가볍게 고개를 숙였다. 어둠 속에 발걸음을 멈춘 그들이 잠시 멈칫했다. 뭔가 이야기하는 것 같기도 했다. 나는 애써 이상한 마음을 억누르며 그들을 향해 이쪽으로 오라고 손짓했다. 라일라는 서먹했는지 자리를 털고 일어났다. 나는 라일라를 붙들며 낮은 목소리로 말했다.

"아니야. 그냥 앉아 있어도 돼."

라일라는 그들과 나를 번갈아 봤다. 그사이 우리 쪽으로 다가온 팀장과 린이 어색하게 웃고 있었다.

"그럼 우리도 여기 잠깐만 앉아 있다 갈까?"

팀장이 이야기하며 내 옆에 자리를 잡고 앉았다. 린도 팀장의 옆에 앉았다. 나는 그들과 라일라 사이에서 이상한 기류가 흐르고 있다는 걸 알아채지 않을 수 없었다. 라일라는 숨죽인 채 달빛을 바라봤다. 침묵의 시간이 어색하게 한 차례 지났다. 문득 린이 나를 돌아보며 말했다.

"여기서 오래 근무할 생각은 아니죠?"

라일라에게까지 충분히 잘 들릴 만큼 큰 목소리였다. 일부러 라일라가 잘 들을 수 있도록 천천히 또박또박 묻는 건지도 몰랐다. 나는 대답 대신 라일라 쪽으로 고개를 돌렸다. 라일라는 어색하게 고개를 숙이고 있었다. 그때 팀장 손에 들린 무전기에 파란빛이 깜빡였다. A동쪽에 갑자기 싸움이 났으니 좀 도와 달라고 부탁하는 소리가 이어졌다. 팀장이 한숨을 쉬며 무전기에 승낙 신호를 보냈다.

"가자. 정말 바람 잘 날이 없구나, 하싼 그 녀석!"

우리는 자리를 정리했다. 린이 서둘러 라일라에게 작별 인사를 했다.

"그럼 가서 잘 쉬어요."

라일라는 멋쩍게 웃으며 빠르게 반대쪽으로 걸음을 옮겼다. 나는 등 돌린 라일라를 향해 손을 뻗었다. 린이 거세게 내 손목을 붙들었다. 나는 영문을 모르겠다는 듯 린을 바라봤다. 린은 분명히 고개를 저으며 붙든 손목에 힘을 줬다.

더 이상은 안 돼.

린의 눈은 그렇게 이야기하고 있었다.

5 하싼

남성이 많은 A동은 사건 사고가 끊이질 않았다. 그중에서도 하싼은 범접할 수 없을 만큼 화려한 경력을 갖고 있었다. 단원들 사이에서 하싼의 별명은 '원탑'이었다. 소매치기 같은 건 예삿일이었고 요즘에는 폭행, 절도, 강간 미수까지 차츰 범죄에 강도를 높여 가 그렇지 않아도 봉사단 내부에서 고민이 컸다. 애초에 하싼은 별로 문제적인 인물이 아니었다. 캠프에는 별것 아닌 말싸움에서 시작했다가 나중에 큰 싸움으로 번지는 일이 많았고 하싼은 그런 일을 주동하는 조무래기에 불과했다.

그런 하싼이 변하게 된 정확한 계기는 누구도 제대로 알지 못했지만 변화는 몇 달 전 하싼이 경찰서에 다녀온 후부터였다고 추측되곤 했다. 내 기억에 그때 하싼은 B동의 텐트에 간식을 훔치러 들어갔다가 마침 그곳에 있던 열일곱 살의 아프리카 출신 여자애를 강간하려던 죄로 신고되어 경찰에 이송되었다. 나는 그 사건의 전말을 꽤나 세밀하게 전해 들었다. 라일라 텐트의 바로 옆 텐트에서 벌어진 일이었기 때문이다. 경찰서에서 하싼은 강간까지 할 생각은 아니었노라고 강력히 주장했다고 했다. 그때 한 경찰이 하싼에게 시비를 걸었던가 보다. 화가 난 하싼이 경찰을 때렸다. 그는 공무 집행 방해죄로 처벌받을 뻔했다. 그가 경찰에게서 들었던 말이 '너 같은 새끼들이 한다는 짓이 역시 그렇지.'였던가, '니네 나라로 돌아가.'였던가.

경찰서에 다녀온 후 하싼의 범죄 행각은 간식이나 옷가지를 훔치는 데에서 끝나지 않았다. 사람들에게 시비를 걸고 폭력을 시도하는가 하면 점심 배급 때는 나타나지 않다가 사람들의 돈을 훔쳐 밖에 나가기 일쑤였다. 그즈음 하싼이 거느리는 패거리가 생겨났고 그는 차츰 거물급으로 성장했다. 아니, 범행 동기가 치졸하고 범행 수법이 단순했으므로 괴물로 변해 갔다는 말이 맞겠다. 정작 캠프에 들어오기 전 하싼이 모범생이었다는 사실을 알게 된 건 하싼의 친구를 통해서였는데, 나와 팀 사람들은 그 얘기를 들으며 하나같이 혀를 내둘렀다. 이유와 사정이 무엇이든 하싼은 차츰 범죄자가 되어 가고 있었다.

현장으로 가며 우리가 들은 소식은 엊그제 캠프에 들어온 새로운 사람들을 하싼이 건드렸다는 것뿐이었다. 사건 현장에는 벌써 사람들이 여럿 모여 있었다. 우리는 사람들 사이를 뚫고 안쪽으로 들어갔다. 다섯 살쯤 된 어린아이를 안고 바닥에서 뒹구는 젊은 여자가 보였다. 그 앞으로 한 남자가 하싼의 패거리에게 맞고 있었다. 하싼은 우리를 보더니 크게 침을 돋워 바닥에 뱉었다. 누구도 하싼을 멈추게 할 생각은 없었던 것 같다.

그러니까, 좋은 말로 할 때 한 번 대 줬어야지.

남자는 피투성이였다. 입술이 찢겨 나가고 흙으로 온몸이 뒤덮여 있었다. 피인지 침인지 모를 액체가 남자의 입술 사이로 흘러나왔다.

우리가 이들을 처벌하는 건 규칙에서 어긋나는 행위였다. 단원들은 난민들을 함부로 제지할 수 없었고, 이것은 우리가 어디까지나 그들을 돕는 사람들이라는 사실을 다시 일깨워 주었다. 린은 그 자리에서 경찰을 불렀다. 하싼이 린을 향해 고개를 젖히고 웃어 대며 말했다.

"걔네가 뭐 할 줄 아는 게 있는 줄 알아?"

하싼은 매뉴얼대로 그리스 경찰에 이송되었다.

나는 경찰차에 억지로 호송되는 하싼을 바라봤다. 어둠 속에서도 하싼이 입은 티셔츠 오른쪽 팔이 나풀거리는 게 보였다. 내전 중에 거리에 떨어진 수류탄이 터져 한쪽 팔이 떨어져 나갔다고 했다. 하싼은 난민 캠프에 들어와서야 제대로 된 치료를 받을 수 있었다. 병원에서 깨어난 하싼은 울부짖으며 소리쳤다고 했다. 차라리 죽여 달라고. 하싼의 가족들은 그때까지도 시리아에 남아 있었고 어린 여동생은 폭파된 집에서 잿더미로 변한 채 발견됐다고 했다.

나는 경찰차를 바라보며 한숨지었다. 얼마 안 가 그가 다시 난민 캠프로 들어오리라는 건 하싼을 비롯해 이곳에 있는 모두가 아는 사실이었다. 그리스 정부에 난민 캠프는 골칫덩어리였다. 난민들에게 바라는 건 한 가지, 그저 한곳에 모여 있으라는 거였다. 일이 터져도 그 안에서 해결되면 그리스 경찰은 캠프를 건드리지 않았다. 무슨 일이 일어나도 자신들의 관할만 아니면 상관없었다. 그사이 난민 캠프는 유서 깊은 고대 유적지 그리스의 한쪽 땅에 새로운 역사를 쓰고 있었다. 새로운 폭력이 탄생하고 사람들은 거기에 익숙해져 갔다. 세상이 그곳에서 종말을 고했고 다시 해가 뜨면 종말 속으로 사람들이 몰려들었다.

고개를 돌린 나는 어둠 속에서 익숙한 얼굴을 찾았다. 이 모든 상황을 말없이 바라보고 있던 라일라의 뒷모습이 현장에서 천천히 멀어지고 있었다.

6 경고

다음 날 아침부터 물품팀은 지난밤 들어온 구호품을 정신없이 정리했다. 지난해 여름, 초강력 허리케인으로 거주 지역을 완전히 잃어버리다시피 했던 미국 남동부 지역의 사람들이 보내온 옷가지와 신발, 장난감과 비상 식량 들로 창고는 넘쳐 났다. 어려움을 겪어 본 사람이 어려움에 처한 사람들의 처지를 더 잘 아는 법이다. 나는 제법 능숙한 동작으로 구호품들을 분류했다. 박스에 갓난아이부터 1세, 영아, 육아, 10대까지 성장기의 난민에게 전달될 물품을 차례로 구분해 넣고, 한쪽에는 성인용 물품을 사이즈별로 분류했다. 구호품을 실은 박스가 쉴 새 없이 들어와 내 앞에 들어찼다.

나는 옷 무덤 위 옷가지 사이에 끼워진 카드 한 장을 발견했다. 내 손바닥 크기의 카드는 예쁜 반짝이 스티커로 봉해졌는데, 스티커를 뜯고 내용물을 꺼내니 아이가 그렸을 법한 고래 그림 카드가 나왔다. 나는 카드를 열었다. 알 수 없는 글씨가 카드 안쪽에 한가득이었다.

"스페인어야."

어느새 내 곁에 다가온 팀장이 말했다.

"가끔 이런 카드들이 전해져. 힘내라, 응원한다. 이런 거지 뭐."

순간 카드에 그림을 입히는 귀여운 여자아이의 얼굴이 떠올라 입술을 오므리고 조그맣게 웃었다. 이토록 앙증맞고 따뜻한 응원의 메시지라니.

"잠깐 나 좀 볼까?"

나는 팀장을 따라나섰다. 팀장의 얼굴이 굳어 있어 자연스레 긴장이 됐다. 팀장은 나를 창고 뒤편으로 데려갔고, 자리를 잡은 후 바지 주머니에서 담배를 꺼내 물곤 내게도 권했다.

"안 피워요."

팀장은 담배 끝에 불을 붙이고 깊숙이 숨을 들이마셨다 뱉었다. 담배 연기가 바람에 섞여 빠르게 사라졌다.

"저, 그게 말이야."

팀장은 사나운 사람이 아니었고, 나는 어제 린과의 대화에서 벌써 기류의 뒤틀림을 느꼈으므로 직설적으로 묻기로 했다.

"잘못된 거였나요?"

팀장은 매사 조심스러운 사람이었다. 무엇보다 자기가 이끄는 팀원이 다른 이들의 입방아에 오르내리는 걸

달갑게 생각하지 않는 사람이었다. 그는 조근조근 얘기했다. 내가 지금 하는 일의 목적은 특정 수혜자의 생활을 직접 돕는 일이라기보다 수혜자 일반에 구호 품목을 최대한 효율적으로 전달하는 일에 가깝다는 것, 레스보스에는 봉사단원 한 명 한 명을 지켜보는 수많은 눈이 있다는 것, 따라서 한 아이에게 정성을 쏟는 건 굉장히 위험한 일일 수 있다는 것. 물품팀장의 이야기를 들으며 내 얼굴은 차츰 경직됐다. 나는 팀장을 쏘아봤다.

"우리가 누군가에게 잘 보여야 할 필요는 없잖아요? 우리는 물건을 팔기 위해 서비스하는 사람들이 아니니까요!"

팀장은 넉넉한 표정으로 웃어 보였다.

"나도 그럴 때가 있었지."

우리 사이로 사람들이 지나갔고 한동안 팀장은 말없이 담배 연기만 뱉어 냈다. 그는 할 말을 신중히 골랐다.

"내가 꼭 네 나이였을 때 말이야. 정성을 다해 한 아이를 보살폈어. 흑인이었지. 그때는 중동보다 아프리카 출신 난민이 많았거든. 그러다 그 아이가 단원 숙소로 몰래 들어와 팀원들 소지품을 다 털어 도망친 밤에야 비로소 내가 한 일이 얼마나 위험한 짓이었는지를 알았어."

팀장은 내게 그것을 '배신'이라고 설명했다. 도움을 주는 자와 도움을 받는 자. 그 이상의 관계로 얽히면 모두가 상처를 받게 되어 있다고. 요컨대 감정을 앞세우지 않고 최대한 상황을 객관적으로 직시하는 것, 그게 난민 구호의 첫 번째 자세라고 그는 나에게 훈계했다.

나는 그 이야기를 들으며 어젯밤 린의 표정을 기억해 냈다. 팀장과 서먹하게 인사를 한 후에 곧장 창고로 들어갔다. 린은 창고 안으로 들어오는 나를 보고 모르는 척 구호품 쪽으로 고개를 돌렸다. 나는 뛰다시피 걸어가 린 앞에 섰다.

"뭐가 잘못된 거죠?"

린은 태평한 눈으로 나를 올려다봤다. 내가 말을 이었다.

"라일라가 당신한테 못 할 짓이라도 했나요?"

흥분한 내 앞에서 린은 냉정하고 차분하게 물었다.

"라일라가 누구죠? 아, 어제 같이 있던 그 여자애?"

내 몸 안에서 무언가 울컥 치밀어 올랐다. 무심한 척 드러나는 린의 냉정함은 그녀가 팀장에게 훈수를 둔 걸 시미치 떼고 있다는 사실을 확증시켜 주었다. 지독하게 완벽한 문법으로 빚어진 린의 영어 문장이 내 귀를 사정없이 때리고 지나갔다.

"여긴 프로의 세계예요. 지켜야 할 매뉴얼이라는 게 있죠."

린이 말했다. 나는 조그맣게 눈을 떴다.

"산책 한 번 했어요. 그게 뭐가 잘못된 거예요?"

"한 번이 아니었죠. 벌써 많은 사람들이 알고 있으니까."

린은 시간을 들여 마지막 말을 뱉었다.

"경고만 하는 거예요. 선을 넘지 않게."

그 말이 너무나 거슬렸다. 선을 넘지 않게. 가만 두면 내가 라일라에게 무슨 짓이라도 할 거라는 소린가. 더 기이한 건 그때 머릿속에 떠올랐던 린과의 첫 대화였다.

'레즈비언은 레스보스섬에서 유래된 단어다.'

그 짧은 순간 수많은 생각들이 머릿속을 지나갔다. 지금에 와 라일라를 모르는 척해야 하는 건가. 라일라를 만나면서 사람들 눈을 피해야 하나. 그런 감정 따윈 없다고 해명을 해야 하는 건가. 대체 어떤 의도였는지 지금도 기억나지 않지만, 나는 그때 욱하는 심정으로 소리쳤다.

"좋아요, 그럼 매뉴얼대로 하면 되겠네요."

린이 나를 바라보며 물었다.

"무슨 소리예요?"

악을 쓰듯 큰 소리로 린에게 했던 말을 나는 아직 또렷이 기억한다.

"'보호자가 있을 경우에는 예외로 한다.'"

린이 나를 바라봤다. 나도 그대로 멈춰 섰다. 린은 눈을 거두지 않았다. 나는 린을 등지고 창고를 뛰쳐나왔다. 물론 홧김에 나온 말이었지만 나는 창고에서 나온 뒤 한참 서성였다. 이대로 창고에 들어간다면 더 끔찍한 상황을 마주할 것만 같았다. 자존심과 억울함이 동시에 나를 짓눌렀다.

그때 본부 사무실이 눈앞에 들어왔다. '안 될 건 또 뭐야.' 하는 생각도 했던 것 같고, 린이 다른 사람들에게 그 당시의 내 행동과 말을 비웃는다면 나도 미리 방어막 같은 걸 만들어야 하는 게 아닐까 하는 알량한 생각도 있었던 것 같다. 그중에 어떤 게 더 우선이었는지는 모르겠다. 나는 소용돌이치는 감정을 주체하지 못한 채 그대로 사무실 문을 박차고 들어가 데스크에 앉아 있던 담당 직원 앞에 섰다.

"입양 절차를 좀 알고 싶어요."

국제 이주 기구에서 파견된 직원이 두 눈을 동그랗게 치떴다.

"본인이 하시게요?"

나는 굳은 채 서서 더듬거렸다.

"그냥 조금 궁금할 뿐이에요."

직원은 조항을 살펴봐야겠지만 우선 내가 30대 초반의 미혼인 데다 아이를 키워 본 경험이 없고 고정적인 수입이 있다거나 경제력이 보장되지 않았으므로 입양 자격이 불충분한 건 사실이라고 일러 주었다. 무엇보다 국제법에 우선해 한국 내의 입양 관련 법률이 어떤지 알아봐야 할 것 같다고 말했다. 마지막으로 그 직원은 약간의 의심과 적의가 담긴 말투로 중얼거리듯 말했다.

"적당히 해요. 그쪽은 논문에 넣을 사례나 잘 관찰하면 되는 거 아닌가요?"

그제야 그의 뒤로 나를 지켜보고 있던 단원들의 모습이 눈에 들어왔다. 그들의 눈빛에서 나는 나를 향한 불만과 조롱의 눈빛을 읽었다. 대부분의 사람들이 내가 단지 학위 논문을 쓰기 위해 캠프에 머물고 있다고 생각한다는 걸 나는 그제야 깨달을 수 있었다. 나를 물품팀에 배치했던 이유 또한 깨달았다. 하루에 수천 개씩 쏟아지는 구호품들은 난민 기구에서 구호 공조의 긍정적인 면을 드러낼 만한 가장 그럴듯한 사례였다. 나는 그들에게 심한 배신감을 느끼며 뒤돌아서 사무실을 나왔다. 그리고 마음속으로 학위와 경력이 내게 과연 어떤 의미인지 물었다. 내가 힘들여 난민에 대한 논문을 쓴다고 한들 그것이 그들의 인간적인 삶을 보장해 주지 않는다는 사실을 그전에는 미처 몰랐다는 듯 여기까지 와 버렸다. 아무리 되새겨 보아도 라일라에 대한 나의 배려는 사사로운 것일 수 없었다. 라일라를 대하는 내 마음은 진심이었다. 난민들과 밥 한 끼 먹길 두려워하는 단원들은 내 마음을 다 이해할 수 없을 거였다. 진심으로 친해지려는 노력 없이 진정한 공감이 가능한 걸까. 나는 사무실을 나오면서 난민 구호 공조 매뉴얼을 통해 배운 사례들을 비웃지 않을 수 없었다.

7 한국행

나는 2주 후에 퇴소 처리를 했다. 그 2주 동안 나는 거의 창고 밖을 나오지 않았다. 사람들에 대한 환멸, 상처 난 자존심, 소각된 열정, 그리고 논문에 대한 욕망. 그 모든 것들이 나를 억누르는 느낌이었다. 더는 레스보스에 있을 자신이 없었다. 그곳만 아니면 어디라도 상관없을 것 같았다. 모든 것에서 좀 멀어졌다가 논문을 마무리할 다른 방법이 없을지 생각해 보고 싶었다. 무엇보다 시간을 갖고 싶었다. 이 길로 가는 게 맞을지, 단원들과 난민을 대하는 내 마음이 어디쯤에 있는 건지 생각을 정리해 볼 필요가 있었다. 원래 제네바로 돌아가기로 되어 있었지만 한국행 항공권을 끊었다. 지도 교수에게는 무슨 말을 하는 것 자체가 변명처럼 느껴질 것 같았다. 가급적 조용히 한국에 들어가기로 했다. 그다음에 대한 생각은 한국에 들어가서 해도 늦지 않는다고 스스로를 타일렀다.

다만 내 마음에 걸리는 것은 이곳에 두고 갈 라일라, 그 아이뿐이었다.

나는 그날 저녁 라일라를 불러내 극도로 조심스럽게 말을 꺼냈다. 물론 라일라에게는 모든 사정을 이야기해 줄 수 없었다. 내가 캠프에서 나가게 된 이유를 설명하려면 우리의 관계에 대한 이야기를 하지 않을 수 없었으니까. 나는 라일라가 상처받는 것을 원하지 않았다. 라일라에게는 제네바의 학교에 일이 생겼다고 둘러댔다. 라일라는 신기할 정도로 침착했다. 크게 동요하지 않았고 딱히 슬퍼하지도 않았다. 고개를 끄덕일 뿐이었다. 그럴수록 민망해지는 건 나였다. 나는 라일라의 어깨를 토닥이며 꼭 다시 돌아오겠다고 말했다. 아버지를 찾는 것만큼은 잊지 않고 도와주겠다고 약속했다. 혹시 시간이 지체되더라도 라일라를 잊은 건 아닐 거라고 했다. 한국에 가고 싶어 하는 것도 기억하고 있겠다고 했다. 라일라는 말없이 고개만 끄덕였다. 보슬거리며 내리던 비는 어느새 굵고 거칠게 쏟아졌다. 돌이켜 보면 사실 나는 그날 스스로에게 다짐하고 있었는지도 모른다. 나는 한국으로 돌아오는 비행기에서도 몇 번이고 '한국에 돌아가면 방법을 꼭 찾아보겠다.' 하고 다짐했다. 그것은 지난 몇 해 동안 이 분야에 쏟은 내 노력과 진심이 헛되지 않았다는 것을 입증하는 유일한 길이었다.

내가 한국으로 돌아온 후 시리아의 상황은 더욱 악화되었다. 반정부 시위대와 정부 간 내전이 주변 국가와 국제사회의 무력 전쟁으로 변질되었고 난민들은 매년 수천 명씩 불어났다. 유럽연합 국가들에서는 연일 난민을 받아들이겠다는 정부와 값싼 노동력을 수입할 목적으로 난민을 받아들이는 거라며 정부를 비난하는 인권 단체들, 난민세와 난민 폭동에 진저리가 났다는 시민들을 다룬 뉴스가 터져 나왔다. 유럽연합의 강요에 못 이겨 난민을 받아들이다 국민들의 원성이 잦아지자 슬그머니 국경을 봉쇄해 버리는 국가들이 속속 늘어났는데 폴란드도 그중 하나였다.

한국에 돌아온 내가 그들을 위해 할 수 있는 건 사실 아무것도 없었다. 집을 얻고 가족을 만나고 한국 생활에 안착하기 위해 행정적으로 필요한 일들을 처리하는 동안 몇 개월의 시간이 거침없이 흘렀다. 겨우 얻은 작은 원룸은 혼자 살기에도 비좁았고 물가는 천정부지로 치솟는 데다 직장을 찾는 건 점점 어려워졌다. 다행인지 불행인지 새로운 경험과 감정들이 쌓여 가며 캠프에 대한 기억의 밀도는 빠르게 묽어져 갔다. 월세나 은행 이자, 카드 값이나 가족 행사 같은 소소한 난제들이 내 앞에 산적해 있었고, 그것은 내가 지구를 반 바퀴나 돌아야 닿을 수 있는 곳에 놓고 온 삶보다 훨씬 규칙적이고 끈질기게 나를 흔들어 댔다. 나는 나 자신을 '월세 난민'으로 치부하며 난민 문제를 외면하는 평범한 생활인으로 변모해 갔다. 그토록 절박했던 사람들의 이야기가 내 기억의 세계에서마저 익사당하는 현실, 나로서도 대책이 있을 수 없었다.

가끔 라일라가 생각날 때면 나는 라일라를 입양하겠다고 소리를 질러 대던 한때의 충동을 아프게 되새기지 않을 수 없었다. 라일라가 그 사실을 알았다면 나의 돌이킬 수 없는 치기와 섣부른 감상이 라일라에게 더 큰 상처를 주었을 것이 틀림없었다. 캠프의 봉사단원들과 지금의 나는 무엇이 다른가, 그들은 적어도 여전히 그곳에 있지 않은가. 그 생각을 할 때마다 숨이 턱 막혔다. 답이 없는 시간 속에 파묻혀 나는 깊이 침잠했다. 차라리 그들에게서 내가 완전히 잊히길 바란 적도 있었다.

라일라에게는 한없이 미안한 마음이었다. 나는 진심으로 라일라와 아술이 폴란드에 있는 아버지와 연락이 닿았길, 그들 가족이 함께 폴란드 어느 시골 마을에서 평온한 일상을 꾸려 가고 있기를 빌었다. 마음의 다른 한쪽에서는 아이들이 죽었을지도 모른다는 불길한 생각이 끈덕지게 꼬리를 물었다. 그곳은 죽음 앞에 삶이 무력한 곳, 죽음에 익숙해진 사람들이 자신의 죽음을 전제로 타인의 죽음을 가벼이 여겨도 된다고 생각하는 곳이었다. 지극히 평범했던 사람들이 새로운 평범으로서의 악에 익숙해져 버리는 곳이었다. 나는 내가 아이들을 버려 두고 도피했다는 자책감으로부터 끝끝내 자유로울 수 없었다.

그러던 어느 날 우연히 린과 연락이 닿았다. 나는 용기를 내어 린에게 그땐 정말 미안했다는 메일을 남겼다. 진심이었다. 메일을 쓰며 그때 내가 얼마나 많은 사람들에게 상처를 주었는지 또 반성했다. 린은 비교적 빨리 내 메일을 수신했다. 그런데도 한동안 답장이 오지 않왔다. 나는 린의 답장을 기다리지 않으려고 애썼다. 린에게 아직 나에 대한 앙금이 남아 있을 수도 있다고 생각했다. 그게 아니면, 나는 그녀에게 잠깐 지나갔던 이름 모를 봉사단원 중 하나일 뿐일 수도 있었다.

한참이 지나고 나서야 린에게서 메일이 왔다. 린의 이름으로 발송된 메일을 보자 긴장감이 돌았다. 그러나 이내 다행스러운 마음에 가벼운 한숨이 새어 나왔다. 린은 나를 잊지 않았구나. 어쩐지 으쓱해졌다. 린이 구사하는 완벽한 영어 문장도 조금 그리워졌다. 그녀는 냉철하고 합리적일 뿐 나쁜 사람은 아니었다. 나는 오랜만에 린의 영문법을 마주할 생각에 마음이 조금 들떴다. 적어도 린의 메일을 열어 보기 전 내 마음은 그랬다.

영은에게

메일 줘서 고마워요. 큰일을 겪은 후에 종종 당신을 생각했는데 연락이 되어서 기뻤어요. 한국에서 잘 지내고 있는 것 같네요. 학위를 끝내지 않았다는 건 아쉽군요. 난 레스보스에서 2년 동안 근무한 후 얼마 전에 스페인으로 옮겼어요. 여기서는 물류가 아니라 행정 일을 돕고 있어요. 하는 일은 이전과 비슷하지만 유럽연합 대부분의 국가에서 난민 신청 절차가 조금 더 까다로워져서 요즘은 서류 작업 하는 일이 만만치 않네요.

우선 당신이 이 소식을 듣고 많이 놀라지 않았으면 좋겠어요. 소식을 전해야 하나 말아야 하나 오랫동안 고민했어요.

당신이 떠난 후 캠프에는 많은 일이 있었어요. 무엇보다 성폭행 사건이 많아졌고 시간이 갈수록 B동 텐트에서 사건이 많이 터졌죠. 우리도 상황을 모르는 건 아니었는데 통제가 쉬운 일이 아니라 해결책을 찾고 있었어요.

라일라도 피해자 중 한 사람이었어요. 보호자가 없으면 사고에 노출되기가 더 쉽죠. 그날도 라일라 혼자 있는 텐트에 남자들 여럿이 들었던 것 같아요. 마지막 남자는 A동 텐트의 싸움꾼 하싼이었어요. 기억나요? 맨날 싸움만 하던 싸움쟁이. 라일라가 반항을 하니까 안쪽에서 자물쇠를 완전히 채웠던가 봐요. 그날 저녁 8시쯤에 텐트에 붙은 불이 커지고 나서야 신고가 들어왔어요. 우리가 출동했을 때는 이미 텐트 안쪽이 모두 타 버린 후였고요.

발화의 원인은 촛불이 분명했는데 텐트 안쪽에 있는 사람들이 탈출한 흔적은 찾을 수 없었어요. 우리는 그게 이상하다고 생각했고 검증을 의뢰했죠. 그리스 경찰 말은 아마 죽음을 염두에 둔 누군가의 의지가 작용하지 않았겠느냐 하는 거였는데…… 섣부른 결론은 짓지 않았으면 좋겠어요.

라일라의 유품은 영어판 『오디세이아』와 아랍어로 된 고등학교 과학 교과서였는데 불에 타서 글자가 거의 보이지 않았어요. 그리고 불에 그을린 안경이 있었는데, 안경은 라일라의 동생에게 전달되었다고 들었어요.

참, 라일라의 동생은 아버지를 찾아 폴란드로 들어갔다고 해요. 나도 그 후에 들은 소식이라 확실하지는 않지만요.

이 소식에 당신이 많이 상심하지 않았으면 좋겠어요.

건강하게 잘 지내길 바랍니다.

린

8 내가 만든 사례

아술이 개별 심층 면접 대상으로서 이용 가치가 있을 거라는 건 지도 교수의 아이디어였다. 그는 내게 인터뷰가 끝날 때까지만 아술과의 거리를 유지하라고 조언했다. 그가 정의한 용기의 의미에 대해 나는 여러 번 되뇌었다. '용기란 주어진 상황을 품고 가는 것이다'. 나는 거울 속 내 얼굴을 마주할 때마다 속삭였다.

많아야 네 번이야, 바보처럼 굴지 마.

다짐이 무색하게 다음 주로 계획된 세 번째 인터뷰가 다가올수록 나는 통제력을 잃어 갔다. 꿈속에서 화염에 휩싸인 라일라를 목격하다 식은땀을 흘리며 일어나기도 했고, 거리를 지나다닐 때 아술과 비슷한 사람이 없는지 신경 쓰며 걸었다. 더 정확하게 말하면 내 앞에 나타난 아술이 나를 채근할 것이 두려웠다. '당신도 결국 우리를 버리고 가 버렸어.'라든지, '당신도 결국 똑같은 사람이었어.'라고 하며.

나는 묽어진 기억의 언저리를 더듬었다. 건너온 시간들에 대해, 그때 내가 왜 곧장 돌아갈 수 없었는지에 대해, 내가 돌아와 어떻게 살았어야 했는지에 대해 말해 줘야 할 순간이 올지도 모른다고 생각했다. 아술이 상처받지 않는 선에서 그때 내 상황을 최대한 담담하게 설명해야겠다고 생각하며 나는 머릿속으로 쏟아지는 문장들을 다듬었다. 조금 더 솔직하게 말하자면, 진지하게 변명거리를 만들었다.

다시 만난 아술은 지난번보다 훨씬 편해 보였다. 오히려 긴장한 건 내 쪽인 것 같았다. 나는 아술을 보며 여러 차례 감정의 선을 넘을 뻔했다. 그래서 인터뷰에서 레스보스섬이나 난민 캠프는 단 한 번도 언급하지 않았고, 심지어 아술을 전혀 모르는 사람이라고 생각하려고 노력했다. 차라리 그 편이 아술을 객관화시키는 데 도움을 주었다.

세 번째 인터뷰는 송환 대기실 이야기로 시작했다. 한국 정부에 청원서를 넣는 과정은 세 명 다 비슷했지만 외교부 직원들과 진행한 인터뷰의 결과는 달랐다. 이미 첫 번째 인터뷰에서 예상했던 것처럼 한국에 형제가 있거나 한국 가정에 입양되는 경우와 아술의 경우는 차원이 달랐다. 나는 아술이 서울의 난민 기구를 찾아오기까지의 과정에 대해 반복해 물었다. 국가 간 공조나 협력이 드러나는 부분은 심혈을 기울여 질문했다. 아술의 기억은 다행스럽게도 내가 만들어 둔 논문의 얼개와 비슷한 방향으로 점차 흘러들어 왔다. 자발적으로 지원 국가를 선택한 난민의 경우 정부와 국제 기구 간 협력의 근거를 강화시키고, 난민의 생활 만족도 역시 높일 수 있다는 논리에 아술의 사례는 잘 들어맞았다. 이 경우 난민을 받아들인 국가 차원에서는 국제사회에 약속한 공조 비율을 늘릴 수 있고, 국제사회적 측면에서는 유럽으로 밀려드는 난민을 지역마다 배분할 수 있었다. 지도 교수의 말대로 내가 조금만 거리를 유지하면 아술은 완벽한 사례 연구 대상임이 분명했다.

아술은 한국에 오게 된 결정적 계기가 무엇이었느냐는 질문에만 정확한 대답을 하지 못했다. 논문의 흐름을 크게 방해하지는 않았으므로 나는 그 질문을 일단 덮어 두었다.

확실히 인터뷰는 성공적이었다. 덕분에 하위 가설로 둔 몇 개 소챕터의 검증을 강화할 사례로 인터뷰 내용을 제시할 수 있겠다는 기대를 갖게 됐다. 잘만 하면 난민 구호에 있어 국가 간 갈등 시 협력 방안, 국제 구호 매뉴얼 중 국가 협력 항목의 수정 가능성처럼 생각지도 못했던 부분에서 수확을 낼 수도 있었다. 소챕터의 이론적 근거를 제시하려면 결국 난민 캠프의 구체적 사례를 끄집어내지 않을 수 없었다.

네 번째 인터뷰에서 나는 조심스럽게 레스보스섬 이야기를 꺼냈다. 아술이 예상보다 담담한 것이 이상할 지경이었다. 우리는 천천히 레스보스에 대한 이야기를 나눴다. 아술은 개인적인 체험담을 이야기해 주는 수준이었지만 나는 그가 겪은 상황의 원인이나 결과가 빚어진 정황들을 대부분 기억하고 있었다. 추상적인 이론은 아술의 사례를 통해 구체성을 얻어 갔다.

나는 난민 구호에 있어 국가 간 협력이 필요하다는 대전제하에 여러 가지 소가설에 대한 결론을 확보했다. 국제 구호 매뉴얼에 국가 간 협력 방안의 항목을 만들어 활용하는 아이디어는 소논문으로 계획해 하반기 유엔 서밋에 제출해 보는 게 좋겠다는 지도 교수의 평가를 받았다. 학위 논문 예심이 두 달 앞으로 잡혔다는 소식을 받자 내심 기분이 들뜨기까지 했다.

그때까지 우리는 라일라에 대한 이야기를 거의 나누

지 않았다. 내가 의식적으로 기피한 것일 수도 있다. 논문을 망치고 싶지 않다는 이기심, 라일라를 통해 드러나게 될 나 자신의 가증스러움과 마주하고 싶지 않았던 건지도 모른다. 고백하건대, 바로 그런 이유들 때문에 나는 아술과 따로 만날 용기를 선뜻 내지 못했다.

다섯 번째 인터뷰에서 아술은 하싼의 이야기를 꺼냈다. 나는 휴대폰의 녹음 기능을 켜고 아술의 맞은편에 앉았다. 아술은 침착했다.

"하싼은 나쁜 놈이었어요. 정말 개새끼였죠. 누나를 보며 그런 생각을 하는 줄 몰랐었거든요. 하싼을 처음 만났던 건 누나와 함께 캠프에 들어간 날이었어요. 그날 우리는 물에 빠진 생쥐 꼴이었어요. 밤새 겨울비가 내렸고 우리는 겨우 얇은 점퍼만 하나씩 입고 있었을 뿐이니까요. 우리는 캠프도 사람들도 무서웠어요. A동과 B동의 갈림길에서 한참을 앉아 있었어요. 그때 우리가 만난 사람이 하싼 형이에요. 하싼은 우리를 발견하고 캠프에 오늘 들어왔느냐고 물었죠. 저는 고개를 천천히 끄덕거렸어요. 너무 추웠고 배가 고팠어요. 형은 우리를 부축해 B동 텐트에 데려다줬어요. 형이 나를 업었고 라일라는 우리 뒤를 따라왔어요. B동에 들어가자 사람들이 우리를 보고는 서둘러 각자의 텐트로 들어가 버렸어요. 형이 저한테 저 사람들 조심해야 해, 하고 말해 줬어요. 저는 그때 그 형이 좋은 사람이란 걸 알았죠. 형은 우리를 쉬게 하고 담요를 가져다줬어요. 왼팔 한가득 담요와 간식거리를 챙겨다 줬죠. 형은 오른팔이 없었거든요. 그때 담요를 가져다주면서 형이 저한테 그랬어요. '엄마 생각나면 형한테 와.'라고요. 젠장. 나쁜 새끼. 형은 밤이 되면 우리 텐트에 찾아왔어요. '꼬맹이 엄마 보고 싶을까 봐 형이 왔지.' 그러면서 말이에요. 좋은 꿈 꿔라, 하고 매일 밤 말해 준 사람도 바로 하싼이었어요."

나는 하싼을 기억하려고 노력했다. 매일 밤 사건 사고를 터트리던 문제아. 희뿌연 연기 사이로 경찰차에 오르는 하싼이 나를 보며 비웃고 있었다.

그날의 달빛, 그날의 저녁, 그날의 라일라.

모든 것이 다시 그날로 돌아가는 느낌이었다. 나는 아술을 바라봤다. 아술의 어깨가 떨리는 게 선명하게 보였다. 아술은 우수에 잠긴 검고 깊은 눈으로 나를 올려다봤다. 아술의 눈은 빛났다. 캠프의 달빛처럼.

나는 그리스 경찰과 난민 캠프 지원단의 공조 활동의 중요성에 대한 사례를 논문에 넣기로 했다. 논문의 퀄리티를 위해, 그 모든 사례를 어떻게든 한 번이라도 써먹어 볼 생각을 나는 어느새 하고 있었다.

몇 번의 인터뷰를 진행하는 사이 내 생각도 조금씩 유연해졌다. 처음의 적대감과 긴장은 희미해지고 차츰 아술에 대한 연민과 동정이 죄책감과 함께 마음속에 들어섰다. 하싼의 마지막을 듣고 돌아온 저녁, 나는 아술에 대한 나의 마음을 굳혔다. 아술은 어쩌면 기댈 곳이 필요할지도 모른다. 나는 아술이 내 삶에 들어와 버렸다는 것을 인정했다. 아술의 조력자가 되는 것이 나에게 남은 과제라는 것을 스스로 깨달았다. 아술의 아픔과 고통을 함께 끌어안아 줄 사람은 이곳에 내가 유일하다고 생각하기까지 했다. 결국 나는 다음에 있을 마지막 인터뷰가 끝나면 아술에게 내 마음을 전하기로 마음먹었다. 아술이 한국에서 더 나은 삶을 살아갈 수 있도록 도와주겠다고 다짐했다.

진심이었다.

9 마지막 인터뷰

우리는 가을의 초입에 마지막 인터뷰를 진행했다. 인터뷰 주제는 '나'로 정했다. 그동안 진행된 인터뷰가 난민의 고통, 한국에 오기까지의 상황, 난민 캠프의 실상처럼 난민 자체에 맞춰져 있었기 때문에 그들은 인터뷰가 진행되는 동안 난민으로서의 정체성만 부여받았다. 인간으로서 그들의 이야기는 이제 시작이었다.

물론 논문을 위해 불필요한 부분은 아니었다. 나는 그들로부터 행복의 보편성을 이끌어 내고 싶었다. 논문의 결론 부분에서 '인간으로서 난민의 행복 추구권'을 주장하며 그 점을 드러내고 싶었다. 그러니까 인터뷰는 결론을 위한 근거였다.

"여러분이 생각하는 행복이 뭘까요?"

내가 묻자 아이들이 곰곰 생각했다. 한 아이는 이렇게 말했다.

"일상이요. 밤에 편하게 잠들 수 있는 것. 맛있는 음식을 먹을 수 있는 것. 친구들과 쇼핑센터에 가서 마음껏 물건을 고를 수 있는 것."

두 아이는 고개를 끄덕였다. 내가 웃으며 말했다.

"현대인들에게 귀감이 되는 조언이네요. 소소한 일상에서 행복을 찾는다."

한 아이는 이렇게 말했다.

"하고 싶은 일을 할 수 있는 거요. 요즘 한국 엄마 아빠가 학교 끝나고 학원에 가라고 해서……."

첫 번째 아이가 두 번째 아이의 대답을 들으며 한숨을 쉬었다.

"난 형이 자꾸 난민은 등록금 안 내도 되는 대학에 가라는데."

심각해진 아이의 얼굴을 보며 우리는 모두 웃었다. 나는 아술에게 시선을 돌렸다. 아술은 고민에 빠진 얼굴이었다. 나는 아술에게 조심스럽게 다가갔다. 내 얼굴을 바라보며 아술이 천천히 또박또박 말하기 시작했다.

"캠프로 돌아가려고 해요."

나는 그대로 멈춰 서서 한참 동안 말없이 아술을 바라봤다. 물론 나는 인터뷰 후에 아술에게 다시 만나자는 말을 할 수 없었다. 그런 말뿐 아니라 다른 어떤 종류의 말도 꺼낼 수 없었다. 집에 돌아오는 길 내내 생각에 잠겼다. 아술의 다짐이 얼마 전부터 유독 말이 없었던 아술의 태도와 관련이 있는가 싶었다. 무엇보다 아술의 결심에 내가 연관되어 있는 게 아닐까 싶은 마음에 가슴이 무겁게 내려앉았다.

어둠으로 둘러싸인 거실 바닥에 웅크리고 앉아 나는 생각했다. 5년이라는 시간은 열세 살이던 그를 열여덟 성인으로 바꾸어 놓았다. 그에게는 자신의 미래에 대한 결정권이 있다. 나에게는 그것을 방해할 권리도 책임도 없다. 나는 무릎을 세우고 앉아 그 사이에 고개를 파묻었다. 수없이 많은 질문이 머릿속을 헤엄쳐 지나갔다. 그가 난민 캠프를 찾아가 어린 시절을 되새김질하며 아파하는 모습을 상상할 수 있겠니. 그를 내버려 둘 셈이니. 라일라라면 아술을 내버려 뒀겠니. 아술이 가 버리고 나면 넌 행복하겠니. 나는 던져 뒀던 가방을 다시 들쳐 멨다. 아술이 센터의 보호소에서 지낸다는 사실을 떠올렸다.

그제야 문득 궁금한 것이 있었다. 왜 아술은 내 인터뷰에 마다 않고 응해 줬던 걸까. 돌이켜 보니 그때까지 한 번도 나는 아술의 입장에서 생각해 본 적이 없었다.

임시 거처로 만들어진 보호소 한편의 컨테이너 박스에서 그는 짐을 정리하는 중이었다. 아술은 마치 내가 찾아올 걸 알고 있었다는 듯 무심한 표정으로 나를 맞았다. 나는 벽에 기대 짐을 정리하는 그를 지켜봤다. 입구에서 가장 잘 보이는 곳에 흰 천에 하얀 로고가 덧대어진 그의 운동화가 놓여 있었다. 번뜩 스쳐 가는 장면이 있었다. 캠프를 나오던 마지막 날 아침 내가 아술을 위해 따로 준비해 뒀던, 아술이 그토록 원했던 하얀 로고의 운동화 한 켤레.

운동화…….

나는 중얼거리듯 말했다. 아술은 내 쪽을 바라보며 부드럽게 웃었다. 나는 아술을 다시 만난 첫날 본 아술의 운동화를 기억해 냈다. 그날 그 운동화는 내게 보내는 일종의 신호였구나. 나는 무기력하게 웃었다.

그는 고개를 돌리고 자신의 가방을 뒤적였다. 그의 손에 딸려 나온 건 천에 싸인 작은 물건이었다. 그는 그것을 들고 와 내게 내밀었다. 작고 투명한, 둥근 플라스틱 통. 나는 그게 뭔지 보지 않고도 알 수 있었다. 안경, 라일라의 안경, 내가 그에게 주었던 그것. 나는 천의 매듭을 풀지도 않은 채 그것을 오래 들여다봤다. 아술은 말없이 그런 나를 기다렸다.

"누나는 매일 의식처럼 안경을 닦고 앉아 책을 읽었어요. 곧 아빠를 만나면 유럽 시민이 될 테니까, 그러면 공부를 열심히 해서 의대에 들어가고 싶다고, 그래서 캠프 사람들을 치료하는 의사가 될 거라고 했어요."

아술의 목소리가 조금 낮아졌다.

"한국으로 가서 당신을 찾고 싶다고 했어요. 찾아서 그 안경이 매일 밤 알려 줬던 사실을 말하고 싶다고 했어요. 우리는 결코 버려지거나 버림받은 사람이 아니라는 사실……."

아술의 이야기가 끝나자 기다렸다는 듯 밤비가 내리기 시작했다.

그 빗소리를 들으며 나는 라일라와의 마지막 저녁을 생각하고 있었다. 안전한 한국에 먼저 가서 자리를 잡으면 꼭 돌아와 널 데려가겠다고, 그곳에는 위험한 사람들도, 폭동도 없다고…… 혹여 널 데려갈 수 없게 된다면 반드시 아빠를 만나도록 도와주겠다고, 네가 알고 있는 것처럼 난 논문을 위해서만 이곳에 머물렀던 게 아니라고……. 그 장면에서 나는 라일라의 손을 꼭 붙들고 스스로 다짐을 거듭하고 있었다. 빗속의 라일라는 떠나는 나를 향해 연신 손을 흔들었다. 그 장면의 마지막은 라일라의 표정이었다. 희망도 절망도 없는 무경계의 웃음. 기억에서 지워진 줄 알았던 마지막 장면이 또렷하게 떠올랐다. 침묵을 깨고 아술이 말했다.

"내일 저녁에 시리아로 돌아갈 생각이에요."

나는 아술을 바라봤다. 나에게는 아술의 선택을 저

지할 자격이 없었다. 5년 전 내가 아이들을 버리고 한국으로 돌아왔을 때부터 자격은 이미 상실되고 없었다.

"미안해……."

마음 한 구석이 시려 왔다. 그 마음의 근원을 무어라 정의하기도 전에 아술이 슬며시 웃으며 말했다.

"미안해할 필요 없어요. 인터뷰를 하면서 돌아갈 마음을 굳혔던 건 사실이지만, 어디까지나 내 선택이에요. 난민 캠프에서 있었던 일을 이야기하면서 내가 얼마나 많은 사람들에게 도움을 받았는지 깨달았죠. 이제 내가 그들을 도울 차례라는 것도요."

아술은 다시 밝게 웃었다. 가슴 한쪽에서 강한 통증이 연달아 퍼졌다.

"아니야 아술, 그런 뜻이 아니었어."

내 목소리는 떨리고 있었다.

"당신의 논문이 세상 사람들에게 읽히면 더 많은 사람들이 내 친구들을 도우러 갈 거예요."

"아술!"

지독히 깊고 검은 늪 안으로 들어가는 기분이었다. 들어가고 싶지 않은 감정의 숲 안으로, 그보다 더 깊은 곳에 섬뜩하게 도사리고 있는 내 이기심 안으로. 아술에게 말하고 싶은 것이 있었지만 입술이 움직이지 않았다. 이건 아니야 아술, 네가 이렇게 난민 캠프로 돌아가면 나는 어떻게 하라는 거야. 그 말 대신 한참이 지난 후에 나는 이런 말을 꺼냈다.

"한국에서 계속 사는 건 어떻겠니. 한국이 마음에 들지 않았어?"

아술은 쓴웃음을 지었다. 아술의 뒤로 보름달이 차올랐다. 아주 크고 밝은 적갈색의 보름달이었다.

"달빛은 태양이 반사해 생긴다는 사실, 알고 있나요?"

아술이 물으며 달빛을 향해 섰다. 나는 그대로 멈춰 눈을 감았다.

"모든 행성이 태양처럼 빛날 필요는 없어요. 태양은 달을 통해 달빛으로 보이기도 하고, 수성이나 목성을 통해 그것들의 빛으로 보이기도 하고, 사람의 눈을 통해 세상을 보게 하는 빛이 되기도 하죠. 사람은 모두 자신의 눈으로 세상을 봐요. 상황은 시선에 따라 이렇게 보이기도 하고 저렇게 보이기도 해요. 용기가 필요한 상황을 만날 때도 있죠. 그런 상황이 주어지면 죽을 것같이 힘들지만 그 상황을 견디게 하는 게 때로는 물건 하나, 한 사람, 단 하나의 어떤 것일 수 있어요."

아술은 보름달을 바라보며 천천히 낮게 읊조렸다.

"그 희망이 라일라에게는 안경이었어요. 당신에게는 논문이었겠지만……."

라일라에 대한 속죄, 아술에 대한 미안함. 뒤섞인 감정들이 혼란스럽게 내 안에 차올랐다. 나는 한동안 감은 눈을 뜨지 않았다. 감은 눈 바깥으로 무언가 번뜩이며 지나갔다.

10 그래도 남는 것

눈을 뜨고 창문 덮개를 살짝 밀어 올렸다. 인천까지 남은 비행 시간은 이제 겨우 20분 남짓이었다. 내 대각선으로는 일등석으로 가는 가림막이 보인다. 그 안에는 내 지도 교수인 게르하르트 롤랑이 있다. 창문 밖으로 공사 중인 건물들과 고속도로를 맹렬히 지나는 차들이 보인다. 하늘에서 보는 한국은 내게 늘 그런 식으로 다가온다. 무언가에 늘 분주하고 그 밖의 것에는 지독히도 무심하다. 인천에 도착하면 정오에 가까운 시간이었고 내 발표는 내일 오후 3시, 4세션의 세 번째 순서로 진행될 예정이었다.

올해 한국개발학회는 롤랑 교수에게 20주년 개발학회 포럼의 기조연설을 부탁했다. 롤랑은 유엔 난민 기구의 상임 고문 자격으로 단상에 올라 한국 개발학이 나아갈 방향에 대해 발표하기로 했다. 기조연설을 수락하며 롤랑은 내 이야기를 개발학회에 꺼냈다. 자신이 지도한 제자가 이번에 좋은 연구 논문을 냈다고, 한국 정부와 개발학회에 도움이 될 연구 결과일 테니 발표할 수 있도록 배려해 달라고 그는 정중히 부탁했을 것이다. 그렇게 나도 한국행 비행기에 올랐다. 학회는 논문 발표 후 약간의 스케줄을 소화하느라 제네바에 머물고 있던 내게 한국행 항공권을 보내왔다. 발표자를 위한 한국 학회의 관습 같은 거라고 했다. 금의환향하는 느낌이랄까, 대접받는 게 어색했지만 분명히 조금은 흥분이 되었다.

졸업식 후 몇 개월이 어떻게 지났는지 모를 정도로 순식간에 흘렀다. 내가 쓴 학위 논문에 아술은 국제 공조 체제의 성공적인 사례로 소개되었다. 논문에는 아술이 난민 기구의 도움을 받아 캠프 생활을 마치고 폴란드를 거쳐 자립할 때까지의 일화가 상세히 쓰였고, 아술의 자발적 선택을 받아들인 한국 정부가 난민 기구와 공조해 난민 보호소에 아술을 위한 보금자리를 만들었다고 강조하고 있었다. 논문의 마지막 부분에 나는 중요한 인터뷰이로서 아술에게 많은 빚을 졌다고 적었다.

학위 논문 샘플을 받아 든 지도 교수는 내 논문의 객관성을 긍정적으로 평가했다. 논문을 계획했던 6년 전 난민 캠프에서 보내온 사례 조사 결과에 비하면 지금의 FGI 인터뷰 방식이 공조 사례의 긍정적 측면을 잘 드러내는 데다, 국제 협력을 통해 공조 매뉴얼을 강화해야 한다는 차원의 논리적 안정성이 돋보인다는 거였다. 지도 교수는 자신의 퇴임식을 곁들인 학위 논문 시상식에 나를 학생 대표로 추천했다. 졸업식 후에 나는 지도 교수의 추천으로 유엔 난민 기구에서 연구 결과와 사례를 발표할 기회를 얻었다.

가끔 시리아에서는 내전 소식이 들려왔다. 시리아 난민들이 리비아 해안에 빠져 죽었다는 토막 뉴스는 물론이고, 이라크, 요르단, 리비아, 그리스, 스페인에 계속해서 난민 캠프가 세워지고 있다는 뉴스를 접할 때도 있었다. 그때마다 나는 아술의 얼굴을 찾아 꼼꼼하게 뉴스나 신문 지면을 살피곤 했다. 아술은 어디에든 있었다. 폭격을 맞은 마을에서 울고 있는 아이, 시리아에서 도망치다 부상당한 아이, 난민 캠프 뒤에서 한가로이 축구공을 차며 노는 아이……. 봉사단원들의 구김살 없는 웃음과 일상적인 몸짓에도 그의 모습은 겹쳐 보였다. 하지만 모든 연상의 마지막 장면은 언제나 아술의 뼈아픈 한마디로 매듭지어지곤 했다.

그 희망이 당신에게는 논문이었겠지만…….

인천공항 여객 터미널의 도착 층에는 국제회의 스태프가 우리를 기다리고 있었다. 뒤쪽으로 개발학회 국제포럼의 엠블럼이 붙은 부스도 보였다. 한국개발학회 20주년 기념인 이번 포럼의 규모를 면면에 과시하는 모양새였다. 스태프 중 한 명이 피켓 쪽으로 다가오는 우리에게 깍듯이 인사를 한 후 지도 교수와 나의 이름을 확인했다. 그러곤 나를 향해 서서 기조연설자인 롤랑 교수에게는 준비된 차량이 있고 일반 발표자들에게는 광화문의 호텔까지 갈 수 있는 리무진 티켓을 증정한다고 이야기했다. 그녀의 설명을 듣고 있던 롤랑 교수가 그녀에게 우리는 일행이니 함께 이동하는 것이 좋겠다고 말했다. 스태프는 그의 이야기를 듣고 아주 잠깐 생각에 빠졌다가 이윽고 롤랑 교수와 나를 준비된 차량으로 안내했다. 대기 중이던 검은 그랜저는 우리를 태우고 공항을 빠져나가 영종도를 통과해 서울 방면으로 달렸다. 교수는 1960년대 말 자신이 한국을 방문했던 경험을 내게 들려주며 개발도상국의 경제개발만큼이나 중요한 인권 신장을 강조했다. 앞으로 학계 활동을 하며 갖춰야 할 기본기에 대해서도 그는 따뜻하고 자상하게 조언했다. 그사이 여의도와 마포대교를 지나 차는 어느새 호텔 입구로 들어섰다.

프런트 직원은 롤랑과 내 이름을 확인하고 방 키를 건네며 내일 포럼 후에 있을 만찬의 참석 여부를 물었다. 롤랑 교수는 내일 만찬이 가벼운 식사 자리일 테고 몇 개월 만에 들어온 한국이니 친구를 만나고 싶으면 그렇게 해도 좋다고 말했지만 나는 만찬에 참석하겠다고 대답했다. 15개국의 국제 공조 관련 전문가들이 참석하는 이번 포럼은 학계에 이름을 알릴 좋은 기회였다. 게다가 롤랑 교수는 인적 네트워크의 중요성에 대해 늘 강조해 오지 않았던가. 롤랑 교수와 가볍게 인사를 나누고 나는 방 안에 들어왔다.

낡았지만 고풍스러운 고급 호텔 비즈니스룸에는 왼쪽에 크고 푹신한 침대가, 침대 옆 투명 유리로 만들어진 테이블 위에는 환영 다과와 한국 전통 기하 문양을 자수로 넣은 명함집이 반듯하게 포장되어 놓여 있었다. 나는 짐을 풀고 커다란 침대 위에 드러누웠다. 방음이 잘되는 듯 바깥의 소음이 전혀 들리지 않았다. 환풍구를 통해 들어오는 바람 소리만 호텔 방을 가득 채웠다. 창밖으로 낙엽이 소리 없이 내려앉고 있었다. 나는 샤워실에 들어가 천천히 몸을 씻었고 밖으로 나와 비행기에서 못 잔 잠을 조금 더 청했다. 눈을 떴을 때는 벌써 바깥이 어둑했다.

무거운 몸을 이끌고 밖으로 나왔다. 저녁을 먹을 시간이었지만 아직 기내식이 소화되지 않은 듯 속이 더부룩했다. 우선 엘리베이터를 탔다. 내일 행사를 치를 회의장과 소연회장은 2층에 모여 있었고, 1층에는 로비가 있었다. 명동으로 가는 후문은 지하 1층이었는데 그쪽으로 가려면 1층에서 내려 다른 엘리베이터를 타야 하는 것 같았다. 2층 버튼을 눌렀다. 소화도 시킬 겸 회의장을 둘러보면 좋겠다는 생각이 들었다. 엘리베이터에서 내려 두리번거리다 오른쪽으로 돌았다. 멀리 리허설 소리가 들려왔다. 소리가 나는 쪽을 좇아 복도를 걸어

갔다. 로비에는 은은하고 따뜻한 빛이 감돌았다.

문 앞에 서서 회의장 곳곳을 훑었다. 단상에 선 사회자와 뒤쪽의 엔지니어가 프레젠테이션과 대사의 순서를 맞추는 중이었다. 의자와 책상이 가지런히 세팅되어 있었고 사람들이 그 사이를 바쁘게 지나다녔다. 멍하니 서 있다가는 준비하는 사람들에게 피해가 될까 봐 나는 얼른 회의장을 한 번 더 살피고 몸을 돌려세웠다. 그때 반대쪽에서 누군가 나를 향해 걸어오는 것이 느껴졌다. 나는 고개를 돌렸다. 거기에는 나를 보고 웃으며 걸어오는 이해정이 있었다.

"오랜만이에요, 선생님."

나는 이해정을 보고 반갑게 웃었다.

"정말 오랜만이네요. 잘 지냈어요?"

이해정은 여전히 밝고 생기 있었다.

"네. 저 정규직으로 전환되었어요."

나는 진심으로 기뻐하며 밝게 웃었다.

"정말 잘되었네요. 정규직 티오가 거의 없었을 텐데 정말 대단해요."

이해정은 스태프 명찰을 차고 있었다. 그렇지 않아도 내가 포럼에 참석한다는 소식을 접하고 아주 반가웠다고 그녀는 말했다.

"졸업 축하드려요."

"덕분이에요."

우리는 회의장에서 나와 복도 한쪽에 마련된 의자에 걸터앉았다. 그녀는 최근 내 생활에 대해 이런저런 질문을 했다. 공부에 관심이 있는지 그녀는 내게 학위 과정 전반과 학교 분위기에 대해서도 물었다. 자연스럽게 우리의 대화는 나의 학위 논문으로, 인터뷰가 있었던 작년으로, 논문 사례였던 아이들에 대한 대화로 이어졌다. 나는 아술의 소식이 궁금해 아이들의 근황을 물었지만 이해정은 나의 질문을 한국에 남은 아이들 소식으로만 알아듣고 잘 지낼 거라고 말했다. 나는 더 이상 묻지 않았다. 이해정이 지나가던 스태프와 눈인사를 나누더니 말을 이었다.

"아, 그런데 아술의 소식은 알아요. 선생님 알고 계세요?"

나는 이해정의 얼굴을 물끄러미 바라보며 대답했다.

"시리아에 간 것까지는 알아요."

"선생님 모르시는구나. 그러셨을 수도 있겠네요. 인터뷰 끝난 후로는 연락하기 힘드셨을 테니까."

몇 달 전 들었다는 그 이야기를 꺼내기 전에 이해정은 한숨을 쉬었다. 요즘 그런 상황들이 너무 많이 발생하니까요. 이해정이 그런 이야기를 했던 것 같기도 하다. 이해정은 가볍게 말했다. 아술은 그리스 난민 캠프의 봉사단원 숙소에서 총격으로 사망했어요. 그날 봉사단원이 여섯 명이나 사살당했는데 희생자 중 한 명이었다고 해요. 마치 잡담을 나누듯, 전혀 모르는 사람의 이야기를 전하듯, 연예인의 갑작스러운 죽음처럼 안타깝긴 하지만 내 일은 아니란 태도로 이해정은 말했다. 내 눈은 줄곧 소연회장을 분주하게 오가는 사람들을 바라보고 있었다. 앞이 아찔했고 어느 순간부터는 아무런 생각도 들지 않았다. 난민 기구의 홈페이지에 가시면 애도의 뜻으로 인터넷 조문소가 마련되어 있어요. 이해정은 그렇게 말했다. 아술은 마지막까지 숙소를 지킨 봉사단원이었고 피격당한 그의 품에는 갓 태어난 예멘 출신의 남자아이가 아술의 손을 잡은 채 밭은 숨을 쉬고 있었다고. 나는 그 이야기를 가만히 듣고 있었다. 그리고 한참 뒤에 조용히 한마디만 뱉었다.

"그렇군요."

우리는 몇 가지 형식적인 인사를 조금 더 나누다 헤어졌다. 나는 발표 준비를 마무리해야 했고, 그녀는 리허설 준비를 마저 마쳐야 했다. 나는 저녁 먹는 것을 잊고 그대로 방에 돌아와 예행연습을 두어 번 했다. 연습을 하다가 간간이 멈춰 숨을 골랐다. 나도 모르게 턱, 턱, 숨이 막혀 순간적으로 의식이 아뜩해지곤 했다.

*

다행히 발표는 순조롭게 끝났다. 준비된 말을 마치며

나는 청중 쪽으로 시선을 돌렸다. 조명에 눈이 부셔 청중들을 제대로 볼 수 없었다. 나는 어색하게 고개를 숙여 인사한 후 청중석으로 돌아왔다. 돌아와 앉아 마지막까지 발표를 들으며 자리를 지켰다. 다른 발표자들의 발표를 꼼꼼하게 메모했다. 그러다가 문득 떠오르는 연구 아이디어를 메모장 한쪽에 적고, 세션 후 이어지는 만찬에서 발표자들에게 건네고 싶은 말을 골라냈다.

폐회 후에는 20분의 휴식 시간이 주어졌다. 긴장이 풀린 탓인지 달고 바삭한 디저트를 먹고 싶었다. 나는 곧바로 연회장으로 들어갔다. 연회장 한가운데 사람들에게 둘러싸인 롤랑 교수가 보였다. 나는 뷔페식으로 마련된 음식들을 향해 걸었다. 걸으며 한쪽에 진열된 음식을 훑었다. 한 입 거리로 만들어진 구운 관자, 작게 썰린 파니니, 딤섬, 판나코다, 과일 타르트, 마카롱. 깔끔하고 세련되게 담긴 형형색색의 음식이 눈길을 끌었다. 진열된 음식들 끝에 디저트들이 모여 있었고 그 옆에는 직원 한 명이 와인 잔에 와인과 샴페인을 따르고 있었다.

진열대 끝에 있던 크렘브륄레를 막 개인 접시에 덜어 내며 나는 다시 롤랑 교수 쪽으로 눈길을 돌렸다. 멀리 롤랑 교수가 나를 발견하고 손 인사를 했다. 나는 가볍게 묵례했다. 그는 내게 손짓했다. 그쪽으로 건너오라는 뜻이었다. 롤랑의 옆에 있던 사람들이 일제히 나를 바라봤다. 롤랑이 사람들에게 뭔가를 말하는 것 같기도 했다. 나는 접시를 놓고 화이트 와인이 담긴 와인 잔을 손에 쥔 후 그들을 향해 걸어갔다. 롤랑은 한쪽 손을 크게 젓히며 나를 반겼다. 롤랑의 주변에 있던 사람들이 틈을 벌려 내가 들어설 자리를 만들어 주었다. 롤랑은 간단히 내 소개를 했고 나는 그들과 명함을 주고받았다.

"오늘 발표하신 내용 아주 인상적이었습니다."

내 옆에 서 있던 사람이 내게 말을 걸었다.

"감사합니다."

나는 정중하게 고개를 숙여 인사하며 명함을 힐끗 바라봤다. 그는 싱가포르 재무청 소속이었다. 그가 발표했던 내용도 떠올리려고 노력해 봤다. 방글라데시 의료 사업이었던 것 같기도 했고 베트남 무상 원조였던 것 같기도 했다. 그가 말을 이었다.

"난민 구호의 국제 공조라는 연구 주제가 참 매력적이었습니다. 특히 대표 사례자가 기억에 남았습니다. 한국에 와서 잘 적응해 가는 어린 친구가 대견해 보이더군요."

나는 고개를 끄덕였다.

"저도 그 친구가 한국에서 잘 생활해 나가는 것이 정말 인상적이었습니다. 앞으로도 그런 사례가 많이 나왔으면 하는 바람입니다."

그의 옆에 있던 다른 발표자가 말했다. 호주 원조국

국장이었다.

"난민 문제는 최근 국제사회가 주목한다는 차원에서 상당히 시의성 있는 주제죠. 그런 의미에서 연구하신 사례는 국제 협력에 중요한 시사점을 남기고 있습니다. 롤랑 교수님도 칭찬이 대단하시더군요. 연구 아이디어를 실제 상황에 적용해 개진하는 데 거침이 없다고 말입니다. 오늘 참석한 열다섯 개 국가를 차례로 돌면서 사례를 발표하시게 될지도 모르겠네요. 우선 호주에 한번 오세요."

나는 수줍게 웃으며 알겠다고 대답했다. 누군가 물었다.

"그 후의 이야기도 궁금하네요. 아술은 아직 한국에 있나요? 어떻게 지내나요?"

나는 롤랑을 바라봤다. 롤랑은 다른 사람들과 다름없이 여유롭고 부드럽게 웃고 있었다. 입술이 떨어지지 않았다. 나는 나를 둘러싼 사람들을 하나하나 바라봤다. 그들은 호기심 어린 눈으로 내 대답을 기다리고 있었다. 나는 온몸에 힘을 주었다. 싱가포르 재무청 과장, 호주 원조국 국장, 유럽의회 원조위원회 위원, 국립대만대학 교수. 나는 그들의 직함을 떠올렸다. 목이 타들어가 들고 있던 화이트 와인을 한 모금 들이켰다. 그리고 입술을 다신 후 천천히 말했다.

"그리스 레스보스섬으로 잠시 들어갔습니다. 자신을

보호해 준 고마운 곳이라면서요. 그곳에서 자원봉사자로 일하고 있습니다. 내년 봄 즈음에는 한국에 다시 들어올 겁니다."

국립대만대학 정치경제학과 조교수가 놀랍다는 표정을 지었다.

"대단하네요. 결말까지 완벽해요. 시종일관 감동적인 사례입니다."

나는 작게 '그렇다.'라고 대답하며 고개를 끄덕였다. 심장이 빠르게 뛰었다. 잘한 거라고 나는 스스로를 다독였다. 아술은 죽었다. 그것은 명백한 사실이다. 그의 죽음은 가슴 아프고 불행한 일이지만 나는 아술이 죽었노라고 고백할 수 없었다. 아술의 죽음을 알리고, 그가 한국에서의 삶을 포기했다는 사실을 공개하면서까지 내가 만든 사례가 실패한 사례라고 말할 수는 없었다. 그러기엔 모든 것이 너무 멀리 흘러와 버렸다. 그뿐만 아니라 이 사례는 벌써 사람들 안에 너무 깊이 각인되어 있었다. 나 스스로 사례의 결말을 엉망으로 만드는 건 어리석은 일이었다. 현실에서 아술은 죽었지만 내가 만든 사례 안에서 그는 불멸의 지위를 얻었다고, 그렇게 내가 만든 사례가 굳혀져야 한다고 나는 나 자신을 타일렀다.

하지만 시간이 지날수록 레스보스가, 라일라가, 아술이 점점 더 생생하게 되살아나 나는 자리를 지키고

서 있을 수가 없었다. 술을 몇 잔이나 거푸 마셨지만 허물어진 마음의 중심은 이미 되돌릴 수 없는 지경에 이르러 있었다. 속이 메슥거리고 머리가 깨질 듯 아팠다. 나는 뛰듯이 호텔 밖으로 달려 나갔다. 밖으로 나가 찬 공기를 마주하자 참을 수 없을 만큼 빠르게 신물이 올라왔다.

나는 호텔 벽에 손을 기대고 먹었던 것들을 모조리 게워 내기 시작했다. 먹은 것들을 다 토해 내 미끈한 위액만 쏟아지는데도 구역질이 멈추지 않았다. 구역질 때문인지 안쪽에서 강하게 통증이 일었다. 위가 쪼그라드는 것 같았다. 참았던 울음이 터져 나왔다. 머릿속이 새하얗게 변했다. 나는 호텔 벽을 붙들고 주저앉았다. 옷과 스타킹이 내 눈물과 토사물로 젖어 갔다. 두려웠다. 남겨진 사례로부터 나는 영원히 자유로울 수 없을 것 같았다. 모든 것이 나를 옭아매는 느낌이었다.

그렇게 한참 동안 앉아 쉴 새 없이 눈물을 쏟았다. 이윽고 눈물이 멈췄을 때 몸속 깊이 지독한 오한이 찾아들었다. 나는 두 팔로 몸을 감싸 안았다. 멀리서 무언가 나를 비추고 있다는 생각이 들었다. 눈물을 닦으며 고개를 들었다. 멀리 호텔 경사면 사이에 둥근 달이 떠 나를 지켜보고 있었다. 그 순간 머릿속에서 아술의 뒤로 차오르던 보름달이 되살아났고, 곧이어 그가 내게 했던 말들이 머릿속을 스치고 지나갔다.

"사람은 모두 자신의 눈으로 세상을 봐요. 상황은 시선에 따라 이렇게 보이기도 하고 저렇게 보이기도 해요……."

아술은 그날 밤 달을 보며 희망에 대해 말했다. 그가 말하던 희망이 지금 나에게는 참담한 절망의 사례가 되어 한껏 부풀어 오르고 있었다. 내가 만든 사례 안에서, 이제는 아술이 아닌 나 자신이 돌이킬 수 없는 사례가 되어 있었다. 벽을 손으로 짚었지만 중심을 잡을 수 없었다. 주저앉았다 일어나기를 반복하는 동안 호텔 경사면 사이에 떠 있던 달이 사라졌다. 태양에 반사되어 나온다는 빛마저 스러진 시간, 누군가 어디선가 내 이름을 부르는 소리가 희미하게 들리기 시작했다.

영과 일

인터넷에 떠도는 수억의 데이터를 만드는 수는 고작 두 가지다. 0과 1. 이 두 숫자가 무한대로 확장하며 하나의 세계를 만들어 낸다. 0, 1, 0, 1, 0, 1…… 여기까지는 모두가 아는 사실이다.

우리가 기억해야 할 것은 '확장'의 성향이 인터넷뿐 아니라 세상 거의 모든 것에 존재한다는 사실이다. 그 중심에 '관성'이 존재한다. 우리는 전 지구의 태생적 속성이 바로 '관성에 의한 확장'이라는 사실을 잊어서는 안 되는 것이다.

태영은 관성이나 확장 같은 단어에 악센트를 주어 가며 열변을 토하는 중이었다. 나는 의심을 거두지 않으면서도 신중하고 침착한 눈으로 태영을 바라보고 있었다. 그는 탁자 위에 있던 인테리어용 유리병 안에서 색이 다른 미니 블록 다섯 개를 꺼내 균형 있게 배열한 후 각각에 이름을 붙였다.

"누나, 잘 봐. 이거 하나에 1억이라고 해 보자고. 1억, 2억, 3억, 4억, 5억."

태영이 블록들에 가치를 부여하는 동안 나는 그것을 물끄러미 바라봤다. 태영은 가장 왼쪽에 있는 노란 블록을 번쩍 집어 올려 내 눈앞에 보였다.

"이게 1억이야."

그가 침을 꿀꺽 삼킨 후에 말을 이었다.

"누나가 1억을 모은 후에 다시 1억을 모으고 또 1억을 모아. 1억을 모으는 게 얼마나 어려워. 그렇지? 그런데 '증식 가속도의 법칙'이라는 게 있어. 화폐 증식 속도는 기존 보유액에 제곱 비례해 커진다. 여기까지만 어려워."

태영은 눈짓으로 가운데 있는 파란 블록 하나를 가리키며 오른쪽 끝에 있는 블록 두 개를 멀찍이 떨어뜨렸다. 네 번째 빨간 블록은 조금 멀리, 다섯 번째 하얀 블록은 아주 멀리. 그러곤 왼쪽에 있던 노란색과 초록색 블록을 파란 블록 옆으로 모았다.

"알겠어? 딱 여기까지야. 3억. 힘을 모으는 거야. 그 후에 돈은 관성대로 늘어나게 되어 있어. 이게 수의 힘이라고. 어느 정도까지만 죽어라 모으면 나머지는 알아서 따라온다."

말을 마친 태영은 맨 오른쪽 하얀 블록 위에 대고 둥근 병을 뒤집어엎었다. 온갖 색깔의 미니 블록이 우르르 쏟아졌다. 말을 마친 태영에게 나는 힘을 주어 말했다.

"나한테 그 정도 여유는 없는데."

태영은 몸을 여유롭게 뒤로 젖히며 손가락을 들어 나를 향해 두어 번 흔들었다.

"누나. 나한테까지 찾아온 건 바로 그 종잣돈 만들 마음의 준비가 되어 있다는 거 아냐?"

나는 말을 잇지 못하고 말라 쩍쩍 벌어지는 입술만 깨물어 댔다. 태영의 말은 사실이었다. 얼마 전 동기들과의 모임에서 태영이 짚어 준 종목들이 상승세를 이어 가고 있다는 말을 들었고 마침 도착한 태영의 은색 롤스로이스가 카페 앞에 부드럽고 유연한 움직임으로 주차되었으며 거기서 내린 태영이 아무렇지 않은 듯 여덟 명이 먹은 코스 요리 값을 한 방에 계산하고 나갔을 때, 나는 태영과의 만남을 이미 결정했을 것이다.

태영이 말을 이었다. 이번에는 조금 더 낮고 단단한 음성이었다.

"자. 합리적으로 생각해 보자. 누나 은행에 적금 들지? 요즘 금리가 얼마지? 바짝 당겨 올려 봐야 1.4퍼센트, 1.5퍼센트. 100만 원 넣으면 만기일에 만 원 지폐 한

장 나온다. 누나 월급 280. 그걸로 수도권에 언제 땅이라도 살 것 같아? 우리 세대의 코드는 비관이야. 앞으로 절대 나아지지 않을 거라는 걸 누나도 알고 나도 알고 우리 모두 알고. 집은 빚잔치로 얻어지는 게 당연, 월급은 카드값 메꾸는 수단. 대한민국에서 월급 280 받으면서 평생 어떻게 집 한 채를 마련해. 돈을 버는 방법은 두 가지. 당장 부동산에 투자하거나, 적은 돈이라도 포트폴리오에 넣거나."

나는 음료가 비어 차가워진 머그잔을 만지작거렸다.

"알지."

자신 없이 호응하는 내 말에 태영의 목소리가 조금 더 커졌다.

"그래. 자, 봐. 현물 시장이 안정적이지 않은 상태에서 지금 당장 부동산에 투자하는 건 반대야. 직접 주식을 하는 건? 떡상만 골라잡을 능력 있어? 그래서 조금씩이라도 전문가에게 맡겨 투자하자는 거야. 신경 끄고 있으면 돈은 들어와. 어떻게? 회사가 알아서 불려 주니까."

"너희 회사 투자 포트폴리오는 인터넷 기업체만 베이스로 한다며."

"아이 누나. 이게 시대의 흐름이란 거야. 눈 좀 떠."

나 역시 카카오뱅크에 예적금도 들고 소량의 펀드 정도는 갖고 있으니까 인터넷 금융이 활성화되고 있다는 건 알고 있지만 아무래도 돈이 허공에 떠도는 것 같은 느낌은 지울 수 없었다. 피땀 흘려 얻은 돈을 온라인으로만 구성된 포트폴리오에 투자한다는 게, 어쩐지.

그렇다고 오랜 친구인 태영을 못 믿는 건 아니었다. 대학 시절부터 그는 눈치와 셈이 빠를 뿐 아니라 친구들을 위할 줄도 아는 사람이었다. 그가 투자 매니저가 됐다는 소식을 들었을 때 우리는 그가 성공에 대한 집념과 열정이 있는 데다 성실함까지 갖췄으니 언젠가 성공할 거라고 이야기하곤 했다. 그래서 그날 롤스로이스를 타고 나타난 그에게 나는 결국 넌지시 물었던 것이다.

"너 나 만나 줄 시간 정도는 낼 수 있어?"

그때 그가 말했다.

"당연하지, 누난데. 그걸 말이라고."

주말쯤 우리 집에 굳이 찾아오겠다는 그를 겨우 말리고 나는 어느 평일 오후에 잠깐 그의 회사를 찾아갔다. 그는 선의였지만 나에게는 비릿한 냄새가 도무지 빠지지 않는 낡은 빌라를 보여 주기 싫은 마음이 훨씬 컸다.

그를 만나고 집으로 돌아오는 길에 나는 대학 때부터 지금까지 그가 어떤 사람이었는지 곰곰이 떠올렸다. 그와 나 사이에 맺어진 안전하고 끈끈한 유대에 대해, 투자 매니저인 동시에 10년 동안 내가 알아 온 인간 김태영에 대해 오래 생각했다. 그리고 한참 동안 동네 주변을 돌며 걷다 집 안으로 들어서자마자 태영에게 50만 원을 보냈다.

세 달 뒤, 투자 정산 명목으로 8만 원이 통장에 입금됐다. 모든 게 놀라울 정도로 깔끔하고 이로웠다.

그 후 나는 태영의 회사인 인터넷 투자 회사 홈페이지에 직접 들어가 투자금을 조금씩 늘리기 시작했다. 이자율이 2.2퍼센트인 적금을 깨트려 얻은 500만 원을 태영이 운용 중인 포트폴리오 몇 개에 나눠 넣었다. 그랬더니 이번에는 수익금이라며 23만 원이 통장으로 들어왔다. 태영은 주식형 펀드와 저축 은행 파생 상품을 적절히 섞어 포트폴리오를 설계한 덕분이라고 말했다. 허니문 효과도 있다고 했다. 그사이 인터넷을 기반으로 한 새로운 포맷의 은행이 앞다퉈 생겨났고 투자처가 늘어나면서 고위험 포트폴리오를 앞세운 투자 회사는 활개를 쳤다. 관성이 붙은 돈은 스스로 증식해 갔다.

얼마 후 이율 25퍼센트를 찍었을 때 내가 넣은 원금에 대한 예상 이익금은 45만 원이었다. 생각지도 못한 수익이었다.

시작이 어려웠지, 그즈음부터 나는 수시로 통장을 확인했다. 실물로 본 적은 없었지만 그것은 내 돈이 확실하다고 적혀 있었다. 원금만 확보하면 손해날 일도 없었다. 물론 몇 년 전 태영처럼 잘 다니던 회사를 그만두고 온라인 투자에만 몰두할 생각까지는 없었다. 그러나 돈이 나를 자유롭게 하는 건 알았다. 내 전 재산에서 45만 원이 더 생겼을 뿐이지만 나는 어쩐지 더 맛있는 것을 먹거나 더 좋은 것을 입어도 된다는 생각을 하게 되었다. 당장 사 먹거나 사 입지 않더라도 그 돈이 있다는 사실을 상기할 때마다 내 가슴속에는 옅은 기쁨과 안도의 감정이 차올랐다. 희주를 다시 떠올리기 전까지는 그랬다.

내가 희주를 알게 된 건 회사 거래처 미팅에서였다.

희주는 인턴이었고 나보다 한참 어렸으므로 나는 희주를 눈여겨보지 않았다. 희주가 미팅에 처음 들어왔을 때 우리 팀 직원들은 기쁨을 감출 수 없다는 눈으로 희주를 바라봤다. 회의를 끝내고 사무실로 돌아오는 내내 희주의 외모에 대한 평가가 오고 갔다. 그런데 '예쁘다'라는 데에는 도대체 객관적인 기준이 없어서, 콕 집어 누군가 예쁘다고 결론짓는 것 자체가 나에게는 모순적으로 느껴지기만 했다. 희주는 키가 작고 유독 팔과 다리가 희고 가늘었지만 그게 외모를 판단하는 잣대가 될 수는 없는 일이었다. 회의 전에 희주가 A4 용지 상자를 들고 나타나거나 빔 프로젝터 같은 걸 옮길 때가 있었는데 그때마다 남자 직원들이 벌떡 일어나 희주를 돕곤 했다. 나는 그게 정말 부당하게 느껴졌다. 남자들은 연약한 여자를 도와야 한다고 부연 설명을 하곤 했으나 정작 희주가 무언가를 도와 달라고 말한 적은 한 번도 없었기 때문이다.

얼마 후 희주가 청년 인턴을 그만두고 다시 취업 준비생으로 돌아갔다는 소식이 들렸다. 다른 사람들이 그랬던 것처럼 희주도 잊히나 보다 했다.

희주를 다시 본 건 카톡 창으로 날아온 동영상 클립을 열었을 때였다. 앞뒤가 잘린 46초짜리 영상은 나체의 희주만 보여 주고 있었다. 처음에 나는 동영상 속 인물이 희주일 거라고 생각하지 못했다. 그게 희주임을 알게 된 건 뒷자리 민지 선배 때문이었다. 영상 하나만 덜렁 보내 놓더니, 한참 지나서야 선배는 파티션 가운데 있는 간이 탁자 쪽으로 걸어 나오며 내게 말을 걸었다.

"진아 씨. 그 영상 주인공, 꼭 장희주 씨 같지 않아?"

"글쎄요. 전 잘 모르겠는데."

"에이. 잘 봤어? 다시 잘 봐 봐."

그때 내 옆자리 효은 씨가 자리로 돌아와 앉으며 말했다.

"선배가 보기에도 그 친구 맞죠?"

그러자 민지 선배가 채근하듯 내게 물었다.

"진아 씨도 잘 봐 봐. 효은 씨가 눈썰미가 좋잖아."

효은 씨가 내 얼굴과 민지 선배의 얼굴을 번갈아 보며 말했다.

"웬일이래요, 진짜. 근데 그거 찍힌 거예요, 찍은 거예요?"

"모르지, 뭐. 희주 씨라는 게 중요하지."

나는 민지 선배의 답을 말없이 듣고만 있었다. 의자를 끌어 내 자리로 돌아와 희주를 생각하다가 영상을 두어 번 돌려 봤다. 확신할 수는 없지만 영상 속 여자는 아무래도 장희주가 맞는 것 같았다. 나는 서류로 가득 찬 박스를 들고 회의실에 들어오던 희주의 얼굴을 떠올렸다.

수익금 45만 원어치만 무언가를 해 보자고 마음먹은 건 그로부터 얼마 지나지 않아서였다. 투자로 얻은 돈이지만 엄연히 내 소유이니 내게는 그럴 권리가 충분하다고 생각했다. 우선 여행을 가야겠다는 생각이 들었다. 인터넷 은행에서는 신용카드를 광고하고 있었는데 나는 꼼꼼하게 혜택을 비교해 보고 다이아몬드라는 명칭의 카드를 골랐다. 여행에 특화된 VIP 카드였다. 연회비가 30만 원이었는데 바우처 포인트를 27만 원어치나 줬다. 그러면 결국 연회비는 기껏해야 3만 원이란 말이었다. 면세점, 백화점, 호텔, 편의점, 영화관…… 전국에 수도 없이 널린 대기업 계열사에서 바우처 포인트를 사용할 수 있었다. 쓰면 쓸수록 항공사 마일리지가 쌓였다. 한 달에 50만 원 이상 사용하면 마일리지가 두 배씩 쌓인다고 했다. 카드사 프로모션 기간 동안 특정 여행사 홈페이지에서 항공권을 결제하면 티켓 값의 15퍼센트를 할인받을 수 있다고 했다. 가입할 때 받은 쿠폰까지 쓰면 항공권 가격은 기존 책정가의 30퍼센트까지 내려갔다.

와, 대단한데.

나는 놀라서 한동안 입을 다물지 못했다. 돈은 돈을 부른다. 1, 1, 1, 1의 순서가 아니라 1, 2, 4, 8의 순서로 불어난다. 태영의 말이 뭔지 이제야 좀 알 것 같았다.

물론 나는 충분한 인지 능력이 있는 비관 세대로서 의심과 경계의 태세까지 낮추지는 않았다. 그냥 돈이 나를 조금 더 자유롭게 할 뿐이라고 생각했다.

원금과 재예치금은 투자 가치가 상향하기도 하고 하향하기도 하면서 저 스스로 몸집을 불려 갔다. 25퍼센트까지 오를 때도 있었고 8퍼센트로 떨어질 때도 있었다. 그래도 결국 수익률이 높아져야 그 후에 조금 더 오르는 효과를 낳았다. 큰 수는 더 큰 수를 낳기 때문이었다. 그 후에는 32퍼센트도 되었고 38퍼센트도 되었다. 그리고 어느 날 아침 갑자기 120퍼센트가 되었을 때, 나는 내 눈을 의심했다. 말도 안 된다고 생각했다. 나는 태영에게 전화를 걸었다.

"투자처 나름이지. 누나가 가입한 포트폴리오에 뜨는 산업이 몇 개 들어 있어서 그래."

"그게 어떤 산업인데?"

"다국적 인터넷 소프트웨어."

그 산업에 포함되는 회사들이 어딘지 나는 그제야 궁금해졌다. 내가 투자한 포트폴리오에는 140여 개의 다국적 회사가 모자이크를 이루고 있었고 나는 그들을 선별한 집합체에 투자할 뿐이었다. 이렇게 바쁜 시대에 140개 기업을 일일이 확인하는 짓은 아무도 하지 않을 거였다. 그거 하라고 중계자인 투자 회사에 돈을 주는 거니까.

이 와중에도 인터넷 공간 안에서 수는 불어났다. 유망 산업에 눈 밝은 투자자들이 몰려들기 시작하면 수는 눈덩이가 됐다. 0, 1의 세계에서 수는 0110000100도 됐다가 1000101010도 됐다. 그곳에는 친숙한 아라비아숫자와 문자가 착실히 기록됐다. 그게 0000000110이면 내가 가진 돈은 100원 단위지만 1100000000이면 억 단위가 되었다. 1원이 1억이 되는 데는 0이 1이 되는 시간만 있으면 됐다.

태영이 말한 '다국적 인터넷 소프트웨어'가 뭘 뜻하는지 궁금해진 나는 한국뿐 아니라 미국, 일본, 캐나다, 베트남 국적의 주요 사이트를 돌아다니며 검색을 시작했다. 처음에는 영화나 드라마 같은 영상을 다운받는 미디어 전용 플랫폼이라고 생각했다가, 깊이 들어갈수록 이곳에서만 통용되는 어떤 룰이 있다는 걸 깨달았다. 일단 겉으로 파악했을 때 다국적 인터넷 소프트웨어 기업체라는 건 클라우드나 유튜브 같은 개방형 오픈소스 전문 기업을 일컫는 것 같았다. 특이한 점은 톱다운 형태가 아니라 철저히 보텀업, 개미들의 힘으로 공국을 세우는 곳이라는 거였다. 전 세계 어느 나라를 베이스로 하든 대부분의 플랫폼이 비슷한 시스템으로 가동되는 것 같았다. 사용자가 영상을 시청할 때마다 1, 메시지를 하나 보낼 때마다 1, 채널을 구독할 때마다 10의 포인트가 올라가는 식이었다. 무엇보다 미디어 포맷의 플랫폼들이 개인 블로그와 검색 기능까지 흡수하면서 유튜브의 후발 주자 역할을 도맡고 있었는데, 유튜브의 기세에 뒤따른 미디어 플랫폼의 다변화에 투자 기관들이 가세하면서 산업 전체가 어마어마한 속도로 성장하는 중이었다.

희주의 영상을 다시 마주친 건 정말 우연이었다. 어느 플랫폼에 올라온 영상을 살펴보다 얻어걸린 거였다. 내가 본 영상은 '코리안 핫 걸'이라는 명칭이 붙은 채 버젓이 판매되는 중이었다. 그 영상이 그 플랫폼에만 올라와 있는 게 아니라는 사실은 또 다른 플랫폼에서 '코리안'을 검색한 후에 알게 되었다. 일주일 뒤부터 희주의 영상은 눈에 띌 정도로 많이 보이기 시작했다. 해외 IP 주소를 쓰는 각종 플랫폼에 희주의 표정을 캡처한 수많은 영상이 떠올랐다. 성인 인증만 하면 실사용자가 누구든 참여가 가능했다. 다국적 플랫폼이 많은 이유는 명확했다. 특정 국가의 감시와 통제에서 벗어날 수 있을뿐더러 만들고 버리기가 쉽기 때문이었다. 투자 상품 설계자들은 각종 플랫폼 회사를 투자처 목록에 심은 후에 돈을 끌어와 몸집을 불렸다.

투자를 받은 기업들은 동전의 앞뒤를 능란하게 사용하는 법을 스스로 익혔다. 개방된 플랫폼들은 대중에게 인기를 끌 만한 동영상을 앞줄에 세우고, 조금만 깊숙이 들어오면 자극적인 영상들을 볼 수 있게 유도했다. 처음에는 포인트로 결제하는 식으로도 동영상을 볼 수 있지만 결국 가장 기대되는 영상은 큰돈을 지불해야 접근을 허용했다.

금지된 영상이라도 한번 인기를 끌어 히트를 치면 복제되는 건 일도 아니었다. 음성을 제거하고 사진을 캡처하는 식으로, 크기를 줄여 화면 한쪽에 띄우는 식으로, 형태만 바뀐 영상들이 수없이 많은 플랫폼에 무한대로 증식되어 올라왔다. 유저들이 획득한 포인트는 고스란히 돈으로 환산됐다. 증식된 그 영상들은 다시 '후크'가 되어 새로운 시청자를 찾기 위해 인터넷 세상을 떠돌았다. 맥락이 결여된 이 모든 과정은 인정없고 치밀하며 폭발적이었다.

내가 본 46초짜리 희주의 동영상도 메신저 공유용 '후크'였다. 플랫폼에는 2분짜리 무료 영상이 떠 있었고, 포인트로 결제한 이용자들은 다음에 13분짜리 영상을, 그다음에는 30분짜리 영상을 볼 수 있었다. 동영상의 길이가 길면 이용자가 내야 하는 금액은 몇 배로 늘었다. '증식 가속도의 법칙'처럼. 나는 2분짜리 무료 동영상을 다운받았다. 단연코 희주를 보고 싶은 게 아니었다. 팀원들 말처럼 그 영상이 진짜 포르노인지 확인하고 싶었다.

영상은 모텔 방을 비추며 갑자기 시작되었다. 화면을 3분의 1쯤 가린 침대 모퉁이 앞으로 조악한 흰색 간이 화장대가 보였다. 영상이 시작되는 시점에는 쨍할 만큼 밝은 빛이 들어오지만 이내 불빛은 은은한 주황빛으로 변했다. 초반 몇 초 동안에는 자꾸만 방 안의 불빛이 꺼졌다 켜졌다를 반복했다. 켜고 하자, 응, 켜고 하자. 남자의 소리가 들리기 시작하면 여자의 몸이 침대 쪽으로 조금 더 가깝게 다가왔다. 창백할 정도로 희고 환한 빛깔을 띤 몸의 선, 곧게 뻗은 팔과 가늘고 긴 다리. 남자가 여자를 침대 쪽으로 끄는데 남자의 얼굴은 그때부터 희미해지고 여자의 얼굴만 보였다. 천천히 남자의 위에서 몸을 움직이는 그녀는 희주였다. 두 팔을 위아래로 흔드는 희주, 혀를 내밀어 입술을 축이는 희주, 손으로 벽을 짚거나 머리를 올리는 희주. 희주의 얼굴은 꽁꽁 얼어 버린 고드름처럼 굳어 있었다.

나는 그것을 보다가 바짝 마른 입술을 혀로 핥았다.

영상은 희주 뒤에서 움직이던 남자가 카메라 앵글을 보는 걸로 끝났다. 남자의 얼굴은 모자이크 처리되어 있지만 동영상을 보는 사람이라면 상황이 녹화된다는 사실을 아는 사람이 남자뿐이라는 걸 쉽게 눈치챌 수 있었다.

영상의 마지막 10초를 여러 번 돌려 봤다. 뭘까, 이 불길하고 나쁜 종류의 기분은.

동영상을 닫고서야 나는 영상이 벌써 만 번 넘게 조회되었다는 것을 알았다. 영상의 제목은 '코리안 홈메이드 포르노 101'이었다. 제목을 조금 변형해서 '홈메이드 코리안 포르노'나, #나 %를 붙이거나, '보보녀'라는 희귀한 닉네임으로도 검색이 된다는 걸 알았다. 그러자 머릿속이 뒤엉키는 느낌이 들었다. 희주는 이 영상을 정말 원해서 찍은 걸까? 자신이 포르노의 여자 주인공이 되었다는 사실을 아는 걸까?

나는 휴대폰에서 희주의 연락처를 찾아 11자리 숫자를 물끄러미 바라보다 화면을 꺼 버렸다. 나는 희주를 잘 알지 못했고 앞으로도 그녀와 깊은 관계를 맺을 일은 아마 없을 거란 걸 오랜 사회 생활을 통해 알고 있기 때문이었다. 나와 관련 없는 사람의 시시콜콜한 내부 사정까지 간섭할 만큼 오지랖이 넓지는 않았다. 희주가 포르노를 찍기로 마음먹고 투자처와 계약을 했다면 그건 내가 관여할 일이 전혀 아니었고 만일 그녀가 포르노 산업계의 희생자라고 해도 내가 나서서 좋을 일은 없었다. 혹시 희주가 동영상이 돌고 있다는 걸 모른다면 차라리 모르게 두는 게 나을지도 몰랐다. 뭐가 최소한 나의 양심을 지키는 일인지 도저히 분간이 안 갔다.

한편 나는 희주의 동영상이 신경 쓰여서 몇 번이나 플랫폼을 왔다 갔다 했다. 내가 본 동영상 말고도 보보녀로 검색되는 영상은 한둘이 아니었다. 그것까지는 도저히 볼 용기가 나지 않았는데, 몇 개를 더 보다가는 어쩐지 희주의 안위가 궁금해질 것 같았기 때문이다. 희주의 동영상은 많게는 100원, 적게는 30원의 가치를 가진 포인트에 팔려 나가고 있었다.

그사이 한국 웹하드 1위 업체의 대주주 왕 회장이 잡혀 들어갔다. 그는 웹하드 업체의 큰손으로, 웹하드 내 불법 동영상 유포를 방조했을 뿐 아니라 되려 헤비 업로더를 키운 죄목으로 체포되었다. 각종 언론과 미디어도 불법 동영상에 대한 경각심을 일으키는 방향으로 여론을 형성했다. 한국을 기반으로 하는 메신저들은 불법 동영상 공유를 엄격하게 금하는 다양한 정책을 마련했다. 한동안 주변 사람 모두가 불법 동영상에 대해 두 가지 방향으로 대화를 전개했다. 한 가지 방식은 그걸 본 사람들이 얼마나 잔인하고 비윤리적인지에 대해 열변을 토하는 것이었고, 다른 한 가지 방식은 침묵이었다.

나는 내가 희주의 동영상을 본 것 역시 일종의 범죄가 아닐까 하는 생각을 떨칠 수 없었다. 그래서 어느 날 쉬는 시간에 조심스레 민지 선배와 효은 씨에게 동영상 공유가 문제되지 않겠냐고 물었다. 나는 조금 더 진지하게 내가 알아낸 동영상의 진실에 대한 이야기를 해 보고 싶었고, 그래서 어디서부터 말을 꺼내야 하나 고민했다. 우선 내가 원래 그런 영상을 즐겨 보는 인간은 아니라는 사실을 말해야 했고, 그러려면 내가 왜 다국적 플랫폼에 접속해야 했는지도 말해야 했고, 그러려면 내가 장희주 씨에게 얼마나 안타까운 마음을 갖고 있는지에 대해서도 설명해야 했다. 내가 할 말을 고르는 동안 민지 선배가 뜻밖의 소식을 전했다.

"장희주. 그 친구가 인사차 바이스에 들렀다던데."

나도 효은 씨도 민지 선배 쪽으로 시선을 고정했다. 바이스는 희주가 일했던 우리 회사의 거래처였고, 이제 보니 민지 선배가 얻어 온 그 동영상의 출처는 민지 선배의 학교 동기였던 추 과장이었다.

"그랬대. 얼마 전에. 추 과장이 그러던데. 미국 간다고 인사 왔더래."

말을 잇지 못하는 나와 달리 효은 씨가 나서서 물었다.

"갑자기요? 별일 없대요?"

"모르지 뭐. 걔가 원래 표정도 좀 없고 창백하잖아. 암튼, 추 과장이 그 영상 지워 달라고 연락했더라."

민지 선배는 희주의 동영상을 지우면 좋겠다는 말을 돌려돌려 했다. 동시에 동영상을 공유한 자신들에게는 어떤 잘못도 없다는 말도 했다.

"설사 그게 불법이었더라도 우린 그 당시에 그걸 보는 게 불법인 줄 몰랐잖아."

민지 선배의 목소리가 아주 미세하게 떨리고 있었다. 효은 씨가 재빠르게 말을 받아쳤다.

"그럼요. 그렇게라면 대한민국 사람들 거의 전부를 조사해야 할 거예요."

아무도 대화를 더 이어 가지 않았다. 희주의 이야기는 곧 다른 대화 주제들에 묻혀 버렸다. 나도 결국 말을 꺼내지 못했다.

어찌되었든 불법 동영상 이슈에 가세한 여론과 각종 정책적 보완으로 한국에 기반을 둔 영상 플랫폼 산업은 큰 타격을 받았다. 음지에 있는 업체들뿐 아니라 대중에 잘 알려진 업체들도 휘청거렸다. 해당 산업계의 주가가 폭락하고 투자자가 줄고 있다는 소식이 쉽게 들렸다. 다행히 내가 투자한 플랫폼은 해외를 기반으로 했고 투자금에도 영향은 없었다.

사실 나는 그사이 투자 금액을 4000만 원으로 올려놓았다. 나의 전 재산이나 다름없었다. 130퍼센트까지 올라갔던 수익률은 45퍼센트로 떨어졌지만 하루뿐이었고 이제 다시 오름세를 향해 가고 있었다.

수익이 상승하는 중이었음에도 나는 어쩐지 껄끄러운 기분을 감출 수 없었다. 오전 내내 고민하다가 결국 반차를 내고 태영을 만나러 가기로 마음먹었다. 태영의 회사로 가는 한 시간 남짓 동안 나는 그에게 물어볼 것을 머릿속으로 정리했다. 무엇보다 누가 어떤 기준으로 투자 포트폴리오를 결정하는지 알아볼 셈이었다.

태영은 나를 만나자마자 반쯤 거들먹거리는 목소리로 '어이, 투자자님.' 하고 불렀다. 그러곤 궁금한 것들을 묻기도 전에 모략을 꾸미듯 손바닥으로 입술을 가린 후 소리 죽여 내게 말을 걸었다.

"누나. 이번에 월세로 옮기면 보증금 나머지도 투자해. 내가 엄청 중요한 정보를 하나 주려고 하거든. 오케이?"

"무슨 소리야?"

"내가 누나를 내 친누나보다 더 생각하니까 하는 말인데. 5년 안에 이 시장은 망해."

"뭐?"

"유튜브 말이야. 이런 오픈 소스 플랫폼. 5년 안에 망해."

"지금 유튜브가 얼마나 상승세인지 몰라서 그래?"

"알아서 하는 말이야. 지금은 보이지 않지만 한때 상승세인 것들이 있었지. 상승과 몰락의 주기는 계속 짧아지고 있고. 영원한 건 아무것도 없어. 대세가 있을 뿐."

"그럼 앞으로 몇 년 후에는 어떻게 되는데?"

"그때부터는 비욘드 리얼리즘이야. 특정 플랫폼을 찾

지 않아도 되는 커스터마이즈 시대가 온다. 더 이상 플랫폼이 중요하지 않는 시대 말이야. 그때 즈음이면 화폐라는 개념조차 없어질 거야."

"그럼 돈은 뭐가 되는데?"

"누나. 사물 인터넷 시대야. 21세기 중반이면 모든 게 인터넷이 되는 때가 온다고. 중국에서는 벌써 바코드가 화폐를 대체하고 있어."

"스마트폰 페이 말고 바코드 말이야?"

나는 의심 가득한 눈으로 태영을 바라봤다. 태영은 여유롭게 고개를 끄덕였다.

"고속도로 하이패스처럼. 생체 인식 같은 걸로 쇼핑과 계산을 마치는 공상 과학 영화에 나올 것 같은 일이 이제 벌어지기 시작할 거라는 거지."

"뭘 믿고 그걸 써?"

"처음에 온라인 은행이 만들어진다고 했을 때도 사람들은 의심했어. 신용카드가 나올 때도 그랬다? 개인 정보가 유출되는 거 아니냐고 떠들어 댔지. 지금은 너도 나도 온라인 은행을 쓰지. 신용카드는? 안 쓰는 사람이 있을까? 없지. 왜? 편하니까. 인간은 편한 데 길들여지게 되어 있고."

그럴듯하긴 했어도 그의 말이 완전히 믿어지지는 않았다. 당장 내일을 살아야 하는 내게 미래는 먼바다 뒤편에 타오르는 석양처럼 멀게만 느껴졌다.

"좋아, 그렇다고 해. 근데 생체 페이가 어떻게 활성화된다는 거야?"

"증식. 대체 화폐도 결국 증식하게 되어 있지. 그것 역시 새로운 개념의 숫자일 뿐이거든. 새롭게 만들어지는 산업은 어디든 있어. 새로운 교통수단, 새로운 에너지, 새로운 인프라. 미래 산업 구도를 예측한 숫자의 재배열, 그건 투자 관리자의 기본 덕목이야."

태영은 무릎을 탁 치며 일어났다.

"나 이제 가 봐야 해. 본사 쪽 화상 회의 준비하다가 나왔어. 새로운 게 생기면 또 알려 줄 테니까 누나는 다리 뻗고 자고 있어."

태영은 의자에서 일어나 신축 건물 특유의 싸한 냄새가 아직 가시지 않은 건물 로비를 가로지르며 손을 흔들었다.

"태영아, 잠깐만!"

태영이 나를 돌아봤고 나는 급히 태영이 있는 쪽으로 뛰어갔다. 텅 빈 로비가 내 목소리로 가득 찼다.

"나 사실 궁금한 게 있어서 왔어. 내 투자처 목록에 불법 동영상 같은 거 취급하는 회사가 포함되어 있을 수도 있어? 말하자면 복잡한데 나 그렇게까지 하고 싶지는 않아. 나 이래 봬도 돈에 미친 더러운 인간은 아냐."

내 말을 들은 태영이 갑자기 실소를 터뜨리기 시작했다.

"누나. 그러지 말자. 그러면 돈이 너무 부정한 물건 같잖아. 돈은 깨끗하거나 더러운 게 아냐. 그냥 돈이지. 그리고 누나가 투자한 돈이 딱 꼬집어 '여기에 투자했다'라고 할 만한 성격을 가진 것도 아니야. 여기저기, 알겠어? '포트폴리오'라고. 누나 회사 안 다니고 투자처 수백 군데를 직접 돌아다니면서 관리할 거야?"

내 표정은 정말 심각해졌다.

"나 진심이야. 리벤지 포르노, 불법 촬영, 이런 뉴스 안 봤어? 피해자들이 얼마나 많이 나오는 줄 알아? 자살하는 사람도 있다고."

울고 싶을 정도로 머릿속이 복잡해졌다. 다음에는 불법 촬영물일지도 모를 희주의 영상을 함부로 올리는 곳에 투자하고 싶지 않다는 말을 하려던 참이었다. 순간 멀뚱히 나를 보던 태영의 표정이 급격하게 어두워졌다.

"누나. 혹시 아는 사람이 불법 동영상 레이더에 걸린 거야?"

나는 뭐라고 말해야 할지 고민했다. 당연히 희주가 생각났고 그래서 이번에는 희주가 나에게 어떤 존재인지 곱씹어 봤다. 희주와 나는 6개월 동안 겨우 몇 번, 그것도 일로 만난 사이에 불과했다. 희주에 대해 아무것도 모르는 내가 희주를 보호한답시고 무언가 섣불리 이야기를 한다는 건 우스운 일이었다. 심지어 나에게는 희주가 처한 상황에 대한 정보가 전혀 없었다. 다시 말해 희주는 모르는 사람에 가까웠고 내게는 희주를 향한 어떤 의무나 책임이 없었다. 희주는 내가 '아는 사람'이 맞긴 할까?

"그런 거 아니야."

"뭐야. 놀랐잖아."

태영은 엘리베이터 쪽으로 뛰다시피 가며 내게 손을 흔들었다. 태영의 입술은 '또 봐!' 하고 말하고 있었다. 나는 한숨을 쉬며 닫힌 엘리베이터에서 돌아섰다. 건물 냄새 때문인지 미약한 두통이 일었다.

신도심은 휑했다. 매끈한 콘크리트 도로에 전혀 어울리지 않게 심어진 아기 벚나무가 눈에 들어왔다. 연하고 보드라운 벚꽃 잎이 나무에서 떨어져 나오고 있었다. 내가 사는 도시로 가기 위해 나는 버스 정류장을 향해 걸었다. 멀리 판교 테크노밸리에서 뿜어 내는 현란한 사무실 불빛이 눈에 들어왔다. 이제 한낮을 지난 오후였는데 그곳에서는 한낮 햇빛보다 강한 불빛이 쏟아져 나왔다. 나는 스마트폰을 열어 태영에게 문자를 보냈다.

— 시간 내 줘서 고마워.

— 회사 들어가서 일이나 하셔, 투자자님. 눈앞에 보이는 아파트 있지? 곧 누나 거 된다.

나는 태영의 문자를 보고 허탈하게 웃으며 버스에 올랐다. 움직이는 버스의 창밖으로 새로 짓는 아파트와 상가 들이 즐비하게 지나갔다. 규칙적으로 들려오는 자동차 엔진 소리와 빠르게 지나치는 비슷한 건물들에 지루해진 나는 금세 얕은 잠에 빠져들었다.

꿈속에서 나는 희주의 얼굴을 보았다. 희주는 사방이 하얀색으로 뒤덮인 공간에서 긴 머리를 늘어뜨리고 물끄러미 나를 바라보고 있었다. 희주는 한 발 한 발 천천히 나를 향해 걸어오는 것 같았다. 내게 무언가를 말하려는 것처럼 보였다. 나는 희주가 내게 다가오기를 기다렸다. 희주가 입을 열고 무언가 말하려고 하는 순간 희주의 얼굴이 흐려졌다.

나는 희주의 얼굴을 향해 손을 뻗었다. 희주의 얼굴이 깨진 퍼즐처럼 조각났다. 산산이 부서진 퍼즐 조각이 메신저 대화창에서처럼 위쪽으로 올라갔고 그 아래로 수십 개의 메시지가 순식간에 달리기 시작했다. 내가 한 번도 보지 못한 온갖 말들이 계속 쏟아져 내렸다. 한마디도 입 밖으로 나오지 않았다.

희주를 갖고 싶다고 했지만 메시지를 보낸 이 중에 희주가 어떤 사람인지에 관심을 두는 사람은 없었다. 희주를 안고 싶다고 했지만 그들은 희주가 자신을 안고 싶어 하는지는 궁금해하지 않았다. 쏠린다고, 당긴다고, 강간하고 싶다고 말했다. 박고 싶다고 말했다. 꼭지가 돈다고 했다. 한국어로 영어로 스페인어로 일본어로 미친 듯이 빠른 속도로 댓글이 달렸다.

나는 그제야 희주에게 도망치라 말해야 한다고 생각했다. 비명을 내질러야 했다. 온 힘을 다해, 내게 있는 모든 힘을 모아 소리를 뱉었다.

희주야!

그 순간 나는 눈을 떴다. 끽 소리를 내며 버스가 제자리에 멈춰 섰다. 반동 탓에 차체가 앞뒤로 심하게 흔들렸다. 차 앞으로 펼쳐진 뿌연 안개 때문에 처음에는 아무것도 볼 수 없었다. 천천히 연기가 걷히자 버스 앞에 주저앉은 작고 흐릿한 물체가 보였다. 버스 안에 있던 사람들이 너도나도 고개를 앞으로 내밀었다. 누군가 강아지 아니냐고 묻자 다른 누군가가 비둘기가 뛰어드는 걸 봤다고 말했다. 웅성웅성 소리가 점점 커졌다.

그들을 따라 고개를 드는 대신 나는 가방 안을 뒤져 휴대폰을 꺼내 들었다. 그러곤 희주의 전화번호를 찾은 후에 손가락을 화면에 대었다 뗐다를 무수히 반복했다. 결국 나는 대체 뭘 고민하는 거냐고 스스로를 윽박질렀다. 영상이 생각도 못 한 곳에서 수천수만 번씩 조회되고 있다고 말해야 한다고, 내가 도와줄 게 없을지 물어야 한다고 생각했다.

초조한 마음으로 몇 번이나 희주의 전화번호를 들여다본 끝에, 버스에서 내리자마자 나는 그 전화번호로 전화를 걸었다. 시끄러운 댄스 음악이 한참 동안 흘러나온 후에야 전화가 연결됐다. 우선 크게, 아주 크게 나는 숨을 들이쉬었다.

“여보세요. 저기.”

내 말을 다 듣기도 전에 반대편에서 어떤 여자의 속삭이는 목소리가 들려오더니 전화가 끊겨 버렸다. 희주였는지 희주가 아니었는지도 모를 정도로 작고 불분명한 목소리였다. 나는 멍해져서 눈을 끔뻑거렸다. 잠시 후 문자가 도착했는데, 방금 끊긴 통화에 대한 메시지가 아니라 태영의 회사에서 매일 보내오는 수익률 안내 문자였다. 강한 햇빛 때문에 휴대폰 화면이 제대로 보이지 않았다. 여러 각도로 손을 움직이며 그늘을 만들어 냈지만 어디선가 참을 수 없을 정도로 날카로운 빛이 계속 날아오는 중이었다.

해변의 닻

순경이 된 수연의 첫 발령지는 강릉 시내에서 조금 떨어진 해변 마을이었다. 한 면이 바다였고 인구는 몇 백이며 의미 있는 사건은 손에 꼽을 정도로 적게 일어난다고 했다. 가족과 친구가 있는 수도권 시험에 번번이 떨어지다 떠밀려 온 곳이었다. 여기 주저앉을 생각은 없었다. 연고도 없는 곳에서 평생 무의미한 일을 하며 지낼 수는 없으니까. 당장 내년 시험에 다시 도전해 볼 생각이었다.

수연이 경찰이 되겠다고 마음먹은 계기는 단짝 해림이 겪은 성추행 사건이었다. 거칠고 예의 없는 경찰의 태도가 싫었다던 해림의 말을 수연은 입술을 잘근잘근 씹으며 들었다.

수연은 약자를 보호하고 억울한 이를 대변하는 경찰이 되고 싶었다. 이런 시골 마을에서는 그런 일이 일어날 리가 없다. 고작해야 동네 싸움을 중재하는 정도랄까.

근무 첫 주, 수연은 휴식 시간 대부분을 공부하는 데 사용했다. 다시 시험을 준비한다는 말을 대원들에게 할 수는 없었다. 그들은 나중에 스와프 제도를 이용해 수도권으로 가라는 무용한 조언을 할 게 분명했다. 수도권 자리는 쉽게 나지 않을뿐더러, 그사이 이곳에 익숙해지기라도 하면 그들은 '사람 많고 일 많은 그곳으로 가겠다는 건 순진한 환상에 불과하니 그만 잊어라.'라고 충고할 게 틀림없었다. 수연은 몰래 공부했다. 첫 임무가 내려진 그 순간에도 책장을 넘기는 중이었다.

"어떤 건인데요?"

차에 올라타는 수연에게 선임이 귀찮다는 듯 표정을 찡그리며 말했다.

"정신병원행. 그럴 거라고 생각했어. 그 집, 동네 시끄러울 일이 많았거든. 경찰이 동네북이지, 동네북이야."

수연은 선임을 향한 얼굴을 거두지 않았다. 설명이 더 필요하다는 뜻이었다.

"3년 전쯤이었나. 트레일러가 해변에 정착한 게."

"트레일러요?"

"그 아버지도 정신이 좀 이상한 사람이었지. 여자애

어머니가 죽고 아버지가 집을 팔아 트레일러를 마련해서 여길 왔대. 그걸 해변에 그대로 놓고 살았는데, 아버지가 어린 딸을 버리고 도망갔어. 나중에 죽었다는 소식이 들렸고."

거기까지 이야기를 마친 선임이 관자놀이에 집게손가락을 대고 두어 번 작은 원을 돌리며 말을 이었다.

"그 후에 딸이 좀 미쳐 버렸어. 얼마 전부터는 구걸을 하러 돌아다닌다더구먼."

"구걸요?"

"온 동네를 돌아다니면서 아버지를 만나 집으로 돌아가야 한다고 소리를 친다는 거야. 원래는 허풍만 좀 심한 꼬마라고 생각했었는데, 알고 보니 미친 거였지."

선임은 싱겁게 웃으며 말했다.

"우리더러 병원에서 보낸 차가 도착할 때까지 여자를 좀 붙들고 있으라는군. 그러니 우리가 동네북이 아니고 뭐야."

두 사람을 태운 경찰차는 휑한 거리를 달렸다. 선이 굵은 늦가을 오후의 햇빛이 차창을 뚫고 길게 들어왔다. 선임은 상대방이 여자이니 대화도 수연이 더 잘 나눠 주지 않겠냐고 말했다. 그제야 수연은 자신이 불려 나온 이유를 깨닫게 되었다.

마을 안쪽에 깊숙이 숨겨 둔 치부처럼, 흰색 트레일

러는 낡은 주택 사이를 오래 지난 끝에 눈앞에 불쑥 솟아올랐다. 해변에 버려진 닻처럼 우두커니 서서 간간이 몰려드는 파도의 포말을 잡아 제 몸에 감아올리고 있었다. 해풍에 쓸려 녹슨 표면 곳곳이 수연의 눈길을 끌었다. 두 손을 맞잡은 채 경찰들이 차에서 내리기를 기다리던 신고자는 트레일러 옆을 돌아 해변으로 가면 여자가 있다고 속삭이듯 말했다. 선임이 여유 있게 앞머리를 쓸어 올리며 '결국 그렇게 되었느냐.' 하고 묻는 사이, 수연은 트레일러를 향해 고개를 돌렸다. 내구성 좋은 재질로 탄탄하게 시공된 출입구 안쪽에 고급 주방 시설과 호텔식 침구가 언뜻 보였다. 선임은 어서 여자에게 가 보라는 듯 품 안쪽에서 바깥쪽으로 손을 내저었다. 수연은 침을 꿀꺽 삼키며 해변 쪽으로 걸어갔다.

트레일러를 돌아 두어 걸음을 떼었을 때 수연은 드디어 여자의 옆모습을 볼 수 있었다. 여자는 텅 빈 눈을 하고 활처럼 등을 굽힌 채 바다를 향해 앉아 있었다. 풀어 헤친 검은 머리가 바람결에 따라 작고 마른 얼굴을 가볍게 쓸었다.

"저기요."

고개를 돌리지 않는 여자의 곁으로 수연이 천천히 걸어갔다. 가까이 다가갔을 때 수연의 눈에 들어온 건 큼지막한 금색 단추가 옷자락에 달린 여자의 검은 트레이닝복이었다. 수연은 그 옷을 잘 알았다. 오랫동안 해림의 스마트폰 배경 화면에 그 운동복을 입은 모델이 포즈를 잡고 서 있었기 때문이다. 곧이어 수연의 머릿속에 저걸 입고 한강변을 뛰어 보고 싶다던 해림의 달뜬 표정이 떠올랐다. 에르메스 운동복 차림으로 한적한 시골 마을의 트레일러에 발이 묶인 여자라. 커다랗고 위가 판판한 돌을 찾아 앉으며 수연이 넌지시 말을 건넸다.

"저녁은 먹었어요?"

여자는 역시나 아무런 반응도 하지 않았다. 수연은 여자가 바라보는 바다로 고개를 돌렸다. 힘이 닳은 해가 마지막 에너지를 쏟으며 물결 위에서 타오르고 있었다. 처절하게 아름다운 바다였다.

도대체 이 해변가에 있는 것들은 서로 조금도 어울리지 않았다. 정신병원 이송을 앞두고 값비싼 트레이닝복을 입은 채 해변에 앉아 있는 어린 여자, 별 무더기가 흩뿌려진 것 같은 검은 바다 표면에서 빛을 부수며 사위는 햇살, 알 수 없는 경위로 이 시골 마을에 당도해 여자에게 말을 걸고 있는 수연 자신마저. 모두 어쩌다 이곳에 우연히 떨어진 존재들인 것만 같았다.

"집으로 돌아가야 한다고 했다면서요?"

여자의 입장에서는 진짜 돌아가야 할 집이 있을지도 모른다 생각하며 수연이 이어 말했다.

"트레일러가 후진 게 아니던데. 그쪽이 입고 있는 옷도 그렇고."

여자가 수연을 바라봤다. 이번에는 수연이 여자 쪽으로 고개를 돌리지 않은 채 말했다.

"원래 집이 어디였어요?"

여자의 피식 웃는 소리가 수연의 귀에까지 들려왔다. 수연이 말을 이었다.

"진짜 묻는 건데. 데려다줄 수도 있어요."

한참을 기다린 끝에 여자가 입을 열어 낮고 탁한 음성으로 짧게 단어를 토해 냈다.

"역삼동."

수연이 미간을 찌푸리며 여자를 향해 고개를 돌렸다. 그러곤 목소리를 낮춰 최대한 담담하게 말했다.

"가면 되잖아요."

여자가 수연의 눈을 똑바로 쳐다보며 대답했다.

"아빠가 돌아올지 모르니까."

바짝 마른 입술을 오므리며, 수연은 여자의 아버지가 죽었다는 선임의 말을 기억해 냈다. 여자는 그 사실을 모르는 걸까. 아버지를 만나야 한다며 사람들에게 구걸을 하고 다닌다지. 수연은 여자가 어쩌다 트레일러에 살게 되었는지, 몇 살이고, 정말 역삼동에서 온 건지, 학교는 다니는지 하는 것들이 궁금해졌다.

"이렇게 돌아갈 수는 없어. 쪽팔려서."

여자가 말을 이었다.

"친구들은 내가 어디 멀리서 유학이라도 하고 온 줄

알 거야. 우리 학교엔 그런 애들이 워낙 많거든. 아빠가 집 판 돈으로 트레일러를 끌고 여기까지 왔다는 말을 할 수가 없어. 어떻게 이 꼴로 다시 학교로 돌아가."

"왜 마을 사람들에게 도움을 청하지 않았어요? 아버지를 찾아 달라고 할 수 있었잖아요."

"수없이 도와 달라고 했어. 아무도 내 말을 믿지 않았지만."

"왜요?"

"역삼동이 어디에 있는지도 모르는 사람들이야. 진짜 아디다스와 짝퉁도 구분을 못 하는 사람들이라고. 내가 여기 살게 된 게 내 탓인가? 이깟 트레일러 하나 남기고 튄 아빠 때문이지. 그 새끼가 오든 내가 찾든 우리는 만나야 해. 끝장을 봐야 한다고."

살기 어린 눈빛을 보며 수연은 제 머리카락이 순식간에 꼿꼿하게 서는 걸 느꼈다. 주머니를 손으로 더듬어 가스총이 뒷주머니에 잘 있는 걸 확인했다. 그리고 여자의 주변을 눈으로 훑었다. 여자에게는 무기라고 할 만한 게 없었다.

"아버지가 어디 있는데요?"

여자가 그 말을 무시하듯 수연을 바라보며 물었다.

"모두 죽었다고 해. 그럴 리가 없어. 지가 갖고 튄 돈이 얼만데, 죽었겠어?"

여자가 씨익 웃으며 수연을 바라봤다. 서늘한 바람이

수연의 셔츠 안으로 훅 들어오는 느낌이 들었다. 갑자기 든 생각은 이거였다. 사람들이 틀렸고, 이 여자가 맞는 거라면?

"그 비싼 옷은 어디서 났어요?"

여자가 턱을 들어 트레일러를 가리키며 대답했다.

"저 안에 이런 거 많아."

여자는 호기로운 목소리로 수연을 불렀다.

"그쪽, 나 5만 원만 주면 안 되나?"

수연은 귀를 의심하며 물었다.

"뭐 하게요?"

"집에 가든 그놈을 잡으러 가든 돈이 필요하니까."

수연이 말없이 바라보자 여자가 말을 이었다.

"만 원이라도 없어?"

그 말을 들으며 수연은 트레일러 안에 있을 값나가는 가방이나 액세서리들을 상상했다. 이 여자는 정말 돈 구하는 방법을 모르는 걸까.

구걸이라도 하려고 들 거야. 문제가 많은 여자니까. 위협을 하다가 비명을 지르고 주저앉아서 울기도 해.

수연은 선임의 말을 떠올렸다. 이 여자는 정상이 아니야. 두 손을 움켜쥐며 고개를 조그맣게 흔들었다. 여자에게 휘말리면 안 돼. 여자가 앉은 채로 다리를 곧게 세웠다. 이쪽으로 다가오기라도 할 기세였다. 수연은 앉은 채로 뒷걸음질했다.

그때 멀리서 누군가 이곳을 내다보는 게 느껴졌다. 선임이 수연에게 돌아오라고 눈짓하는 중이었다. 병원에서 보낸 차가 조금 일찍 도착한 모양이었다. 둘러댈 거리를 찾던 수연은 여자에게 지갑을 가져오겠다고 말하며 일어섰다. 수연이 자리를 뜨는 동안 여자는 아무런 움직임 없이 먼 바다만 응시하고 있었다. 이상할 정도로 안정된 자세로 한곳만 바라보고 있었다.

선임은 낮은 음성으로, 차 안에서 지켜보다 상황이 안정되면 돌아가자고 말했다. 수연은 머뭇거렸다. 여자에게 작별 인사라도 하고 싶었다. 잠시 기다려 달라고 손짓하고 수연이 트레일러 뒤쪽으로 발을 뻗자, 선임이 수연을 붙잡았다.

"발작이라도 다시 일으키면 복잡해져. 눈에 안 보이는 게 낫다고. 따라와."

"그래도 저 여자 입장에서는……."

그때 선임이 수연의 어깨를 세게 누르며 낮은 목소리로 말했다.

"동정이야? 앞으로 이 일 계속할 거면 그냥 따라와."

선임이 앞장서 차로 돌아갔다. 잠시 그렇게 선 채 망설이다 차 쪽으로 걸어와 문을 열고 자리에 털썩 앉으며 수연이 물었다.

"저 여자, 어떻게 될까요?"

그녀는 정말로 역삼동에 살았고, 여기 잠깐 온 것이

며, 진짜 아버지를 기다리고 있는 걸지도 몰랐다. 여자의 아버지는 정말로 죽지 않았는지도 모른다. 어쩌면, 정말 어쩌면 여자는 정상일 수도 있다.

"우리가 신경 쓸 일이 아니야. 더 나가면 골치만 아파져. 우리는 가서 저녁이나 먹자고. 짱깨 어때. 배달 시키라고 하자."

수연은 선임의 그 말이 너무나 비현실적으로 느껴졌다. 멀쩡할지도 모를 여자가 정신병원으로 실려 가는 이 와중에 짜장면을 먹으러 돌아가자니.

두 사람은 차를 멀찍이 세우고 여자가 차 안으로 들어갈 때까지 기다렸다. 수연은 차로 걸어 들어가는 여자의 모습을 보지 않으려고 눈을 감았다. 여자를 태운 차의 뒷문이 닫히는 소리가 '짝' 하고 들렸다. 눈을 떴을 때 수연이 본 것은 주변을 살피며 트레일러 안으로 들어가는 신고자였다. 여자의 목소리가 수연의 귓속을 또렷하게 파고들었다.

'저 안에 이런 거 많아.'

선임이 모는 차는 천천히 움직여 이차선 도로로 들어섰다. 수연은 하얀 트레일러에서 눈을 떼지 못한 채로 물었다.

"선배님, 저 여자의 아버지는 진짜 죽은 걸까요?"

선임이 수연 쪽을 바라보더니 무신경한 목소리로 말했다.

"죽은 걸 확인한 사람은 없지만 살아 있는 걸 본 사람도 없어. 살아 있다면 나타나지 않았을 이유가 없잖아."

아무래도 석연치 않은 마음이었다.

"그런데 정신병원 이송은 환자와 최소 두 명의 보호자 합의하에 가능한 거 아닌가요? 합의한 보호자가 누군데요?"

"어이, 이 순경."

수연이 왼쪽으로 고개를 돌렸을 때 난감한 얼굴의 선임이 입술로 '쩝' 소리를 내더니 말했다.

"이 동네 좁디좁아. 한 다리 건너면 다 알 만한 사람들이라고. 이제 막 부임했으니 호기심을 갖는 건 당연한데, 그거 하나하나 파헤치다가는 다른 일 못 할걸. 신경 안 써도 되는 일은 적당히 넘어가는 게 좋을 거야."

낮고 무거운 선임의 음성은 조언이라기보다 협박처럼 들렸다. 잘 포장된 도로를 따라 차가 움직이는 동안 수연은 고개를 옆 유리창 쪽으로 돌려 빛을 한데 머금은 논을 멍하니 바라봤다. 책상 위에 올려놓고 나온 수험서가 생각났다. 공부를 하다 보면 곧 이 작은 마을에서 벗어날 수 있겠지.

"선배님. 작은 곳이라 비밀이 많나요?"

선임이 오른쪽으로 고개를 꺾어 수연을 잠깐 바라봤는데, 심상치 않은 분위기 때문에 수연은 그의 오해를 덜어야 할 것 같았다.

"이 마을에 비밀이 많냐는 게 아니라요. 서울처럼 서로 모르는 사람이 많은 곳은 공유된 비밀이랄 게 없을 테니까, 그래서 해 본 말이에요."

선임은 물었다.

"자기, 평생 도시에서만 살아 봤다고 했지?"

수연은 대답 없이 고개만 끄덕였다. '자기'라는 호칭이 머릿속을 툭툭 쳐 댔다. 선임이 말을 덧댔다.

"저 여자가 도심 한복판에서 쓰러지면 누군가 신고야 해 주겠지? 그래도 저 여자를 끝까지 책임져 줄 사람이 있을까?"

수연은 할 말을 찾지 못하고 우물거렸다.

"저 여자, 옆집에서 밥을 해 먹이고 앞집에서 청소를 도우며 살려 냈어. 현재로서는 마을 사람들이 여자를 가장 잘 안다는 뜻이야. 여자가 위험한 상태로 홀로 지내는 것보다 보호를 받는 게 나을 수도 있어."

입을 꾹 다문 수연의 코로 긴 숨이 새어 나왔다. 무언가로 얻어맞은 듯 머릿속이 아득해졌다. 뭐가 맞고 뭐가 틀린 걸까.

"저 여자를 생각하는 이 순경 마음은 알겠는데 마을 사람들만큼 여자를 잘 알지는 못한다는 점도 한번 생각해 봤으면 좋겠어."

수연은 할 말을 잃고 앞쪽으로 고개를 틀었다. 그사이 차는 지구대에 가까워지고 있었다. 백미러 속 트레일러는 진작 사라진 후였다. 수연의 머릿속은 복잡해 두통이 일 지경이었다. 속도를 줄인 차가 천천히 지구대 마당으로 들어서서 정지했다. 차 시동을 끈 선임이 수연을 한번 돌아보고 고개를 가볍게 끄덕이고는 먼저 문을 열고 나갔다. 멍하니 정면 차창을 주시하던 수연은 고개를 들어 지구대 간판을 올려다보며 조수석 문을 열었다. 벌써 어둑해진 하늘에 마르고 찬 바람이 일어 수연의 뺨을 가볍게 스치고 지났다. 수연은 발을 내밀지 못하고 가만히 앉아 바깥의 소리에 귀를 기울였다. 어디선가 찌익 소리가 들려왔다. 갈고리 빠진 닻이 불규칙하고 날카롭게 콘크리트 바닥을 긁으며 이쪽으로 다가오는 소리 같았다.

2부

거짓말

나는 병원 앞 카페 매장의 유리문을 밀다가 놓아 버렸다. 다시 한번 돌아가 물어보고 싶은 심정이었다. 의사는 내 안에 한 생명이 막 자라기 시작했다고 말했다. 나는 분홍색 의복을 입고 나를 향해 미소 짓는 의사에게 몇 번이나 되물었다. 내가 진짜 아이를 가진 게 맞느냐고. 그는 내 표정을 감탄으로 읽었는지 고개를 위아래로 세게 흔들며 축하한다고 말했다. 내 마음은 경이보다 충격에 가까웠다. 분명 나는 몇 달 전 난임 클리닉에서 내 몸이 아이를 착상시키기 어려운 몸이라고, 자궁이 약해 조기 폐경도 각오해야 한다고 들었다.

카페 매장 앞에 우두커니 서 있다가 몸을 돌려 버스 정류장을 향했다. 내 고민은 끝났다고 생각했는데, 아이 갖기도 힘든 데다 갖더라도 유산될 확률이 높다는 이야기를 들었을 때 아이 때문에 힘들어하지 않고 내 삶에 충실하기로 마음먹었는데. 겨우 안정을 찾아 가는 중인데. 윤호와도 합의가 되었다고 생각했는데, 이제 와 아이라니.

우선 윤호에게 이 말을 꺼내지 않기로 했다. 윤호는 오늘 내가 오후 반차를 쓴 이유가 단순 복통인 줄로만 알고 있었다. 게다가 나는 여전히 고위험군에 속하는 산모이니 조심해서 나쁠 게 없었다. 버스 창밖으로 비슷한 모양의 아파트 단지들이 지나갔다. 나는 다섯 정거장쯤 지나 내렸다. 학교 수업을 마치고 나온 아이들이 삼삼오오 거리를 걷고 있었다. 저런 아이들이 될 생명체가 내 몸 안에 있단 말이지. 나는 아이들을 멍하니 바라보다 횡단보도 신호등을 한 번 놓쳤다. 그러곤 다시 신호를 기다리며 멀리 주택단지 안쪽을 바라봤다. 그곳에 윤호와 내가 사는 집이 있다.

집을 구할 때 우리가 몇 가지 고려했던 점이 있었다. 매일 흙을 밟을 수 있고 비 오는 날 문을 열면 비 내음을 맡을 수 있는 주택일 것, 프라이버시가 없는 주택 공동체는 싫지만 집이 옹기종기 모여 있어 외로워 보이지 않을 것, 인프라가 구축된 신도심일 것. 그렇게 우리는 이곳을 찾아 둥지를 틀었다.

얼마 전부터 집으로 가는 골목에서 내 신경은 자연스레 곤두섰다. 집에 가려면 반드시 지나쳐야 하는 쌍둥이네 집 때문이었다. 그 집은 우리 집 맞은편에 있으므로 나는 적어도 하루에 두 번 반드시 그 집을 지났다. 그게 정말 달갑지 않았다. 오늘은 제발 마주치지 않게 해 달라고 불 켜진 쌍둥이 집이 가까워질수록 더 간절히 기도했다. 점점 걸음이 빨라지고 숨이 가빠 왔다. 다 왔다 생각하며 집 쪽으로 빠르게 몸을 숙여 걷는 순간, 쌍둥이네 집 문이 번쩍 열렸다. 나는 깜짝 놀라 고개를 들었다. 거기서 나오는 건 쌍둥이 엄마, 앞집 여자였다.

"어머, 퇴근하시나 봐요."

여자는 나를 보고 환하게 웃었다. 나도 여자를 향해 해맑게 웃으며 답했다.

"네. 안녕하세요."

여자가 나를 향해 걸어왔다. 여자의 손에는 쓰레기봉투가 들려 있었다. 나는 자책하는 중이었다. 5분만, 5분만 천천히 걸어오지 그랬어. 화단에 핀 꽃도 좀 보고 정류장에 새로 생긴 버스 노선도 좀 확인하고.

"은행 다니신다면서요? 가까운 데 있어요?"

여자의 말에 나는 내 심장이 아래쪽으로 쿵 떨어지는 소리를 들었다.

"네, 백지동 삼거리예요."

"아. 은행 많은 데구나. 대단한 것도 아닌데 뭘 그렇게 숨기셨대."

여자는 내 차림을 위에서 아래로 천천히 훑어봤다. 나는 여자의 눈을 피해 바닥을 응시하며 말을 건넸다.

"쓰레기 버리시려나 봐요. 저는 이만 들어가 볼게요."

'어느 은행이냐.'라고만 묻지 않으면 오늘은 그래도 이대로 넘어갈 수 있을 것 같았다. 그런데 더 큰 게 날아왔다.

"바깥분은 오후 강의 있으신 건지 오전에 나가시더라고요. 시간강사법으로 타격이 큰지 요즘은 집에 많이 계시던데."

그냥 넘어가는 그런 일은 잘 안 생겼다.

"아. 네……."

"참, 아기 생각은 영영 없으세요?"

나는 입술 안쪽을 꾹 깨물면서 대답했다.

"아직은 제 생활이 바빠서요. 생기면 낳는 거죠, 뭐."

"아이가 없는데 문고 모임에도 매번 빠지시니까 동네에 유대가 안 생기잖아요."

"저는 괜찮아요."

"자기나 괜찮지, 바깥분은 아기를 무척 원하시던데."

나는 생긋 미소 지으며 다시 최대한 자연스럽게 자리를 피하려고 했다.

"아까도 남편분이 우리 애들 보면서 아기가 있으면 문고 모임도 참석하고 그랬을 거라고 하던데. 너무 일만 하시나 보다."

여자를 지나친 내가 걸음을 멈췄다. 배려심 깊은 윤호는 여자의 기분이 상하지 않도록 돌려 말하며 적당한 선에서 대화를 끊어 내야 했음이 틀림없다. 문고 봉사에 열성인 건 윤호가 아니라 오히려 나니까.

한 달에 두 번 서너 시간, 주택단지 사람들은 자원해서 구역 내 마을문고로 봉사 활동을 나갔다. 시에서 만들어 준 문고에서 도서 대출과 반납, 정리를 돕는 일인데, 거기서 나는 여자를 처음 만났다. 어느 여름, 평소처럼 출납대에 있을 때 여자가 찾아와 알은 척을 했다. 내게는 여자가 처음이었지만 여자는 내가 사는 주택단지 주변, 우리 집의 위치와 생김새 같은 것을 이미 많이 알고 있었다. 여자는 내게 봉사 활동 하는 방법을 물었고 그다음 달부터는 직접 출납대에, 그것도 나와 같은 시간에 나왔다. 쌍둥이가 노는 것을 지켜보며 시간을 보내기 좋다고 했다. 문고는 아이에게 개방되어 있었지만 쌍둥이들이 와서 놀면 유독 시끄러웠다. 얼마 전부터 여자는 시간 날 때마다 뭘 만들어 와 내게 건넸다. 연근조림, 미역국, 호박죽 같은, 혈을 맑게 하고 철분을 보강시켜 임신에 좋다는 음식들. 건넬 때마다 어디선가 얻어들은 우리 집 사정을 하나둘 대화 소재로 삼았고 나는 그게 무척 부담스러웠다. 쌍둥이가 있는 여자에게 아기는 특히 민감한 주제였다.

그러던 어느 날, 여자는 우려하던 대로 나를 건드려 버렸다. 노력은 하고 있느냐는 여자의 물음에 내가 대답을 얼버무린 직후였다.

"보기보다 예민한 면이 있나 보네."

반납된 책들을 분류해 넣을 생각은 하지 않고 여자는 내게 그렇게 말했다.

"저요?"

내가 묻자 여자가 고개를 거칠게 끄덕였다.

"아니면, 이런 말은 조심스럽긴 한데, 자기나 남편분한테 문제가 있나?"

"네?"

내가 정신을 놓은 표정으로 여자를 바라봤음에도 여자는 이야기를 계속했다.

"그렇지 않고서야 3년 동안이나 애가 안 생겼을 리가 없으니까."

그 말에 나는 거의 폭발해 버렸다. 문고 바닥을 옷으로 쓸고 다니던 쌍둥이를 향해 나는 꽥 비명을 질렀다.

"얘들아, 더러워. 거기서 뭐 하는 짓이야!"

여자는 내게 '아이들은 다 그렇다.'라고 훈수 두듯 말했다. 아이를 낳기 전에는 자기도 뭐든 깔끔한 걸 좋아했다고, 그런데 어느 순간 포기해야 하는 것들이 생겼다고. 여자의 일장 연설은 인구학적 측면에서 지구상 가장 먼저 소멸할 국가가 한국이라는 데까지 이르렀다. 2300년

이면 생산 가능 인구 절반이 사라질 한국이 가장 먼저 국가로서의 기능을 잃게 되리라는 거였다.

"육아가 피곤하고 힘든 건 맞는데, 아이 웃는 거 한 번 보면 행복해져요."

나는 여자가 말하는 행복의 정의에 대해 더 이상 묻지 않았다. 다만 그 후 여자와 대화할 때마다 내 안에 필터라도 꽂은 듯 신중하게 말을 골랐다.

그때 기억을 천천히 곱씹어 가며, 나는 여자를 지나쳐 한 번도 뒤돌아보지 않고 걸었다. 여자의 시선이 내 쪽에 한참 머무는 게 느껴졌다. 여자에게 나는 어느새 남편의 생각을 무시하고 제멋대로 가족의 중대사를 판단하는 사람이 되어 있었다. 집 안에 들어서면서 나는 중얼거렸다.

아주 그냥 애국자 나셨네.

윤호와 나는 3년 전에 결혼했다. 서른한 살 때였다. 최선을 다해 사느라 결혼 생각은 엄두도 낼 수 없었다. 윤호와는 7년을 만났고 언젠가 결혼을 하자고 했지만 둘 중 누구도 선뜻 구체적인 계획을 세우지는 않았다. 내가 직장을 다닐 때는 윤호가 학교를 다녔고 윤호가 졸업을 해서 직장을 구할 때쯤 나는 이직을 준비하고 있었다. 윤호가 신도심 가까운 대학에 출강하기 시작했을 때도 한참 동안 우리는 대화로만 결혼을 몇 번이고 했다.

그즈음 언론에서는 주택 가격 상승과 청년 실업률 증가가 우리 세대의 결혼 연령을 늦추고 있다고 분석했지만 나는 그것과 내 결혼 사이에 상관성은 없다고 생각했다. 윤호는 윤호의 커리어를, 나는 내 커리어를 각자 생각하기에도 벅찬 날들이었다. 인간의 자유의지를 어떻게든 프레임에 가둬 해석하는 사회의 잔인한 습성에 맞춰 나 자신을 옭아맬 생각이 없었다. 이는 내 전공인 사회학에 품었던 불만을 표현하는 내 나름의 방식이었다.

일단 결혼을 하고 나니 수많은 사람들이 물었다. 애 생각은 없어?

결혼을 하기 전에는 결혼을 할 건지 물었지만, 결혼 준비를 시작하자 사람들은 어디서 결혼할 건지, 신혼여행은 어디로 갈 건지 등을 구체적으로 묻기 시작했다. 결혼식을 마친 후에는 대수롭지 않게 질문했다. 명절에 남편네 식구들에게 다녀왔는지 아니면 휴가를 다녀왔는지, 우리 집에는 어떤 종류의 갈등이 있는지, 아이는 어떻게 할 건지, 언제 낳을 건지, 아이를 낳으면 일은 관둘 건지, 부모님이 아이를 봐 줄 여건이 되는지.

나는 결혼을 한다는 게 그런 질문 공세를 수락하는 신고 절차인 줄 미처 몰랐었다.

아니, 지금 생각해 보면 모든 게 다 괜찮았다. 한 달에 두 번, 주말에 나간 마을문고 봉사 활동에서 앞집 쌍둥이 엄마를 만나기 전까지는.

*

윤호는 밤 11시가 되어서야 집에 들어왔다. 나는 인터넷으로 출산 혜택을 찾아 읽다가 윤호를 맞이하러 거실로 나갔다. 꺼끌꺼끌한 윤호의 얼굴을 보면서 나는 아무 말도 하지 않는 편이 나을 것 같다고 판단했다.

"9시면 온다면서."

"미안. 논문 쓰느라 시간 가는 줄 몰랐어. 많이 기다렸어?"

나는 아무 말도 하지 않았다. 알면서 되묻는 건 내가 10년 가까이 참아 온 윤호의 나쁜 습관이라고 생각하면서. 윤호가 내 기분을 알아차리기를 바라며 일부러 톡 쏘아 말했다.

"쌍둥이 엄마한테 아기 갖고 싶다고 했어?"

윤호가 내 눈치를 보듯 나를 한 번 올려다보고 말했다.

"그런 건 아니고, 아기들 예쁘다고 했지."

나는 미간을 잔뜩 찌푸리며 대응했다.

"말조심해. 말려들지 말라고."

윤호는 별것도 아닌 걸로 호들갑이라는 표정을 짓곤 냉장고 쪽으로 다가갔다. 나는 윤호가 아직 손도 씻지 않았다는 사실을 계속해서 상기하며 조금 더 큰 소리로 말했다.

"나한테는 진짜 예민한 문제야."

윤호가 냉장고 문을 열면서 통명스럽게 물었다.

"대체 왜 애한테 관심이 없다고 말하는데?"

"애 생각이 없다고 하면 없어서 문제, 있다고 하면 있어서 문제라고 할 사람이란 말이야. 노력하고 있다고 말해 봐. 임신에는 러시아산 거북이가 좋으니 구해 먹으라고 할걸. 그런 말 듣기 싫어."

"뭔 뚱딴지같은 소리야."

표정이 풀린 윤호가 살짝 웃으면서 내 쪽을 바라봤다. 내가 눈을 흘기고 있다는 사실을 안 그는 어깨를 으쓱한 후 문 열린 냉장고로 시선을 돌리며 말했다.

"들으면 좀 어때. 죄를 지은 것도 아니고."

"남이 내 일을 아는 게 싫어."

윤호가 냉장고 문을 닫으며 말했다.

"세영아. 인간들은 다 이러쿵저러쿵해."

"자기네들 이야기 하면 되잖아. 대체 왜 남 얘기를 하는데."

윤호는 원목 찻잔 걸이에서 머그잔 하나를 빼내려다 말고 내 쪽으로 쿵쿵 소리를 내며 걸어왔다. 그사이 양말을 벗어 맨발로 슬리퍼를 신고 있었다. 발 닿는 쪽에 땀이 찰 텐데,라고 생각하는 동안 그는 내게 다가와 무릎을 꿇고 내 어깨를 두 손으로 잡았다. 그러고는 내 눈동자에 제 눈을 맞춘 뒤에 집게손가락을 왼쪽 귓구멍에 댔다 떼고 다시 오른쪽 귓구멍에 댔다 떼며 말했다.

"이쪽으로 듣고 이쪽으로 흘려. 혼자 힘들어하지 말고. 응?"

나는 입술을 꾹 다물며 윤호를 바라봤다. 윤호가 내 이마에 가볍게 입을 맞췄다가 떼어 냈다. 나는 아랫입술을 모아 앞으로 삐죽 내민 후에 말했다.

"근데. 집에 오면 제발 손발부터 씻어라. 몇 번째 말하는 건 줄 알아?"

윤호가 눈을 부드럽게 깜빡이며 고개를 끄덕였다. 나는 양쪽으로 팔을 뻗어 윤호에게 내밀었다. 윤호는 내 작은 품에 들어와 얼굴을 대고 안겼다. 윤호의 몸에서 익숙한 향기가 풍겨 나왔다.

*

아직 윤호에게도 말하지 못한 임신 소식을 회사에 먼저 알릴 생각은 당연히 없었다. 뜬금없이 지카 바이러스가 내 발목을 잡을 거라고 생각해 본 적도 없었다. 차장은 국제 은행 컨퍼런스 참가자 지원에 대한 본사 공문이 내려왔을 때부터 나를 염두에 두고 있었다는 듯 거침없이 행사에 대해 나에게 이야기했다. 참가 의사를 묻는 게 아니라 정해진 사항을 통보하는 것에 가까웠다. 나는 차장의 말을 들으며 자꾸만 이마를 긁적였다.

정부는 몇 년 전부터 출산 계획이 있는 가임기 여성

에게 중남미 지역 여행 자제를 권고했고, 멕시코를 여행한 임신부에게서 정말 소두증 증세를 띤 아이가 태어나자 몇 개국을 위험 국가로 분류했다. 브라질은 지카 바이러스 고위험 국가 중 하나였다. 몇 해 전만 해도 심각하게 임신을 고려하지 않았으므로 나는 매해 여름 브라질에서 열리는 국제 은행 컨퍼런스에 두어 번 자원해 다녀왔다. 문제는 그 후 내가 다니는 은행과 브라질의 은행이 협정을 맺으면서 우리 은행에서 매년 한 명씩 브라질 출장을 보내게 되었다는 사실이다. 올해 여름 역시 브라질에서 열리는 국제 은행 컨퍼런스 참가 신청을 받고 있었는데, 유독 지원자가 없는 탓인지 본사에서 직접 우리 지점에 인력 지원을 요청해 왔다. 차장은 예의를 차렸지만 여전히 강압적인 언사로 자신의 뜻을 전했다. 참가한 경험이 있으니 컨퍼런스의 취지와 내용을 잘 알 테고 다녀와서 후속 논의에 대해 간략히 정리만 해서 보고하면 된다는 거였다.

나는 차장에게 컨퍼런스에 참가할 수 없다는 뜻을 밝혔다. 내 사정을 일일이 설명할 필요는 없다고 생각했으므로 이유를 묻는 그에게 요즘 일이 바빠서라고 둘러댔다. 껄끄러운 표정의 차장을 뒤로하고 나는 자리로 돌아왔다. 잠시 후 나를 부른 건 상무였다. 내가 차장보다 인간적으로 조금 더 믿고 따르는 사람이었다. 그는 걱정스럽다는 듯 내 안부를 먼저 물었다.

"세영 씨, 요즘 일이 많다면서요?"

나는 내가 하고 있는 대출과 보험 설계 업무에 대해 설명했다.

"일이 힘든 거면 양을 조정해 줄 수 있어요."

그는 합리적이었지만 내게는 합리적이지 않은 이유가 있었다. 순간 나는 갈등했다. 출산 계획이 있다고 말해야 하나, 아니면 눈 딱 감고 브라질 출장에 다녀오겠다고 해야 하나.

"세영 씨를 컨퍼런스에 보내려고 한 데에는 다른 뜻도 좀 숨어 있었어요. 이번 브라질 컨퍼런스의 주제가 '다가오는 인공지능 시대 은행의 미래'이고 세영 씨가 잘 다녀오면 본사 미래대책팀에 합류를 시키자는 본부장님 지시가 있었거든."

상무는 그렇게 말하더니 나를 보고 웃었다.

"TF 팀이니까 그쪽 일이 끝난 후에 상황을 보고 다시 지점으로 오든지, 아니면 본사에서 근무를 계속할 수도 있어요."

나는 그 말을 들으며 물끄러미 상무의 책상을 바라봤다. 여기에서 내가 뭐라고 말해야 좋은 걸까. 알겠다고 웃음 지은 후 나중에 고민해야 할까. 아니면 사실대로 소두증 아이에 대한 염려 때문에 안 되겠다고 말해야 하는 걸까. 생각 끝에 나는 언젠가 난임 클리닉에서 들은 말을 기억해 냈다.

"환자분은 고위험군이에요. 난자가 곧 나오지 않을지도 모르거든요. 아마 환자분 어머님도 조기 폐경을 경험하셨을지 몰라요. 빠르면 30대 중반에도 폐경이 옵니다. 당분간 몸 따뜻하게 하시고요, 출산에 장애가 되는 상황은 절대 피해 주시고요."

사실 모든 건 확률이 높은 예상에 불과했다. 브라질에 다녀올 경우 지카 바이러스에 걸릴 확률이 높아진다는 거였고, 지카 바이러스에 걸릴 경우 소두증을 가진 아이가 태어날 확률이 높아진다는 것일 뿐이었다. 내가 브라질에 잘 다녀와서 본사에 들어갈 확률도 있지만 그렇지 않을 확률도 있고, 본사에 꾸려진 TF 팀이 성공적으로 일을 치를 확률도 있지만 은행의 미래에 대해 아무도 예견하지 못할 확률도 있다. 내가 본사에 남을 확률도 있지만 지점으로 돌아올 확률도 있고, 지금 당장이라도 일을 그만둬야 할 상황이 생길 수도 있다. 그러니 어느 것이 내게 더 이득이라고 아무도 쉽게 말할 수는 없었다. 그렇다면 아이는? 자꾸만 의사의 말이 떠올랐다. '환자분은 자궁이 약해서 유산도 쉽게 될 수 있습니다. 무조건 몸을 잘 보호해 주세요.' 나는 간간이 이어지는 침묵 사이에 이 말을 거듭 떠올리다 결국 상무에게 말했다.

"상무님, 사실은 제가 지금 출산을 준비 중이라서요."

그 말을 듣고 상무가 놀랍다는 듯 어색하게 미소 지

었다.

"세영 씨는 아이 낳을 계획이 없는 줄 알았는데."

"그랬었는데 지금은 준비를 하고 있어요."

나는 그렇게 말하고 상무의 방을 빠져나왔다. 근무 시간 내내 상무가 어떻게 일을 처리할까 신경이 쓰여 조마조마했다.

퇴근이 얼마 남지 않았을 무렵 박 차장이 나를 다시 불렀다.

"정 대리, 애 가진다며?"

그가 능글맞게 웃으며 말을 이어 갔다.

"그래서 내가 육아 휴직 간다고 했을 때 그렇게 캐물었던 거야? 나 육아 휴직 제도라면 빠삭해."

그는 그 말을 지점이 떠나가라 큰 소리로 이야기하고 있었다. 이왕 고객들도 다 빠져나간 김에, 아주 시원하게 그의 목소리가 사무실의 공기를 뒤흔들었다.

"그럼 벌써 오랫동안 준비를 했던 거야? 왜 말을 안 했어. 도와줄 수 있었는데. 나 난임 클리닉 다녔잖아. 그때는 듣는 둥 마는 둥 하더니. 소개해 줘?"

은행 안에서 잔무를 보고 있던 직원들이 너 나 할 것 없이 동작을 멈췄다. 그들 중에는 경력을 차근차근 쌓은 후 본사로 가겠다며 포부를 밝히던 나를 기억하는 사람들도 있었다. 그들이 내게 아이의 중요성에 대해 설명할 때마다 나는 시큰둥하게 대응하곤 했다.

무엇보다 얼마 전 점심 식사 자리에서 내가 한 말이 생각났을 때, 나는 이를 앙다물었다. 그 자리에는 나 말고도 아이의 부모 한 사람과 출산 준비 중인 한 사람, 미혼 두 사람이 있었다. 아이의 부모는 육아의 고충에 대해 토로했고 미혼은 결혼 제도의 불합리성에 대해 이야기 하는 중이었다. 그중에서도 핫 이슈는 남성임에도 불구하고 육아 휴직을 선언한 박 차장이었다. 사기업도 이제 육아 휴직을 쓰는 데 적극적으로 동참해야 한다고 틈날 때마다 박 차장이 떠들어 대던 때였다. 문제는 그렇게 말하는 사람이 박 차장이라는 데 있었다. 직원 모두 그가 육아를 '위해' 휴직할 생각이 없다는 사실을 잘 알고 있기 때문이었다. 육아를 '명목으로' 휴직할 생각은 가득했지만.

그러다 누군가 당연하다는 듯 말했다.

"박 차장님 진짜 육아 휴직 들어가면 그다음은 정 대리님 아니에요?"

그 말을 들은 나는 순식간에 신경질이 솟구쳐 이렇게 말해 버렸다.

"저희 부부는 아기에게 집착하지 않기로 했어요. 앞집에 쌍둥이 엄마가 있는데 문고 봉사 활동 나오면 너무 시끄러워요. 전 조용히 책 좀 읽으려고 문고 봉사를 하는 건데, 쌍둥이가 제 주말 오후를 온전히 망쳐 놓는 게 한두 번이 아니에요. 전 애들 싫어요. 우연히 가지면 모를까 애 없이도 충분히 좋아요."

"그래도 내 아이는 예쁜 법이야. 정 대리는 애가 없어서 몰라. 낳아 봐야 그 심정을 알지."

누군가 그렇게 말했을 때 나는 으르렁거렸다.

"제가 애를 평생 안 낳을 수도 있는데, 대체 왜 그 심정을 이해해야 하는데요!"

과했다 생각하면서도 나는 그렇게 말한 후에 아무 소리도 하지 않았다.

그 후 아이가 있거나 아이를 가질 예정인 사람들은 아동용 옷이나 장난감, 이유식 같은 걸 적극적으로 공동 구매하기 시작했다. 그럴 때마다 누군가 '정 대리도 아이 가질 계획이 있으면 나눔도 하고 그럴 텐데.'라며 빈말을 하곤 했다. 결혼을 하지 않은 사람들은 삼삼오오 주말에 취미 활동을 공유하거나 퇴근 후 회포를 풀러 나갔다. 그들은 회사 안팎에서 메신저로 하루 종일 대화를 나눴다. 나는 물론 어느 그룹에도 들어갈 수 없었다.

그런데 지금 쩌렁쩌렁한 소리로 사람들에게 내 이야기를 하고 있는 박 차장은 내 말이 궤변이었음을, 옹졸한 질투심과 비굴한 모욕감에서 비롯된 말에 불과했음을 증명하고 있는 것이었다. 나는 내가 짜 놓은 시나리오가 완벽하게 무너져 가고 있다는 사실을 실감했다. 무엇보다 내가 지금까지 했던 것이 '당차고 젊은 여성' 코스프레였다는 걸 깨달아야 했다. 나는 앞에서 당당하게 굴고, 뒤에서는 아이에 집착하는 여자가 되어 있었다.

나는 그대로 가방을 들고 뛰쳐나왔다. 은행을 나와 골목길에서 어디로 가야 할지 고민하며 엄마에게 전화를 걸었다. 엄마는 내 전화를 받고 예민하게 생각하지 말라고 했다. 그러면서도 조심스럽게 물었다.

"그런데, 세영아. 너 정말 출산 준비 중인 거야?"

뭔가 다른 쪽으로 화제의 방향을 돌리고 싶었다.

"엄마. 엄마 조기 폐경 왔었어?"

"폐경? 몰라. 한 50대 들어서서 끊겼나."

"나 조기 폐경이 올 수도 있대. 이르면 30대 중반에 끊길 수도 있대."

"세상에……."

"가까운 시일 내에 내가 아이를 갖고 싶어도 가질 수 없는 날이 올 수도 있어. 그래서 하는 말인데…… 가질 수 있을 때 노력해야 하는 걸까?"

마음을 편하게 먹으라고, 아이를 갖고 싶지 않으면 안 가져도 된다고, 엄마는 나를 하염없이 위로하기만 했다. 그러다 무언가 생각났다는 듯 엄마가 내 이름을 조금 더 큰 소리로 불렀다.

"세영아. 난임 클리닉? 이런 건 좀 어떨까?"

"거봐. 엄마도 손주 갖고 싶잖아?"

"아니, 내가 아니라 네가 갖고 싶어 하는 것 같아서

말하는 거야."

나는 더 이상 말을 잇지 않고 통화를 끝냈다. 입술이 바싹 말라 있었다. 차라리 엄마도 아이를 기다리고 있다고 말하는 사람이었으면 좋겠다고 생각했다. 마음이 답답해져서 나는 은행에서 집까지 거의 3킬로미터나 되는 거리를 걸었다.

걷다가 불현듯 생각난 친구가 있어 메시지를 보냈다. 시청에서 출산정책 조례를 담당하는 재희였다.

— 쎄영, 무슨 일이야!

재희는 나와 같은 학교 같은 과를 다닌 친구이고, 졸업 이후에도 가끔씩 연락을 하고 지냈다. 내가 굳이 마음을 써야 한다거나, 특별한 날 선물을 주고받는 사이는 아니었다. 나는 그게 정말 편했다. 적당한 거리와 경계가 재희에게 생각날 때만 한 번씩 연락하는 내 마음에 죄의식을 덜어 주었기 때문이다.

내가 알기로 재희는 결혼할 생각이 없었고 사회나 인구 문제에 관심이 많은 사람도 아니었다. 전공은 공무원 시험을 치를 때 공부해야 하는 과목 수를 덜어 주었고 출산이니 노령화니 하는 문제는 재희도 교과서에서나 본 내용이었다고 즐겨 말하곤 했다. 그런 재희가 사회학과를 졸업하고 출산정책과에 배정되어 인구 문제에 골몰하고 있다는 건 아이러니하지 않을 수 없다.

— 전에 말했던 그 난임 언니 있잖아. 드디어 아기를 가졌대. 아기 생기면 바로 신청해야 한다고 했던 게 뭐였지?

— 든든서비스? 가까운 관공서 가서 임신 확인서 신청하시라 그래.

— 그럴게. 참, 전에 다둥이 부모 관련 홍보지 만들면서 우리 동네에 온다고 했지? 왔다 갔어?

— 조만간 가려고. 가면 너한테 들를게. 너희 동네까지 갔다가 그냥 오면 서운하잖아.

— 그때 연락해서 보자.

재희와 연락을 끊고 나는 윤호에게 문자를 보냈다.

— 오늘은 늦지 말고 들어와. 할 말이 있어.

*

윤호는 집 안에 들어오자마자 나를 들어 올려 아일랜드 식탁 위에 앉혔다. 그러곤 내 어깨를 감싸 쥐고 천천히 혀를 내 입술 안으로 집어넣고 굴렸다. 윤호의 따뜻한 혀가 내 입술을 적시는 동안 나는 생각했다. 언제, 어떤 식으로, 그에게 임신 사실을 말하는 게 좋을까. 그가 내 앞으로 몸을 밀착시키고 커다란 손으로 내 등을 따뜻하게 쓰다듬었다. 그 다음에 천천히 손을 내 바지 안쪽으로 넣었다. 이건 관계를 갖기 전에 우리 부부가 서로에게 보내는 신호였다.

"자기야. 잠깐만."

내가 입술을 떼자 윤호가 내 눈을 바라봤다.

"있잖아. 아이를 낳는다면 우린 어떻게 될까?"

"뭘 어떻게 돼. 잘 키우면 되는 거지."

윤호가 내 머리를 쓰다듬었다.

"왜, 다시 해 보고 싶어?"

나는 그게 난임 클리닉에 가 보고 싶으냐는 질문임을 잘 알았다. 난임 클리닉에서 비관적인 이야기를 듣고 온 날, 그가 지금처럼 내 머리를 쓰다듬으며 둘 중 누구라도 마음이 바뀌면 언제든 클리닉에 다시 가 보자고 말했으니까. 아이에게 집착하게 될 것이 무서울 뿐, 우리가 아이를 갖지 못할 걸로 낙인찍힌 부부는 아니니까.

"우리가 아이를 잘 돌볼 수 있을까?"

"뭘 무서워해. 넌 다른 것도 잘해 왔잖아. 잘할 거야."

나는 그 말에 톤을 살짝 높여 물었다.

"뭐야. '너는 잘할 거'라니? 아이 낳으면 나 혼자 다 봐?"

"물론 나도 같이 하지. 내 말은, 내가 아이 젖 먹이고 할 수는 없지 않냐는 거야."

나는 대화가 흘러가는 방향이 마음에 들지 않았다. 먹이고 입히고 재우고 놀리는 그 모든 과정이 엄마를 중심으로 돌아간다는 말로 들렸기 때문이다.

"아이 낳으면 돈도 많이 들 텐데?"

"벌어야지 뭐."

"너랑 나랑 지금도 어찌어찌 먹고사는 거지 돈을 남겨 가며 살지는 않잖아."

"어떻게든 다 살아져."

"어떻게 '어떻게든' 다 살아지냐? 애도 있는데. 있잖아, 만약에 아기 때문에 우리 둘 중에 누군가 일을 그만둬야 한다면, 너 그만둘 수 있어?"

윤호는 당연한 말을 한다는 듯 피식 웃더니 대답했다.

"내가 왜 그만둬. 나는 계속 돈 벌어야지."

"직원들이 그러는데 시터 아줌마 들이는 돈이 내가 버는 돈이랑 거의 비슷하대. 그럼 어떡해. 그때 가면 나 정말 일 그만둬야 해?"

윤호가 내 등을 부드럽게 쓰다듬었다.

"걱정하지 마. 아직 일어나지 않은 일이잖아."

나는 그 말을 듣고 이야기를 더 이어 가지 않았다. 윤호는 걱정이 된 건지 내 머리를 쓰다듬으며 말했다.

"참, 엄마가 필요한 거 있으면 말하라던데."

윤호가 꺼낸 문장이 허공으로 흩어졌다. 나는 말없이 천장을 바라봤다. 그 순간 우리가 난임 클리닉에 다녔다는 사실을 어머니도 알고 계신다는 생각이 들었다. 어머니는 무슨 생각을 하시며 그 얘기를 들었을까.

윤호는 가끔 내가 비밀이라고 생각하는 것을 비밀이

라고 여기지 않았다. 그래, 내게 비밀인 것이 윤호에게는 비밀이 아닌 것일 수 있었고 내게는 비밀이 아닌 것이 윤호에게는 비밀일 수 있었다. 나는 상황을 덮기로 했다. 그게 관계를 잘 이어 가는 방법이라고 생각했다. 내게는 비밀인데 상대에게는 비밀이 아닌 것조차 인정해 주며 조금씩 서로에게 물들어 가는 것.

"나 좀 안아 주면 안 돼?"

내 말을 듣고 윤호가 팔을 뻗어 나를 감싸 안았다. 나는 윤호의 보드랍고 따뜻한 숨결을 느꼈다. 나는 윤호를 정말 사랑한다고 믿었다. 윤호는 내 옆에 있었고 그는 언제든 내가 원할 때 기꺼이 나를 따뜻하게 안아 주었다. 나는 정말 하고 싶은 말을 하지 않았다.

'가슴이 텅 비어 없어져 버린 것 같아.'

대신 이렇게 말했다.

"내일 어머님께 감사 전화라도 해야겠어."

내일 어머님께 진짜 감사의 전화를 드릴 생각은 없었다. 다만 진짜 하고 싶은 말을 하면 윤호가 오해할 것 같았다. 내 말이 윤호의 오해를 부르고 그래서 다시 속을 꺼내 놓는 깊은 대화가 시작되어야 한다면 우리는 서로의 이해를 구하기 위해 각종 논리로 치장한 자기주장을 펼쳐야 할 게 분명했다. 그러니 대화는 시작하지 않는 편이 좋았다. 다시 말해 내가 방금 뱉은 문장은 일종의 회피성 빈말이었다. 불필요한 오해를 하지 않게 내가 쌍둥이 여자에게, 직장 사람들에게 가림막처럼 쓰는 말.
그러니까, 일종의 거짓말.

*

퇴근길이었다. 늘 그랬던 것처럼 나는 버스에서 내려 아파트 단지 두 개와 횡단보도를 지난 후 주택단지 쪽으로 걸어 들어갔다. 멀리 단지 뒤쪽에서 연기가 나고 있었다. 나는 가던 길을 멈추고 그 장면을 물끄러미 바라봤다. 처음에는 굴뚝에서 회색 연기가 솔솔 피어오르는 건 줄 알았는데 어느 순간 그게 연기가 아니라는 걸 알아챘다. 겉이 흰색에 가까웠지만 안쪽으로 갈수록 붉은 빛을 띠고 있는 그것은 불이었다. 놀란 내가 상황을 살피려고 조금 더 앞쪽으로 다가섰을 때 나는 언덕의 정상에 성큼 와 있었다. 내 눈앞에 펼쳐진 것은 절벽 끝 바다였다. 새빨갛게 불타는 바다.

눈을 떴을 때 나는 그게 꿈인 것을 알아채고 휴대폰을 열어 꿈 해몽을 검색했다. 피처럼 붉은 바다. '원하는 일이 성취되는 꿈'이라고, 척척꿈해몽도사라는 아이디의 유저가 적어 놓은 글귀를 보았을 때 갑자기 눈물이 나왔다. 순간 구역질이 아래서 위로 쏠려 나왔고 나는 급하게 자리에서 일어나 화장실로 뛰어갔다. 한참 동안 헛구역질을 한 후에 시간을 확인했다. 새벽 6시 30분, 출근일이었다면 일어날 시간이었지만 오늘은 토요일이었다. 나는 엄마에게 문자를 보냈다. 엄마한테만큼은 더 이상 숨길 수 없겠다는 생각이 들었다.

— 엄마, 나 자꾸 헛구역질이 나와. 어제 잠자기 전에도 그랬는데.

아침잠이 없는 엄마는 곧바로 전화를 걸어 왔다.

"세영아. 마음을 편하게 먹어. 네가 정말 스트레스를 받나 봐."

"엄마도 희영이 아이 낳았을 때 정말 좋았지? 세영이도 그랬으면 좋겠다 생각했었지?"

"희영이야 희영이 삶을 사는 거지. 어제 그 쌍둥이 여자 때문에 또 속상했구나."

나는 어제 엄마에게 쌍둥이 여자 이야기를 털어놨던 걸 떠올리며, 엄마는 두 딸의 이야기라면 어떻게 이렇게 늘 귀를 기울일 수 있는 걸까, 어쩌면 이토록 세세하게 딸들의 모든 걸 기억할 수 있는 걸까 궁금해졌다.

"그 여자는 왜 남의 삶에 그렇게 관심이 많은지 몰라. 웃어넘겨. 그런 것에까지 신경 쓰다 보면 네가 더 힘들어져."

"엄마, 나 정말 이제 아이가 있었으면 좋겠나 봐. 그래서 말인데……."

"짠한 것. 아이는 생기면 정말 행복하지만 그래도 네

인생이 먼저야. 너는 늘 네 역할에 충실하잖아. 엄마는 너 스스로 잘해 나가는 걸 보는 게 항상 행복했어."

그 말을 듣고 나는 말을 잇지 못했다. 무언가 할 말이 있지 않았냐고 엄마가 물었지만 아니라고 답했다. 전화를 끊고 주저앉아 울어 버렸다. 엄마의 이 말은 진심일까. 뭐든 다 괜찮다고 엄마 스스로를 속이고 있는 건 아닐까. 내가 사람들을 대할 때 그런 것처럼, 엄마도 지금 내 기분이 상하지 않도록 공감해 주며 자기가 정말 원하는 말을 슬쩍 묻어 버리는 거 아닐까.

*

토요일이었지만 재희는 일 때문에 서너 시쯤 우리 집 근처에 들를 것 같다고 했다. 마을문고에 들러 얼마 후 잡지에 소개할 면담자 사진을 찍기로 했다는 거였다. 내게도 별일이 없으면 근처에 오는 김에 차나 한잔 할까 싶어 연락했다고 말했다.

"문고에서 자원 봉사를 하신다더라고. 인터뷰하고 사진도 찍으려고."

재희의 말을 듣고 나는 눈을 질끈 감았다. 마음속 깊이 부정해 왔지만 쌍둥이 엄마가 재희의 면담자일 거라는 확신이 들면서 눈앞이 하얗게 변했다.

"아무 때나 와. 나 지금 집에 있어. 남편도 없어."

나는 오늘 아프다는 핑계로 문고 봉사에 나가지 않을 셈이었고 윤호는 취미로 다니는 바리스타 클래스에 나가 집에 없었다. 내가 말하자 재희가 반색했다.

"지금 출발하면 2시쯤에는 도착할 수 있는데."

나는 시계를 올려다봤다. 오후 1시 반이었다.

"좋아. 그때 와."

나는 이제 재희에게 말할 때가 됐다고 생각했다. 임신 사실을 털어놓고 도움을 좀 받으면 서로 좋을 것 같았다. 나는 재희가 집에 올 때까지 거실과 부엌을 대강 정리했다.

재희는 2시 정각에 벨을 눌렀다.

재희가 선물로 들고 온 티백으로 차를 우리고 집에 있는 쿠키를 곁들이며 우리는 대화를 나누기 시작했다. 이렇게 만난 게 거의 2년 만이라고 재희가 말했고 나는 전화나 문자로 연락을 자주 해 그렇게 오래된 줄은 몰랐다고 대답했다. 나는 언제 재희에게 임신 소식을 알려야 하나 고민했다. 만나자마자 그 얘기를 할 수는 없었고 조금 더 대화가 무르익은 뒤에 말을 꺼내야겠다고 생각했다. 물꼬를 트기 위해 나는 출산정책 테마를 조심히 끄집어냈다.

"그래도 요즘은 출산정책이 강화되었지?"

"그렇지 뭐. 근데 쓸데없어. 다 짜고 치는 고스톱이야."

나는 재희의 얼굴을 멍하니 들여다봤다. 재희가 말을

이었다.

“너도 그냥 네 생각대로 딩크로 살아. 나 편하자고 사는 세상이잖아.”

“출산정책과에 있다는 애가 못 하는 소리가 없다.”

나는 표정에 미동이 없도록 신경 써 가며 찻잔을 들어 입에 가져다 댔다.

“물론 임신할 마음이 있는 사람들은 낳아야지. 그런 게 없는 우리는 그냥 편하게 사는 게 더 나아. 애를 낳아야 행복하다는 전통적 가치관이 우리 어머니 세대를 얼마나 희생시켰니.”

재희의 말이 어디까지 진심인지, 아이 낳을 생각이 없다던 내 말을 기억해 괜히 하는 말인지 가늠이 되지 않았다. 나는 입술 끝을 치아로 물면서 말했다.

“아기 엄마들 들으면 섭섭하겠다. 최선을 다해 살고 있는데.”

“그러게 말이다. 오늘도 다둥이 어머님들 만나서 얼마나 토로를 들어야 할까. 사실 얼마나 힘들겠어. 어머니가 희생의 아이콘인 시대는 갔어. 엄마가 행복해야 아이도 행복하다고. 근데 그게 되니, 우리나라에서.”

나는 어느새 재희의 면담자라는 다둥이 엄마를 진짜 앞집 여자로 상정하고 있었다.

“그런가 보다 해야지 뭐.”

“이제는 면담자가 대한민국 인구구조를 거들먹거리

기까지 해. 생산 인구보다 피부양 인구가 많아지면 허리가 휘도록 벌어도 수입이 없는 날이 결국 오긴 올 거야. 그래서 국가도 이 난리를 치고 있지. 하지만 누가 그런 거까지 생각하면서 애를 낳나? 그 면담자가 심지어 나한테 조언도 했어. 저마다 다른 딩크족 각각의 니즈를 공략할 정책을 만들어야 한다는 거야."

"그게 무슨 말이야?"

"아내는 임신할 마음이 없지만 남편 쪽에 임신할 마음이 있거나, 혹은 그 반대거나 하는 경우를 다양하게 고려해 맞춤 지원을 해야 한다는 거지. 아버지 육아 휴직 일수를 늘린다거나, 실효성 없는 모성 경력 지원 센터 같은 것은 개편한다거나."

"부부마다 사정이 다를 텐데 그걸 어떻게 일일이 맞춰."

"전화 인터뷰에서 면담자가 그런 말을 하더라. 자기가 아는 어떤 여자는 남편이 애를 그렇게 갖고 싶어 하는데 여자가 자기 생각만 해서 애를 안 낳으려고 한대. 여자들이 이기적이라는 거지. 그런 사람들한테 아이를 갖는 게 어떤 의미인지 알려 주고 정책적으로 지원을 할 필요가 있대. 여자들이 왜 이기적이냐? 그렇게 생각하는 사람들이 이기적이지."

나는 괜히 먹고 싶지도 않은 쿠키를 입에 가져다 댔다. 재희의 면담자가 이 동네 여자라면 저 말은 온전히 나에 대한 말같이 느껴졌다. 그러나 나는 나를 '자기 생각만 하는 여자'라고 정의해 본 적이 없으며 그건 윤호도 마찬가지일 거라고 생각했다.

임신했다는 말을 끝내 꺼내지 못하고 3시쯤 재희를 보냈다. 재희는 다둥이 지원정책 홍보물 제작을 위해 다둥이 엄마들과 인터뷰를 하러 갔다. 홍보물을 만들고 인터뷰를 하고 지원 상담을 하는 재희는 과연 그 일이 정말 의미 있다 여기는 걸까 하는 생각을 했다.

재희의 차가 골목을 빠져나가는 것을 멍하니 보다 돌아섰을 때 마침 쌍둥이 집 문도 열리고 있었다. 문틈으로 쌍둥이가 아장아장 걸어 나왔고 뒤쪽에서 여자의 목소리도 들렸다. 나는 내 배에 손을 얹고 그대로 서서 쌍둥이가 나오는 것을 지켜봤다. 쌍둥이는 같은 디자인의 재킷을 입고 신발을 신고 모자를 쓰고 손을 잡고 나왔다. 아이들이 완전히 밖으로 나온 후에 나는 아이들에게 손을 흔들며 천천히 다가가 말을 걸었다.

"정말 잘 걷네. 너희 곧 뛰겠다."

내 목소리를 들으며 여자가 밖으로 나왔다.

"안녕하세요."

내가 말하자 머리를 대강 질끈 묶은 여자가 뒷좌석에 아이를 하나씩 앉히며 물었다.

"오늘은 문고 안 가세요? 문고 가는 옷차림이 아니네?"

"좀 아파서요."

급하게 어두워진 표정으로 여자가 물었다.

"왜요. 어디가 안 좋아요?"

나는 쌍둥이를 보며 말했다.

"그냥 몸이 좀 안 좋아서요."

"어머. 아기 들어서려나?"

여자가 말하면서 아이들을 돌아봤다. 나는 미간을 찌푸리지 않도록 신경 써 가며 말했다.

"그럴 수도 있겠죠."

"그 말 들으면 남편이 좋아하겠다. 그래요, '아이는 안 가진다.' 딱 끊어 생각하지 말고 좀 유하게. 아기들 많이 봐요. 우리 애들도 많이 보고. 예쁜 애들 보면 예쁜 애가 태어난대요."

아직 말을 할 줄 모르는 쌍둥이가 카시트 위에 앉아 여자와 내 쪽을 바라보고 있었다. 여자는 운전석에 들어가 앉을 생각이 없는지 한참 동안 내 앞에 서서 말을 했다. 아이 들어서는 데는 철분이 많이 든 음식이 좋다느니, 체력을 생각해서 가끔 운동도 해야 하는데 필요하면 자기가 함께 운동을 해 주겠다느니, 문고 일은 당분간 자기가 내 일까지 맡아 하겠다느니.

"생각 없어요. 저 살기도 바쁜데, 애는 무슨."

나는 여자에게서 시선을 거뒀다. 저 여자는 대체 나를 얼마나 가깝다고 생각하는 걸까. 아무 생각 없이 던지는 조언들을 나는 얼마나 오랫동안 감당할 수 있을까. 정작 나에 대해 여자가 아는 건 뭘까. '아직' 애가 없다는 것? 은행에 다닌다는 것? 그것 말고 여자는 나에 대해 뭘 얼마나 깊이 알고 있는 걸까. 나는 왜 저 여자에게 이토록 신경 쓰는 걸까. 적당한 간격, 적당한 관심, 적당한 침묵. 겨우 이런 것들을 지켜 내기 위해서.

그러다 다시 골목을 돌아 들어오는 재희의 차를 발견했다. 재희는 내가 있는 곳에 차를 멈추더니 집에 놓고 온 것이 있다고 말했다. 쌍둥이 엄마와 재희는 데면데면 인사를 했다. 둘이 전혀 아는 사이로 보이지 않았다. 인터뷰도 두어 번 했다면서, 목소리도 몇 번 들었다면서.

"서로 아는 분 아니에요?"

내가 묻자 재희와 여자가 서로를 번갈아 보며 다시 인사했다. 둘은 아는 사이가 아니었다. 재희는 우리 마을의 문고에 가는 게 아니었다.

*

출근 후 계장들은 어김없이 믹스 커피를 타서 돌렸다. 얼마 동안 이래저래 핑계를 대며 안 마시겠다고 했지만 이제는 사실을 알려도 좋지 않을까 생각했다. 브라질 출장 사건이 상처같이 남아 있었으므로 소문이 돌 수 있는 방법을 궁리해 봤다. 어차피 말 많은 한 명에게

만 운을 띄우면 조직 안에 있는 사람들이 상황을 파악하는 건 순식간이었다. 이 공간에서 가장 수다스러운 사람은 다름 아닌 박 차장. 그는 내일부터 휴직에 들어가고 내게 남은 시간은 오늘뿐이었다. 커피를 다시 거절한 나는 박 차장이 담뱃갑을 들고 옥상으로 올라가는 것을 확인한 후에 자리에서 일어나 박 차장을 따라 나갔다.

"차장님, 곧 휴직 들어가시죠?"

"시간이 벌써 그렇게 됐어. 잘 지내고 있어, 정 대리."

"네. 그런데 차장님."

나는 입술을 한 번 오므렸다가 열어 말했다.

"저도 출산 휴가 갈 것 같아요."

'임신'이나 '아이'라는 단어는 윤호를 위해 남겨 두었다. 일부러 에둘러, 그 말을 전하지만 전하지 않는 듯이. 박 차장이 내 어깨를 두드리며 환호했다.

"임신이 된 거야? 이야, 축하해. 정 대리."

"감사해요."

"그래, 더 늦기 전에 아이 가져야지. 잘됐어."

박 차장은 담배를 깊이 빨아들이다 놀란 듯 소리를 높여 말했다.

"담배 연기 괜찮겠어?"

"차장님한테 이 말씀 전하려고 일부러 올라온 거예요. 차장님이 정말 많이 도와주셨으니까요. 저는 내려가 볼게요. 편히 피우고 오세요."

나는 '정말 감사하다.'라고 두어 번 더 강조해 말하고 사무실로 내려왔다. 속이 다 후련했다. 1년만 버티고 출산 휴직에 들어가면 1년 동안은 이 지긋지긋한 조직 생활에서도 좀 멀어질 수 있겠지. 그렇게 생각하니까 정말 아이에게 감사했다. 돌아와 앉은 후에는 영업 시간 전까지 인터넷 쇼핑을 했다. 엄청 비싸서 살 엄두도 못 냈을 프랑스제 유모차도 좀 더 긍정적인 마음으로 구경하고, 앞집 여자가 말했던 아이 물품 브랜드 같은 것도 떠올려 가며. 이유식은 뭐가 좋은지, 출산에 도움을 받을 수 있는 자료는 어떤 게 있는지, 임산부 정책 지원은 어떤 경로로 받는지 찾아보았다. 윤호에게 문자도 했다. 오늘은 집에서 함께 저녁을 먹자고. 좋은 소식이 있으니 기다리라고.

배가 아프기 시작한 건 오후 즈음이었다. 자극적이지 않은 음식만 골라 먹었고, 카페인을 피하고 좋은 생각만 했는데 이상하게 배 한쪽이 아팠다. 살짝 아릿한 정도가 아니라 바늘로 배 안쪽을 후벼 파는 느낌이었다. 조금 뒤에는 물컹한 것이 아래로 빠져나왔다. 생리하기 전에 나오는 냉이 아니라 비릿한 점액질의 액체가 팬티를 흥건하게 적시는 느낌이었다. 너무 이상한 느낌이라 나는 당장 화장실로 들어가 아래를 확인했다. 출혈이 조금 있었지만 크지 않았다. 설마 생리가 다시 시작됐나 싶어 날짜를 계산하다가 자리에 돌아와 앉으며 잊어버렸다. 배가 아프다 말다를 반복한 탓에 퇴근 후에 병원에 가려고 했다가 대출 건에 사고가 생겨 폐점 이후의 시간을 날려 버렸다. 그러다 보니 통증도 잊히는가 싶었다.

그런데 집에 와서도 그 느낌이 지워지지 않았다. 윤호는 집에 일찍 들어왔지만 나는 도저히 기쁜 마음으로 소식을 전할 수 없었다. 온몸이 극도로 긴장한 상태였다. 괜히 걱정할까 싶어 윤호에게 말하지 않고 잠이 들었다. 꿈도 꾸지 않았는데 잠에서 깨어났을 때 이상하게 온몸이 묵직했다. 다른 지역에서 세미나가 있다던 윤호가 새벽에 나간 후에도 한참 동안 나는 침대에서 일어나지 못했다. 겨우 옷을 갈아입었지만 꼼짝도 할 수 없을 만큼 몸이 무거웠다. 그대로 출근 시간을 넘겨 버렸다. 박 차장이 휴직에 들어가는 날인데, 사람들이 내게 무슨 일이 생긴 건지 궁금해할 텐데. 간간이 그런 생각을 했지만 손가락 하나 움직이기 힘들었다. 윤호에게 전화를 한 건 오후 4시를 한참 넘기고서였다. 곧바로 출발한 윤호가 집에 도착했을 때는 이미 저녁이었다. 윤호는 땀에 흠뻑 젖은 나를 들쳐업고 병원으로 갔다.

병원에서 나는 자궁 외 임신으로 아이가 유산되었다

는 소식을 전해 들었다. 검진실에는 들어가 보지도 못했다. 내가 잠든 사이 윤호가 이야기를 듣고 와 전해 주었다. 윤호의 눈이 퉁퉁 부어 있었다. 나는 식은땀으로 젖은 내 머리를 쓸어 올리며 바닥을 바라봤다. 오후의 빛이 건물 안으로 천천히 스며들고 있었다. 다시 눈을 떴을 땐 한밤중이었고 또 눈을 떴을 때는 다음 날 오전이었다. 일어날 때마다 병실 구석으로 들어오는 희미한 빛을 바라보다 다시 잠이 들었다. 하루 사이 몰라보게 핼쑥해진 윤호가 일반 병동으로 옮겨 조금 더 간호를 받는 게 좋지 않겠냐고 물었지만 나는 더 이상 병원에 있고 싶지 않았다. 윤호에게 집으로 돌아가자고 말했다. 윤호는 걱정하며 퇴원계를 받아 왔다.

집에 다다랐을 때 내 눈에 가장 먼저 보인 것은 쌍둥이네 집이었다.

"진짜 너랑 친해지고 싶은가 보던데."

내가 윤호를 바라보자 윤호가 쌍둥이 집 쪽을 가리키며 말했다.

"문고에서 너랑 이야기하고 나면 마음이 좀 풀린다더라고."

나는 입술 한쪽을 깨물었다. 나야말로 온몸의 힘이 풀리는 느낌이었다.

"프랑스어를 못하는 채로 프랑스에서 현지 사람이랑 결혼해 살다가 못 참고 한국에 들어왔대. 어떻게든 여기

정착하고 싶은가 보던데. 얼마나 힘들겠어. 육아든 뭐든 거의 혼자 하고 있을 텐데."

윤호의 그 말에는 진심이 묻어 있었다. 윤호는 내가 여자의 이야기를 귀담아들어 주고 좋은 친구가 되어 주길 바라고 있었다. 그러다 보면 내 기분도 차츰 좋아질 거라고 믿는 것 같았다.

나는 쌍둥이 집에서 흘러나오는 불빛을 바라봤다. 그러면서 여자가 했던 말을 천천히 곱씹었다. 여자는 정말 나라의 미래인 아이들을 낳아 기르는 자신을 자랑스럽게 생각하고, 힘든 일상의 피곤을 아이들의 웃음 한 번에 말끔히 날려 버리고, 빛나는 순간을 탑처럼 쌓아 올리며 살고 있을까. 진심으로 나와 더 친해지고 싶은 걸까. 나 역시 아이를 갈망하고 있다는, 권장된 생애 주기를 밟아 가며 사회가 정해 둔 행복의 조건에 순응한다는 말을 들으며 안심하려는 게 아닐까. 여자는 자신의 말대로, 정말로 행복할까.

나는 불빛을 물끄러미 바라보다 중얼거리듯 말했다.

"거짓말."

"뭐라고?"

윤호가 내 쪽으로 몸을 돌리며 물었다. 나는 아무 말도 아니라는 듯 고개를 저었다. 집 앞에 도착하자마자 윤호는 서둘러 현관문을 열고 들어가 집의 불을 밝혔다. 방 온도를 올리고 내가 먹을 죽을 마련하기 위해서였다.

나를 부축하려고 밖으로 다시 나오는 윤호에게 나는 손을 저었다. 그러곤 다시 한번 쌍둥이 집 쪽으로 고개를 돌리려다 말았다. 나는 천천히 발을 뻗어 집으로 걸어 들어가며 생각했다.

여자는 내가 아기를 갖기 위해 노력했었다는 사실을 몰랐으면 좋겠다고.

차라리 내가 아이 없이 제멋대로 사는 사람이라고 생각했으면 좋겠다고.

앞으로도 계속.

보통 맛

아무리 맛있는 커피도 사무실 안에서 마시면 다 비슷한 맛이 된다. 흰색 시멘트가 정직하게 발린 사각형 공간, 투박한 개조식 글자들이 계절을 불문하고 마른 공기 속에 침잠해 개성을 마모시키는 이곳에서는 단 한 순간도 혀에만 감각을 집중하기 어렵기 때문이다. 나는 밖에서 사 온 스타벅스 리저브 커피가 담긴 텀블러를 입술에 댔다가 우연히 모니터 오른쪽 하단의 시계를 확인했다. 고개를 휘휘 가로저으며 '탁' 소리가 나게 텀블러를 책상에 두었다. 강현모는 임용 첫날부터 지각이었다.

강현모를 소개받은 지난주 월요일 오전이 자연스레 기억났다. 하버드에서 국제협상학을 전공한 수재라고, 주춤거리며 돌아서 대표실 문을 여는 내게 대표는 큰 소리로 다시 방점을 찍었다. 잘 모시라고, 틀림없이 아주 많은 것들을 배우게 될 거라고. 나는 꾸벅 인사를 하고 고개를 돌렸다. 내 옆에 있던 고은양은 복도로 나오며 입안에 물고 있던 껌을 다시 씹었다.

"은양 씨, 그걸 아직까지 입에 물고 있었어?"

내 말에 고은양이 커다란 눈을 찡긋하더니 말했다.

"한 5분이면 끝날 줄 알았는데 대표님은 늘 뭔 말이 그렇게 많대요."

나는 고은양이 동그랗고 커다란 눈동자를 흘기는 표정을 보며 피식 웃었다. 고은양이 반발 앞서 나갔다. 내 입술 사이로 가벼운 한숨이 흩어졌다. 무디고 딱딱해진 껌을 어떻게 저렇게 오랫동안 씹고 있을 수 있지. 나는 표정을 일그러뜨리며 입술로 작게 쯧 소리를 내고 대표실 앞 진회색 카페트 위를 힘없이 걸었다.

그로부터 정확히 일주일이 지났으니 예상대로라면 강현모는 지금 이 시간에 우리와 첫 미팅을 하고 있어야 했다. 어쨌든 팀장이 있어야 갑자기 팀장 대행 자리에 올라 대가 없이 팀장 역할까지 도맡아 해 온 내 숨통도 좀 트일 거였다. 그런데 그는 보기 좋게 월요일 아침부터 우리를 바람맞히면서, 보스턴 북쪽 동네에서 한가락 한 협상 전문가의 이중적 면모를 염치없이 드러내고 있었다. 나는 탐탁지 않은 눈으로 고은양의 파티션을 향해 소리치듯 말했다. 너무하는 거 아니냐고, 자기가 하버드

출신이면 이런 식이어도 되는 거냐고, 이제 우리 회사 일원 아니냐고. 내 앞 파티션의 고은양은 무구한 표정으로 내 쪽으로 고개를 돌렸다. 나는 고은양이 보고 있던 것이 어제 놓친 예능 프로그램의 동영상 클립이라는 걸 그제야 알아챘다. 오히려 민망해진 나는 주저앉듯 그대로 자리에 앉아 버렸다.

내가 누군가의 후배였을 때 나는 그런 선배가 되지 말자고 다짐했었다. 상황을 몰아붙이기만 하는 선배, 후배의 사생활을 충분히 인정해 주지 않는 선배, 후배의 모니터나 힐끔거리는 치졸하고 소심한 선배. 컨설팅 회사는 계약을 따내는 족족 일이 불어나기 마련이었고, 강현모의 전임이었던 워커홀릭 팀장은 쉴 틈도 없이 일을 던져 내 주말과 휴일과 새벽의 자유를 빼앗기 일쑤였다. 이제 막 그의 바운더리에서 벗어난 내게 또렷이 남은 질문은 이것 하나뿐이었다.

일을 많이 해서 남는 게 뭔가. 죽어서도 가져갈 건가?

덕분에 나는 회사 일에 치여 사는 삶에 늘 반기를 들었다. 되도록이면 업무 시간에만 일에 몰두하고, 퇴근 후에는 회사에서 오는 연락을 피했다. 고은양에게도 그게 업무에 해가 될 일이 아니라는 사실을 교육하듯 말하곤 했다. 도리어 업무 효율성을 향상시킬 거라고 했다. 회사가 정한 규칙은 지키되 융통성을 발휘하자는 나름의 철칙은 나날이 확고해져 갔다. 언제부턴가 고은양이 내 눈치를 전혀 보지 않고 잠을 자러 휴게실에 가거나 오랫동안 이석을 하는 경우가 있었지만 나는 참았다. 나름의 이유가 있을 거라고 생각하면서. 그래도 그렇지, 바빠서 정신없는 월요일 아침부터 예능 동영상이라니. 그때 마침 팀장실에서 전화가 걸려 왔으므로 나는 고은양이 유튜브를 보고 있다는 사실을 다시 속으로 삼켜 넣었다. 그리고 마음속으로 속 좁은 선배가 되지 말자고 다시 한번 다짐했다.

*

올해 나이가 마흔셋이라는 강현모는 동안과 대비되는 새치가 검은 머리 사이 군데군데 가로질러 나 있어 눈길을 끌었다. 그는 새로 맞은 팀원들에게 고개를 숙여 인사한 후 사무실 문을 활짝 열었다. 무도회에 초대된 여성들을 안으로 들이듯 안정되고 능숙하게 접힌 그의 손가락 끝을 보며 나는 좋은 학교에서 잘 배우고 온 사람답다고 생각했다. 크지 않은 키와 곱슬머리가 눈에 들어오긴 했지만 이목구비가 시원시원해 한눈에도 호감을 주는 인상이었다. 팀장실로 먼저 들어간 나는 문 앞에서 우물쭈물하는 고은양을 발견하고 짧게 한숨을 쉬었다. 그렇지 않아도 굼뜬 주제에 처음 본 팀장을 빤히 쳐다보며 안쪽으로 들어오지도 못하고 있었다. 나라도 어서 들어가 자리를 잡고 앉아야겠다는 생각이 들었다. 회사 생활을 5년이나 앞서 한 내가 능숙하게 고은양을 리드하는 건 내겐 자존심이 걸린 문제였다. 따라와 후배, 새로운 팀장 앞에서도 꿇리지 않을 만큼 언니가 정말 괜찮은 선배라는 사실을 보여 주겠어. 그런 생각도 했던 것 같다.

강현모가 꺼내 놓은 건 경유지 시애틀에서 사 왔다는 알록달록한 물결이 박힌 스타벅스 티 박스와 무겁지 않은 금빛으로 깨끗하고 고급스럽게 포장한 한정판 고디바 초콜릿 박스였다. 두 레이디를 모시기로 했으니 못나 보이면 안 되겠다는 심정으로 골랐는데 어떨지 모르겠다고, 그는 따뜻하게 웃으며 말했다. 눈가에 잔주름이 부드럽게 잡히며 선한 인상을 만들어 냈다. 그는 곧 자신의 이력서를 우리 앞에 꺼내 놓았다. 종이에는 그가 지금까지 했던 사업의 실적이 빼곡하게 정리되어 있었고, 각 프로젝트 제목 옆에는 우리 팀 업무와의 연관성과 새로운 팀장으로서 자신이 할 일이 메모로 달려 있었다. 나는 순간 고개를 들어 팀장을 봤다가, 놀란 눈을 그에게 고스란히 들켰다. 강현모는 아무래도 지금껏 본 적이 없는 타입 같았다.

한참의 대화 끝에 강현모는 우리 둘의 개인 역량을 키우는 게 우선이란 생각이 든다고 말했다. 나는 그 부분에 매우 동의했다. 컨설팅이란 기획 역량이 늘어야 더 좋은 제안을 할 수 있기 마련인 업종이었다. 그가 제안한 방법은 화요일 아침마다 업계의 최신 보고서를 읽고 요약해 브리핑하는 일이었는데, 그는 이 방법을 사용함으로써 각종 프로젝트에 대처하는 우리의 능력은 물론이고 협상 관리력도 강화할 수 있다고 설명했다.

놀랍게도 나보다 고은양이 앞서 고개를 끄덕였다. 후배가 격렬히 찬성을 표하는데 내가 안 된다고 말할 수는 없는 일이었다. 머릿속은 좀 복잡했다. 보고서를 읽고 브리핑하는 공부가 도움이 안 되지는 않을 테지만, 컨설팅 브리핑이라는 큰 행사를 앞둔 시점에 쓸데없이 공부에 시간만 버리는 건 아닐까 걱정도 되었다.

그래도 군말 없이 알겠다고 말했다. 이전 팀장에게도 나는 늘 그런 식이었다. 네, 알겠습니다. 그건 '나는 네 의견에 토 달지 않고 부하로서의 책임과 의무를 다하겠다.'라는 의미를 함축한 표현이었다. 나는 회사 안에서 그런 사람으로 보이고 싶었다. 모나지 않고 주어진 일을 척척 하는 사람. 내가 조금 불편하더라도 상대를 배려하는 사람, 성실하고 건강한 마인드를 가진 사회인. 사람을 대할 때 상대에게 나를 밝고 건강한 이미지로 각인시키는 것은 내겐 중요한 일이었다.

"섬세하고 자상한 타입이시네."

복도로 나오며 그 말을 뱉은 건 고은양이 아니고 나였다.

*

팀장의 생일을 알게 되었던 건 오스트리아 출장을 준비하며 팀장의 여권 정보를 얻은 고은양 덕분이었다. 팀장의 생일은 한 달 뒤였다.

"언니, 우리 팀장님 생신 때 깜짝 축하라도 해 드리는 게 어때요?"

고은양이 말했을 때 내 가슴은 잠시 감동으로 저릿했다. 팀장 생일을 축하해 주자는 말 때문이 아니라, '언니'라는 단어 때문이었다. '선배'가 아니라 '언니'라니, 우리 관계가 갑자기 열 배쯤 가까워진 느낌이었다. 나는 그러자고, 아주 좋은 생각이라고 고은양을 칭찬했다. 마침 팀장으로부터 받은 선물에 뭔가 보답을 하고 싶었던 참이어서 시기도 적절히 잘 맞물린 것 같았다. 무엇보다 흥미로운 건 어떤 일에도 선뜻 나서는 법이 없는 고은양의 제안이었다.

"제가 케이크 사 올게요. 계산만 반반 나눠서 해요."

솔직히 나는 놀랐다. 지금까지 나는 고은양을 저 자신이 아닌 무엇에도 관심 없는 인간이라고 판단하고 있었는데 그게 사실 오해였을 수 있겠다는 생각을 처음으로 했다.

말이 나와서 말이지 고은양은 그동안 회사에서 운영하는 거의 모든 프로그램에 불참했다. 직원 교양 특강은 물론이고 반드시 이수해야 하는 성폭력 예방 교육이나 화재 예방 교육 같은 공적 행사에 참석하는 법이 없었다. 직원 워크숍은 적당히 서명만 하고 빠져나왔고 체육대회 때는 화장실에 간다더니 어느 순간 사라져 노을이 질 무렵에 나타났다. 나는 여자 휴게실에 들어가 몇 시간이고 잠을 자는 고은양을 자주 발견하곤 했다. 특별한 날만 그러는 게 아니었다. 아침 회의가 끝난 후에 기운이 없다며, 점심 시간이 끝나고 체했다며, 괜히 아프다며, 아무 이유도 없이, 고은양은 자주 자리를 비웠다.

이전 팀장은 그런 고은양을 참을 수 없어 했으므로, 나는 당연히 고은양이 2년 계약 기간이 끝남과 동시에 처참한 인사 고과 점수를 받아들고 짐을 싸야할 거라고 생각했다. 그런데 몇 달 새 상황이 바뀌어 팀장이 먼저 이직을 했고, 그 자리에 새로운 팀장이 들어왔으며, 고은양은 새로운 팀장과 친해지기 위해 노력을 하고 있는 거였다.

나는 자리에 앉아 팀장이 선물한 초콜릿 상자를 열었다. 양각으로 조각된 하트 모양 초콜릿이 눈에 들어왔다. 그것을 손가락으로 조심히 집어내 입에 넣었다. 검고 딱딱했던 밀크초콜릿이 혀 위에서 단맛을 내며 부드럽게 녹아내렸다. 1926년에 브뤼셀에서 탄생한 후 몇십 년 만에 초콜릿을 고급 사치품으로 바꿔 버린 역사적 브랜드, 고디바. 다 녹은 초콜릿을 혀끝에 감아 넘기며 나는 생각했다. 고은양이 보이는 모습 만큼 지독하게 게으르고 비사회적인 인간은 아닐지도 모른다고.

*

팀장의 제안에 따라 우리는 일주일에 한 번 화요일 오전 10시에 세미나실에서 만났다. 이 만남을 위해 일주일 동안 열심히 공부했다. 스터디는 컨설팅 업계의 최근 이슈와 트렌드를 익히고 외국계 회사의 컨설팅 테크닉을 터득하기 좋았다. 인간 심리를 공부하고 하버드대 부속 센터에서 협상력을 연구하고 온 팀장은 우리에게 페이퍼 브리핑 이상의 것을 전수해 주었다. 특히 협상 사례를 공부하는 날에 그는 물속을 노니는 수영 선수처럼 자유로워 보였다. 그는 신이 난 목소리로 비언어적 표현과 상대에 대한 신뢰가 협상 테이블 위의 공식 사안보다 중요하다는 사실을 우리에게 여러 번 일러 주었다.

그는 실제 협상 사례도 들려주곤 했다. 그의 이야기에는 장벽이라는 게 없어서, '유럽석탄철강공동체가 전쟁과 가난으로 절망에 빠진 유럽의 평화와 안정에 끼친 영향'처럼 큰일부터 '층간 소음 갈등 관리 능력'이나 '고부 갈등'같이 일상에서 쓸모가 높은 사례까지 망라했다. 그는 사례를 이론에 적절하게 접목하는 근사한 능력을 갖고 있었고, 나는 자주 그의 이야기에 대책 없이 빠져들었다.

어느 화요일 오전의 화두는 '적을 향한 믿음이 필요한 순간'이었다. 그는 약간 흥분한 상태로 1914년 12월, 1차 세계대전 당시 벌어졌던 영국군과 프랑스군, 독일군 간의 접경 지역 전쟁에 대해 들려주고 있었다. 지리한 전쟁 중에 맞이한 크리스마스 휴일. 세 국가의 군대는 크리스마스이브에 목숨을 내놓은 3분 협상에 들어가고, 휴일 동안 서로 공격을 중지할 것을 한목소리로 제안한다. 일촉즉발의 전쟁터에서 생겨난 적에 대한 신뢰. 그 대가로 그들이 얻어 낸 것은 단 하루 동안의 휴전.

강현모는 말했다. 원하는 것을 얻기 위해 호랑이 굴로 들어가는 일의 필요성에 대해. 그는 크리스마스 이후 일어난 일을 마저 들려주었다. 크리스마스에 함께 웃고 떠들며 진심을 나누었으나 다시 각자의 자리로 돌아가 상대를 향해 총부리를 겨누어야 했던 그들의 운명. 전쟁이 끝나면 여동생을 소개해 주겠다고 너스레를 떨던 독일 병사에게 총을 쏘고 미쳐 버린 영국 병사.

내 표정은 그들의 고통에 대한 공감과 안쓰러움으로 여러 번 일그러졌다. 그렇지만 고은양이 함께였으므로 나는 별다른 내색을 하지 않았다. 나는 그녀에게 어떤 상황에서도 표정과 몸짓을 통제할 줄 아는 프로페셔널한 선배 컨설턴트이고 싶었다.

그런데 그 순간 고은양이 울음을 터뜨렸다. 눈물을

흘리더니 급기야는 엎드려 울었다.

"은양 씨가 정이 많아서."

팀장이 자신의 손수건을 내주며 말하는 걸 보고 나는 어쩐지 가슴 한쪽이 답답해졌다. 저렇게나 펑펑 울 일인가. 우는 고은양의 모습은 낯설어 하나의 단어로 표현하기가 어려웠다. 내게 익숙한 고은양의 얼굴은, 동영상을 보다가 들켰지만 무표정하게 나를 돌아본다거나, 지각을 했음에도 불구하고 파티션 안쪽 책상 위에 가방을 쾅 소리 나게 올려 둘 때의 당당한 표정 같은 거였으니까. 팀장의 이야기에 눈물로 범벅이 된 붉은 볼을 손가락으로 가볍게 쓰다듬는 고은양은 나를 당혹시켰다. 무구함을 가장한 뻔뻔함 같은 걸 느끼게 하는 표정이 아니었다. 어쩌면 내가 처음 보는 진심 어린 표정이었다.

강현모의 생일에 고은양은 오전부터 분주했다. 내가 이제 정말 며칠 남지 않은 영어 학원 컨설팅 브리핑을 준비하는 동안, 고은양은 팀장실과 가까운 탕비실에 케이크를 넣어 두고 주문한 쿠키와 과일 상자를 받으러 회사 앞 수제 베이커리에 다녀왔다. 고은양의 책상 위에는 원목색 작은 봉투로 포장된 선물도 있었다. 나는 그 선물을 흘낏흘낏 보면서 PPT에 보람 학원의 전국적 네트워크와 조직도 같은 것을 보기 좋게 그려 넣고 있었다. 오전은 물론이고 점심시간 후 두어 시간도 금방 지나갔다. 우리는 팀장의 외부 강연이 끝나는 오후 3시에 맞춰 방 앞으로 갔다. 방문이 잠겨 있었다.

"3시에 오신다는 정보는 어디에서 들었어?"

고은양은 거리낌 없이 대답했다.

"비서실 선생님한테서요. 제가 잠깐 다녀올게요. 여기 조금만 기다려요, 언니."

나는 살짝 웃으며 고개를 끄덕였다. 고은양은 다시 '언니 잠시만요.' 하며 총총 걸어 복도를 빠져나갔다. 나는 그사이에 케이크와 선물 값을 따져 보았다. 퇴근 후에 혼자 케이크와 선물을 낑낑대며 들고 다녔을 고은양을 생각하니 안쓰러운 마음이 들었다. 무엇보다 미안해졌다. 노느라 같이 못 간 건 아니지만, 집까지 케이크를 가져갔다가 다시 가지고 회사에 오는 그 모든 수고로움을 혼자서 기꺼이 감내했다는 사실에 대견한 마음이 들었다. 나는 서둘러 자리로 돌아가 가방에서 지갑을 꺼내 케이크와 선물 값을 넉넉하게 챙겨 왔다. 생일 파티가 끝나고 돌아가는 시점에 고은양에게 조용히 건네줄 작정이었다.

그사이 고은양은 벌써 팀장실 안에 들어가 있었다. 내가 놀랐던 건 메인 전등을 끄고 한쪽 벽에 서 있는 롱스탠드만 켜면 굉장히 차분하고 세련된 분위기가 연출된다는 사실이었다. 나는 팀장실로 들어가며 소파에 앉아 케이크에 초를 꽂고 있는 고은양에게 말했다.

"와. 이런 근사한 분위기가 나는 스탠드가 있는 줄 몰랐어."

고은양은 내게 어서 이쪽으로 건너오라고 손짓했다. 탁자 위에는 케이크와 모둠 과일이 담긴 컵, 뚜껑이 조금 열린 쿠키 상자가 놓여 있었다.

"3시 반쯤 오신대요."

나는 누군가를 놀라게 할 때 그러는 것처럼 비장하게 미소 짓고 고개를 끄덕이며 자리에 앉았다. 팀장을 기다리는 동안 우리는 이런저런 이야기를 나눴다. 주로 앞으로의 일정이나 얼마 후 예정된 오스트리아 출장에 대한 것이었다. 나는 영어 학원 컨설팅이 끝나는 대로 휴가를 갈 예정이었는데, 비슷한 시기에 빈에서는 매년 컨설팅 회사를 위한 국제 워크숍이 열렸다. 내가 굳이 가지 않아도 상관없는 출장이라 신경 밖의 일이었다.

"선배, 저도 출장 갈 수 있어요?"

나는 고은양의 말이 '가야 하느냐.'라는 말인 줄 알았다.

"임원급이 가면 되는 거니까, 우리는 신경 쓰지 않아도 될 거야."

고은양은 조금 더 상기된 표정으로 내게 말했다.

"아뇨, 팀장님이 같이 갔으면 하시더라고요. 그럼 갈 수 있어요?"

"팀장님이 같이 가자고 하셨다고?"

"네. 선배한테 여쭤본 이유는 다른 게 아니고, 팀 예산상 문제가 없는지 알고 싶어서였어요."

조금 당황해서 되묻지 못하고 간단히, 사무적으로 답했다.

"뭐, 상관은 없죠. 사원급 출장비는 많지 않으니까."

그때 마침 팀장실 문이 열렸으므로 더 세세한 것은 묻지 못했다. 팀장은 손에 붉은 장미 꽃다발을 안고 있었다. 문을 열고 들어오던 팀장은 우리를 발견하고 놀라 꽃다발을 뒤로 감췄다. 그러곤 알 수 없는 표정으로 나를 향해 입꼬리를 올리며 미소 지었다. 뭔가를 숨기는 듯한 그의 표정 때문인지 순식간에 놀라울 정도로 기분이 나빠졌는데 나는 별 내색을 하지 않았다. 대신 표정이 바보같이 구겨졌다. 내가 상황에 지나치게 예민하다는 걸 모르지 않았지만 다른 도리가 없었다. 내가 어쩔 줄 몰라 어색하게 웃고 있는 사이에 고은양이 손에 쥐고 있던 폭죽을 천장에 쏘아 올렸다.

"생일 축하합니다!"

나는 고은양의 뽀얗고 상기된 얼굴을 들여다보며 낮은 소리로 말했다.

"생신 축하드립니다, 팀장님."

묘한 기류가 흘렀다. 팀장은 멋쩍게 웃으며 서둘러 자리로 걸어 들어가 등 뒤에 숨긴 장미 꽃다발을 의자에 내려놓았다. 나는 그걸 주시하고 있었고 고은양은 고개를 바닥으로 숙인 채 쿡쿡거리며 웃었다. 고은양의 웃음이 자꾸 신경에 거슬렸다. 팀장은 겉옷을 책상 위에 아무렇게나 던져 두곤 소파 쪽으로 와 앉았다.

"제가 한발 늦었군요."

"서프라이즈니까요."

나는 그 정도로 달뜬 고은양의 목소리를 들어 본 적이 없었다. 그 순간 바로 지금 고은양의 표정을 살펴야 한다는 생각이 강하게 들었는데, 도무지 고개가 고은양을 향해 돌려지지 않았다. 다만 어떤 것이라고 확실하게 표현할 수 없는 기분이 들면서 가슴이 묘하게 꿀렁거렸다. 내 머릿속에는 고은양이 어떻게 팀장의 스케줄을 그렇게 세세히 꿰고 있었을까 하는 호기심, 팀장실 비밀번호가 어떻게 그렇게 빨리 전달될 수 있었을까 하는 의문, 팀장이 출장을 같이 가자고 했다는 말이 만들어 낸 분위기 같은 것들이 차근차근 떠올랐다.

*

팀장은 고마움의 표시로 저녁을 사겠다고 했다. 퇴근 후에 딱히 할 일이 있는 건 아니었지만 마음이 썩 내키지 않았다. 우물쭈물하는 사이에 고은양이 내 팔에 팔짱을 끼며 말했다.

"같이 가요, 언니."

"그럼 은양 씨가 좋은 곳을 골라 볼래요?"

팀장의 말에 고은양이 생글거리며 웃었다.

"우마이 라멘!"

"좋죠."

나는 잠시 머리가 멍해져 바닥을 바라봤다. 8년 동안 근무하며 웬만한 근처 맛집이라면 다 가 본 나였다. 이 둘이 알고 있는 회사 근처의 맛있는 라멘집을 내가 모를 리 없다는 뜻이었다. 나는 다리가 뻣뻣해지는 느낌에 발뒤꿈치를 떼었다가 내려놨다. 세 명 모두 동시에 벽시계 쪽으로 고개를 돌렸다. 벌써 5시였다. 팀장이 겉옷 소매에 한쪽 팔을 끼우며 말했다.

"어서 짐 싸서 와요. 특별한 날인데, 팀장 권한으로 조퇴합시다."

나는 멍해진 머릿속을 들키지 않으려고 고개를 한 번 가로로 저었다.

"다다음주 보람 학원 브리핑으로 남은 일이 있는데요."

내 말에 팀장이 말했다.

"현주 씨 건은 내일 우리가 조금씩 나눠서 하죠. 어때요?"

나는 팀장의 말에 조금 반감이 들었는데, 사실 그 영어 학원 브리핑이 내 전담은 아니기 때문이었다. 어쩌다

이 일을 내가 거의 주도하다시피 하고 있지만 사실 이 일은 팀 전체가 해야 하는 업무였다. 고은양은 일하는 속도가 느렸고 브리핑 날짜에는 맞춰야 해서 급한 마음에 내가 도맡아 하고 있는 거였다. 심지어 그날 고은양이 출장을 가야겠다는 거 아닌가. 그사이 고은양이 놀라울 정도로 빠른 걸음으로 앞장서 나갔고 나는 고은양을 따라 짐을 싸러 갔다. 팀장 권한의 조퇴는 지금까지 듣도 보도 못한 것이었는데, 이게 좋은 건지 나쁜 건지 판단이 서질 않았다. 팀장은 오랫동안 학교에서 일했으니 사고방식이 자유분방할 터였지만 수년 동안 학교보다야 다소 보수적일 수밖에 없는 조직에서 일한 나는 상사가 함께 일찍 조퇴하자고 제안하는 상황을 겪어 본 적이 없었다.

어쨌든 우리는 우마이로 갔다. 그곳은 차로 20분 거리에 있는 외곽의 라멘집이었다. 료칸을 연상시키는 어두운 원목색 건물 입구를 가린 보라색 노렌에는 뜻을 알 수 없는 일본어 몇 마디가 적혀 있었다. 안으로 들어가자 사람들이 큰 소리로 일본어 인사를 했다. 메뉴판을 든 직원이 곧 우리를 따라왔다. 군데군데 대나무로 꾸민 모조 정원이 보였고 개방형 주방 안쪽에 서 있는 요리사들은 진짜 일본 현지 식당에서나 볼 법한 조리복을 입고 있었다.

나는 메뉴 가장 위에 있는 미소라멘을 골랐다. 소화가 잘될 것 같았기 때문이다. 건네받은 메뉴판을 읽으며 고은양이 말했다.

"지난번 언니랑 같이 간 회사 앞 라멘집도 좋았어요. 언니가 라멘 메뉴 보는 법을 알려 줬어요."

강현모가 부드럽게 웃으며 그게 뭐냐고 물었다. 고은양이 메뉴판을 손가락으로 가리키며 말했다.

"잘 보세요. 위쪽에는 무난하고 익숙한 라멘이 있죠? 미소라멘 같은. 그런데 세 줄쯤 아래로 가면 주인이 특기를 부리는 라멘이 나와요. 맨 아래는 스페셜!"

"오, 현주 씨가 알고 보니 굉장한 미식가였네요."

"언니는 진짜 맛집만 찾아다녀요."

고은양과 강현모가 동시에 나를 바라봤고 나는 어깨를 으쓱하며 말했다.

"별거 아니에요. 식당 메뉴는 대부분 그렇게 만들어요. 특히 이 식당처럼 한 가지에 주력하는 경우에는. 방금 팀장님이 고른 라멘은 향이 좀 강하고 국물이 진할 수 있어요."

팀장이 친근한 이름의 라멘을 고르자, 이번에는 오히려 고은양이 맨 아래 있는 스페셜 라멘을 골랐다. 팀장과 고은양이 동시에 고개를 드는 게 느껴졌는데, 나만큼은 고집스럽게 메뉴판에서 눈을 떼지 않았다.

라멘이 나오자마자 나는 수저로 국물을 떴다. 다 걸

러지지 않은 작은 입자의 미소가 맑은 국물 위를 떠다녔다. 나는 그것을 입술로 빨아들였다.

"맛이 어때요? 전문가로서."

강현모가 물었다.

"미소라멘 맛이요?"

나는 뭐라고 말을 이어야 할지 몰라 주저했다.

"제가 뭐, 맛 칼럼니스트도 아니고요."

나는 다시 국물을 떠 입에 넣었다. 미지근한 국물이 혀를 감쌌다. 고개를 들지 않고 한 번 더 수저로 국물을 떠 마셨다.

라멘은 모두 비슷한 베이스로 맛을 낸다. 그 말은 사실 기본적인 맛이 다 비슷하다는 거다. 라멘의 맛을 결정하는 것은 어떤 재료를 넣느냐다. 재료에 따라 맛이 완전히 달라질 수 있는 것, 그게 라멘이다. 나는 라멘 국물에 떠오른 기름을 보다가, 직장이라는 베이스에서 양념처럼 떠 올려진 고은양과 강현모를 생각했다. 그리고 다시 국물을 떠 삼켰다. 고은양과 강현모 사이에 어중간하게 끼워진 나만큼이나 어중간한 온도의 미소 국물을.

고은양은 꾸밈 필터가 있는 카메라 앱을 내세워 적극적으로 사진을 찍었다. 우리는 사이좋은 가족처럼 머리를 맞대기도 하고 브이를 그리기도 하며 여러 가지 포즈를 취했다. 그렇게 한참 동안 셋이 둘러앉아 업무와는 전혀 관련 없는 이야기를 했다. 지난 여행은 어딜 갔는지, 쉬는 날에는 뭘 하는지, 요즘은 어떤 책을 읽는지, 어떤 음식을 좋아하는지. 식사를 마치고 한참을 떠든 후에야 우리는 벌써 식당 문을 닫을 시간이 되었다는 걸 알았다.

그때 고은양이 제 가방에서 주섬주섬 꺼낸 것은 아까 내가 본 원목색 봉투였다.

"생일 선물이에요."

혼자 골랐다, 함께 골랐다, 가타부타 말도 없이, 고은양은 그 봉투를 팀장 앞에 꺼내 놓았다. 팀장은 이상하게도 내게만 고개를 과도하게 꾸벅이며 감사하다고 말했다. 나는 얼떨결에 고개를 숙여 감사를 받았다. 고은양은 팀장이 그걸 여는 동안 입술을 꾹 다물고 있었다. 팀장이 그걸 다 열어 내용물을 꺼냈을 때 나는 눈을 동그랗게 뜨며 그것을 집중해 보았다.

푸른빛이 도는 드라이플라워. 그것은 작은 꽃을 말려 묶어 만든 꽃다발이었다. 박제된 꽃이라니. 나는 그 꽃을 물끄러미 봤다.

팀장은 나를 먼저 집에 데려다주었다. 거리상 내가 사는 집이 둘의 집보다 가까운 곳에 있었기 때문에 당연한 일이었지만, 내 마음은 그 사실에도 미약하게 진동했다. 한적한 일본 시골 마을 분위기가 고고히 흐르는 식당에서 근사한 저녁을 먹고 왔는데도 전혀 즐겁지 않았다. 기분이 대체 왜 이런 건지 돌아볼 새도 없이, 나는 침대에 털썩 몸을 눕혔다.

왜 생화가 아니라 마른 꽃이었을까 생각하다가 씻지도 않고 잠이 들었고, 새벽에 겨우 일어나 얼굴만 대강 씻고 다시 잠 속으로 빠져들었다.

*

그 후로 며칠은 업무 때문에 어떻게 시간이 갔는지 모를 정도로 바빴다. 달력에는 이미 보람 학원 컨설팅을 목표로 역순된 스케줄이 빽빽했다. 짧게는 몇 주, 길게는 몇 달 동안 매달린 프로젝트였다. 나는 학원의 경영상 문제점을 짚어 내고 그 원인과 컨설팅 방향을 고민해 내놓은 제안서를 마무리했다. 브리핑 멘트에는 화요일 오전마다 얻은 협상 관리 지식을 최대한 많이 녹였다. 팀장이 내 브리핑을 먼저 들었고, 오케이 사인이 난 후에는 혼자서 두어 번 더 연습했다.

컨설턴트로서 내가 가장 중요하게 본 보람 학원의 문제는 부족한 브랜딩이었다. 설립 초기 보람 학원은 입소문을 타고 알음알음 학생 수가 늘어나, 지금은 주요 도시마다 지점을 보유한 대형 학원이 되었다. 문제는 지방에 진출하고 브랜드 확장을 한 시점부터 학원 고유의 정체성을 마련하지 못했다는 거였다. 영어 회화에 방점이 찍혔다든지, 문법을 위주로 수능이나 학교 시험에 도움이 되는 수업을 한다든지, 듣기 능력을 일취월장하게 해준다든지 하는, 이를테면 조직의 아이덴티티 말이다. 거기에 수반되는 브랜드 이미지도 놓치면 안 되는 것이었다. 이름도 문제였다. 보람 아카데미도 아니고, 보람 스터디도 아니고, 1980, 90년대 홍행하던 이름처럼, 보람 학원이라니. 종합적으로 나는 부족한 각인 효과가 보람 학원의 가장 큰 문제라고 판단했다.

"이미지 브랜딩과 CI 마케팅이 학원의 가치를 높이는데 기여할 거라고 확신합니다."

내 브리핑의 마지막 말을 듣고 부원장이 손뼉을 딱 쳤다.

"그런데 공략한 대로 홍보가 되는 건가요?"

원장의 질문에 내가 자신 있게 대답했다.

"세련된 네이밍, 단순하고 진심이 통하는 로고, 잘 만들어진 카피 한 줄로 소비자들에게 이미지를 각인시키는 겁니다. 한번 찍힌 이미지는 쉽게 변하지 않습니다. 우리 사회는 음주운전이나 마약으로 한번 추락한 연예인의 이미지가 쉽게 회복되는 사회가 아니니까요."

신중한 표정의 원장이 고개를 끄덕였다. 부드러운 한숨과 함께 복잡했던 마음이 한결 누그러졌다. 마냥 좋았던 것 같다. 이 일이 끝나면 당분간 좀 쉴 수 있겠다고 생각했으니까. 그래서 친한 회사 동기에게 문자를 보냈다. 커피라도 한잔하자고.

카페로 들어오는 회사 동기의 표정은 어딘지 모르게 울상이었다. 나는 건네받은 스페셜티 커피 두 잔을 탁자에 올려 두고 동기를 향해 손을 흔들었다. 회사 카페보다 커피가 맛있다며 저를 여기까지 나오게 해서 화가 난 건가. 내가 그 말을 꺼내기도 전에 그는 맞은편 자리에 앉으며 허겁지겁 말했다.

"나 일요일에 인천공항에서 고은양 봤어."

심통 난 그의 얼굴을 보며 나는 무덤덤하게 말했다.

"출장 갔거든."

바로 어제인 일요일은 고은양과 팀장이 빈으로 출국한 날이었다. 그러자 그가 조금 더 높은 톤으로 말했다.

"남자 친구와 함께였어."

남자 친구라면, 일전에 고은양이 말한 적이 있는, 고은양에게 껌뻑 죽는다는, 몇 년째 변호사 시험을 준비한다던 그 답답남 말하는 건가.

"공항에 배웅해 주러 갔나 보네."

"아니. 출국장에 손을 잡고 들어갔다고."

그가 고개를 푹 숙였다. 그는 씩씩거리고 있었다. 머릿속이 복잡해진 내가 그의 얼굴을 보며 다시 물었다.

"뭐야. 너 고은양이 마음에 있기라도 했던 거야?"

"남자 친구 있었어? 너 왜 나한테 말 안 한 거야."

"아니, 그 답답남은 애인이 아니고……."

나는 말을 멈췄다. '그나저나 왜 고은양 같은 애를 마음에 두느냐.'라고 말할 수는 없었으니까. 무슨 말을 할지 생각하면서 빨대로 힘차게 커피를 빨아올렸다. 차가운 커피의 맛은 혀에 닿는 순간 느껴진다. 차고 검은 액체가 혀에 닿는 첫 순간. 그런데 이번에는 액체가 혀에 닿는 순간 다른 생각이 들어 맛을 음미하며 그것을 입 안으로 더 빨아 넣지 못했다. 대신 허리를 꼿꼿하게 세우며 물었다.

"면세 구역에 함께 들어가는 모습을 봤다고? 진짜야?"

"남자가 선글라스를 끼고 있어서 제대로는 못 봤는데 연인처럼 보였어."

순식간에 팀장의 얼굴이 머릿속을 스쳤다. 멍해진 나는 괜히 눈을 돌려 동기 뒤쪽을 바라봤다. 멀리 카페 직원들이 분주하게 움직이는 중이었다. 그때 생각나는 게 있었다. 우리 팀 말고 다른 컨설팅 회사의 차장이 함께 가기로 되어 있었다.

"세 명 아니었어?"

"아니. 둘이 꼭 놀러 가는 연인 같았어."

"장난치지 마."

"그래. 나도 장난 안 하고 싶은데, 진짜 그랬다니까? 내가 고은양 얼굴을 모르냐? 그래서 멀리서 보고 알은 척도 안 했어."

"그 남자 키는 어느 정도였는데? 나이는 좀 들어 보였어?"

"키는 나보다 좀 작고 나이는 고은양보다 있어 보였는데……. 몰라. 모자랑 선글라스 때문에 잘 안 보였어."

나는 윗니로 아랫입술을 꾹 물었다.

"이것들이……."

그가 놀란 눈으로 나를 바라봤다.

"왜? 무슨 일인데?"

머릿속에 오만 가지 생각이 겹쳐 들었다.

"너 우리 팀장 알아?"

"얼마 전에 오신 분? 몰라. 아직 뵌 적 없어. 왜?"

나는 고개를 저으며 커피를 들이켰다. 그들이 빈에 도착한 지 벌써 반나절은 지났을 시간이었다. 내가 주말 내내, 월요일 새벽까지 브리핑을 준비하고 자료를 넘기는 동안 그들은 빈 시내에 짐을 풀었을 터였다. 갑자기 심장이 격렬하게 뛰었다. 어쩐지, 어쩐지. 그 후로 떠오르는 장면들은 그런 거였다. 고은양의 눈물, 유독 사적인 질문을 많이 하던 팀장, 내가 정신없이 미팅을 준비하는 동안 그 둘이 출장을 명목으로 유독 자주 만났던 것. 갑자기 모든 게 확실해졌다.

지금 둘이 한 침대에 있는 거 아닐까?

나는 브리핑으로 뻑뻑해진 눈을 손가락 두 개로 꾹꾹 누르며 사무실로 돌아왔다. 걸어오는 동안 속으로 따끔하게 소리를 질렀다.

지금 뭘 오해하고 있는 거야. 미친 거 아니야?

아무리 그렇다고 둘을 오해하다니. 그럼에도 머릿속에서는 어떤 것도 지워지지 않고 오히려 자꾸 선명해졌다. 팀장이 들고 있던 풍성한 장미꽃은 고은양을 위한 게 아니었을까, 그 라멘집은 둘만 아는 암호 같은 게 아니었을까. 아닐 거라고, 고개를 휘저으며 떠오르는 생각들을 몰아내 보았지만 시간이 갈수록 나는 점점 확신하고 있었다. 유치원생 아이를 둔 팀장과 생기 넘치는 스물일곱 고은양의 관계를.

나는 남은 커피를 한 번에 깊이 빨아 들였다. 녹아 버린 얼음은 시원하지 않았고 물에 희석된 커피는 맛이 희미할 정도로 밍밍했다. 그 둘 사이에 서 있는 내 모습이 얼음이 녹은 아이스아메리카노 같다는 생각이 들었다. 나는 미지근해진 커피를 단숨에 다 들이켰다.

*

복귀 첫날 고은양은 오후 1시 40분에 출근했다. 오전에 나는 고은양에게 휴대폰 메시지를 보냈다. 언제 회사에 오느냐고. 고은양은 내 메시지를 읽지도 않고 있다가 한낮에 답했다.

지금 가요.

반차였어요?

아무런 답이 없었다. 나는 고은양의 메시지를 손가락 끝에 놓고 얼빠진 얼굴로 한참 동안 사무실 문을 보고 있었다. 그때 고은양이 들어왔다. 여전히 세상만사에 관심 없는 평온한 얼굴로. 감지 않은 듯 부스스한 머리에 흰 원피스 차림으로, 심지어 약간 생기 넘치는 표정으로. 고은양을 본 순간 참을 수 없을 만큼 화가 밀려왔다. 나는 벌떡 일어났다.

"은양 씨, 잠깐 나 좀 봐요."

머릿속이 새하얘진 내가 고은양에게 소리를 높여 말했다. 고은양이 눈을 두어 번 깜빡이더니 내게 되물었다.

"왜요?"

순간 빛이 번쩍이는 분명한 느낌에 나는 어지러워 잠깐 눈을 감았다.

"앞쪽 세미나실로 나와요."

나는 고은양을 지나쳐 밖으로 나갔다. 세미나실에 들어가기에 앞서 사무실 앞 탕비실로 들어가 정수기에서 찬물을 머그컵 끝까지 받았다. 가슴이 사정없이 뛰었다. 내가 군기 잡는 선배도 아닌데, 내가 저 사람 윤리 교사도 아니고, 내가 뭐라고 저 사람을 부르는 건가. 그래도 이렇게 지나칠 수는 없다고 마음을 다잡았다. 이건 개인의 문제이기보다 조직의 문제였고, 규율의 문제였다.

문을 닫고 들어와 꽤 오랫동안 앉아 있었는데도 세미

나실 문은 열리지 않았다. 닫힌 문을 바라보자 가슴이 멍울진 듯 답답해졌다. 쉴 틈 없이 많은 생각이 쏟아지듯 떠올랐다.

걔는 처음부터 아니라고 생각했지. 처음에 아닌 사람은 끝까지 아니야. 왜 그 사람이 바뀔 거라고 생각했어? 절대 안 변해, 사람은. 선천적으로 게으르고 조직에 맞지도 않는 사람이야.

화가 나서 머리칼이 뻣뻣하게 솟았다.

그때 끽 소리가 나며 세미나실 문이 열렸다. 그리고 긴 머리를 풀어 헤친 고은양이 들어왔다. 무슨 말을 어떻게 해야 하지. 덜컥 겁이 났다.

"고은양 씨."

고은양이 고개를 들어 나를 바라봤다.

"네."

고은양이 아무렇지 않은 표정으로 나를 향해 고개를 들었다.

"혹시 은양 씨 오전 휴가였어요?"

"아뇨."

머리끝까지 화가 치솟았다.

"그런데 왜 늦었어요?"

"팀장님도 안 계시고 대표님도 안 계시니까요."

대표와 팀장이 없다는 건 나도 몰랐던 사실이었다.

"물론 우리 회사가 유연 근무도 용인하고 개인 사정

도 참작해 주긴 하죠. 저 역시도 필요하면 언제든 휴가는 낼 수 있다고 생각하고요. 그렇지만 말이에요."

고은양은 잠자코 내 말을 듣고 있었다.

"지각에도 정도가 있죠. 지금 1시 45분이에요. 팀장님이 계시든 말든, 대표님이 계시든 말든, 우리는 우리 일을 하러 이곳에 와야 하는 거라고요. 여긴 학교가 아니라 회사니까요."

"선배님."

고은양이 한숨을 길게 내쉬더니 이어 말했다.

"말씀은 알아들었는데요."

나는 고은양이 말을 꺼낼 때까지 침묵했다.

"왜 저한테 팀장님도 안 하시는 이런 충고를 하시는지 모르겠는데요. 업무 외에 제 생활에까지 이래라저래라 하실 입장은 아니죠. 제가 성실하게 살건 말건 선배가 그걸 따질 일이 아니라고요. 말씀하신 대로 여긴 학교가 아니라 회사니까."

나는 뒷골이 당겨서 눈을 감았다가 떴다. 맞은편에 앉아 있던 고은양이 일어나며 말했다.

"말씀 다 하셨으면 가 볼게요."

나는 문으로 다가서는 고은양의 뒷모습을 보고 있었다. 등 뒤가 서늘해져 오래도록 그렇게 앉아 텅 빈 세미나실을 지켰다. 무언가를 생각할 여유가 생기지 않았다.

*

그다음 날 오후에 나는 팀장을 찾아갔다. 둘이 무슨 사이든 그런 건 이제 내 관심사가 아니었다. 규율을 지키라고 권고하는 게 문제가 되지는 않는지 나는 전날 밤 여러 번 이불을 뒤척여 가며 스스로에게 물었고, 결국은 팀장을 찾아가는 쪽으로 결론을 내렸다. 커다란 폭풍우 속 소용돌이에 원치 않게 휘말렸지만 웅크리고 앉아 쏟아질 비를 기다리고만 있을 수가 없었다. 나는 조직에 있고 부당한 문제는 해결을 해야 한다고 생각했다. 팀장은 팀의 관리자이자 인사권자로서, 협상 전문가로서, 규율을 지키지 않는 직원의 문제를 해결할 의무가 있었다.

팀장은 평온한 얼굴로 나를 맞이했다. 의자에 앉으며 내 눈은 자연스럽게 팀장의 손가락에 끼워진 무광택 은반지에 머물렀다. 나는 앉아서 천천히, 흥분된 음성을 일부러 눌러 가며 말했다.

"조직에 있는 이상 조직이 세운 규칙을 지켜야 한다고 생각합니다. 팀장님이 이 문제를 해결해 주셨으면 합니다."

팀장은 협상 전문가답게 내 이야기를 끝까지 들었다. 협상가의 협상 원칙 첫 번째, 잘 들어 준다. 지금 그는 이 원칙을 지키는 중이었다. 그렇다면 이제 그는 이론대로 합리적인 판단에 근거해 대책을 제시해야 한다. 나는 그렇게 생각했고 강현모의 얼굴을 똑바로 힘주어 보았다. 내 말을 끝까지 들은 강현모는 말했다.

"현주 씨."

그는 뜸을 들이고 있었다.

"그건, 개인의 통합적 특성에 대한 문제니까 말이에요."

내 머릿속은 번개를 맞은 듯 새하얘졌다. 잠시 뒤에 아주 천천히 정신이 돌아왔다. 개인의 통합적 특성이라. 통합적 특성. 그건 또 어디서 주워들은 개념인가.

"제 생각에는 현주 씨가 시간을 갖고 은양 씨를 좀 더 지켜보는 게 좋지 않을까 싶어요."

팀장은 나를 바라보며 웃고 있었다. 그다음 내 눈에 들어온 건 살짝 떨리는 팀장의 손가락이었다.

"지각을 했지만 다른 면에서 좋은 성과를 가져올 수 있으니까요."

고은양이 팀장에게 이미 지각한다고 말했을지도 모른다는 생각이 그제야 들었다. 그러면 고은양으로서는 팀장의 승인을 받은 게 되는 거니까. 그렇다고 이게 팀장의 승인을 받으면 끝나는 문제인가. 회사가 정해 둔 원칙과 규율은 지켜야 하는 거라고 말한 나는 뭐가 되는 건가. 나는 개인의 자유를 침범한 건가. 마음이 복잡해져 참을 수가 없었다. 내가 지켜 온 원칙이 한순간 어그러지고 짓이겨진 채 쓰레기통으로 들어가는 느낌이었다. 차라리 지금껏 아무것도 눈에 보이지 않았다면 고은양의 태도에 내 원칙의 잣대를 들이대는 일은 없었을까. 상대해야 하는 사람이 고은양이 아니었더라면 이렇게 패배자가 된 기분도 느끼지 않았을까.

그때 다시 눈에 띈 것은 팀장의 왼쪽 손가락에 끼워진 반지였다. 은으로 만들어진 두 줄짜리 반지. 고은양의 손가락에도 가끔 선명하게 끼워져 있던 그것.

"고은양 씨 왼쪽 손에 끼워진 것도 은반지더라고요."

나는 톡 쏘아 한마디를 던졌다. 그 말을 마지막으로 팀장실을 나왔다. 뒤를 돌아보지 않았다.

*

대표에게 그 둘의 관계에 대해 보고한 건 내가 아니었다. 고은양을 마음에 두고 있던 내 동기였다. 어느 날 밤 늦게 주차장에서 고은양과 팀장을 마주친 후에 고은양의 행동을 계속해서 눈여겨봤다고 했다. 그가 처음부터 팀장과 고은양 사이를 의심한 건 아니었다. 그가 고은양과 팀장의 관계를 알게 되었던 건 고은양이 팀장의 차 안에 넣어 놓은 드라이플라워 때문이었다. 그는 자주 바뀌는 꽃을 보고 확신했다고 나중에 내게 말했다.

"그걸 보고 어떻게 알았어?"

그걸 물었을 때 그는 말했다.

“생화보다 아름다운 게 마른 꽃이라고, 그러더라. 언젠가.”

우마이에서 고은양은 나와 팀장에게도 같은 말을 했었다. 말라 버린 꽃에서 풍기는 무겁고 진한 향기는 오래 맡아 친근한 사람의 살냄새 같다고. 그런 사람이 눈앞에 있다면 달려가 입을 맞추고 싶다고. 그 말을 마친 고은양을 강현모는 오래 바라봤다. 나는 식어 버린 라멘 국물 위로 오가는 그들의 끈질긴 눈빛을 외면해 버렸다.

얼마 후 고은양은 퇴사를 했다. 권고사직이었다. 사무실을 나가기 전, 고은양은 옅게 웃으며 말했다. 선배님은 잘하실 거라고. 기분이 썩 좋지 않았다. 나는 고은양에게 좋은 선배이고 싶었다. 지킬 것은 지키면서 융통성을 발휘하는 선배, 전문성을 가지면서 다른 영역에 대해서도 개방된 선배. 나는 이제 내가 그럴 수 없다는 걸 알았다.

나는 어김없이 그 자리에 앉아 계속해서 일을 했고 팀장 역시 그랬다. 팀장은 퇴직을 하지는 않았으나 팀이 바뀌어 나는 그를 더 이상 볼 수 없었다. 나는 한동안 파티션 너머 빈자리를 자주 멍하니 바라봤다. 그곳은 곧 다른 사람으로 채워졌다. 나는 신입 후배를 대할 때 고은양이 했던 말을 자주 떠올렸다.

'내가 성실하게 살건 말건 선배가 따질 일은 아니죠.'

그 순간 내 혼이 빠져나가는 느낌이 들었다. 나는 좋은 선배가 되기 위해 최선을 다했다. 내 노력은 고은양에게 아무런 의미도 없었다. 새로 입사한 후배는 남자였다. 이번 인사에는 대표의 의사가 최대한 반영되었다고 인사팀 선배가 전했다. 새로 온 팀장은 강현모와 비슷한 나이의 남자였다. 그는 컨설팅이나 B2B 협상에 전혀 관심이 없는 행정학과 출신 비서실 실장이었다. 나는 바뀐 팀장에게 우리 팀의 업무 내역을 정리해 가져갔다. 그는 자신이 할 수 있는 일이 많지 않다는 걸 금방 파악했고, 적절한 선에서 허수아비 역할을 하며 새로운 팀장이 오기를 기다렸다.

얼마 전 학교를 졸업했다는 새로운 후배는 열의에 넘쳤다. 가끔 퇴근을 할 때 나를 데려다주겠다고 하거나, 회사 앞에서 맥주를 한잔 하자고 말하기도 했다. 나는 그의 제안을 대부분 거절했다. 회사 안에서도 업무 얘기를 할 때를 제외하고는 그와 말을 거의 섞지 않았다. 원칙을 지키라는 말도, 지키지 말란 말도 하지 않았다. 지각을 해도, 일찍 와도, 늦게 가도, 아무런 조언도 하지 않았다. 나는 조금씩 더 무기력해졌고, 가끔 실없이 웃었다.

고은양을 떠올릴 때 나는 그날 우마이에서 먹은 미소

라멘의 맛을 함께 기억해 내곤 한다. 라멘은 이상할 정도로 아무런 맛이 나지 않았다. 내 앞에는 고은양과 강현모가 있었고 그들은 서로를 보며 미소 짓고 있었다. 그 분위기가, 상황과 그들의 미소가, 나로 하여금 라멘에서 아무런 맛을 느끼지 못하게 했다. 사무실에서 마시는 고급 원두 커피처럼. 나는 그들의 시선을 피하며 다시 미소라멘의 국물을 들이켰다. 국물을 마지막으로 삼킬 때 나는 날카로운 면도날을 삼키듯 표정을 찡그렸다. 고은양이 내게 라멘 맛이 어떠냐고 물었었다. 나는 그냥 다들 아는 보통 맛이라고 말했다.

"에이. 그런 말이 어딨어요."

그렇게 말하는 고은양에게 말했다.

"그냥 뭐. 라면 맛이 다 거기서 거기지."

고은양이 강현모를 바라보고 어색하게 눈을 흘기며 웃었다. 시간이 흘렀지만 여전히 가끔 그날을 떠올리면 미소라멘의 남은 국물을 삼키던 기억만 선명하다. 그 자리에서 나는 들러리가 된 기분이었다. 과하게 일본풍으로 꾸민 그 식당에서 일본식 라멘을 먹으며, 나는 그들이 여전히 한 조직의 일원임을 스스로 잊지 않길 바랐지만 그들은 그러지 않았다. 그들은 그 너머 무엇을 붙들고 싶어 손을 뻗어 더듬고 있었다. 그날의 분위기를 잊기 위해 나는 부단히 애썼다. 그러다 정말로 잊어버린 건 그날 먹은 라멘의 맛이었다.

나는 고은양에게 어떤 사람이었을까. 종종 생각한다. 나는 성공한, 원칙에 강하면서 가끔은 담대하고 용기 있는 선배로 보이고 싶었다. 이제 나는 내가 고은양에게 보통의 선배였을 뿐이라는 걸 인정하지 않을 수 없다. 그래서 고은양이 내 존재를 어떻게 기억할지 궁금할 때, 나는 차라리 그날 먹은 미소라멘을 떠올리곤 한다.

심포니

대학 입학 동기인 세 사람이 다시 만난 건 교수의 퇴직을 기념한 식사 자리에서였다. 셋은 서로 속내를 깊이 알지 못했지만 상대의 성격이나 취향을 모르지도 않았다. 스물셋에 함께 간 유럽 여행 때문이었다. 대학 시절, 그들은 대학 본부가 주최하는 배낭 여행 프로그램에 함께 지원했다. 학생 서넛이 팀을 꾸려 여행의 동기나 목적을 발표하면 면접관들이 주제의 신선함이나 도전 의식 따위를 기준으로 대상자를 선별해 여행비를 지원해 주었는데, 셋은 이 프로그램의 첫 번째 수혜자들이었다. 보름 동안 그들은 같은 비행기를 타고 같은 곳에서 잠을 잤으며 같은 밥을 먹었다. 여행을 끝내고 돌아와서도 아마 한두 번쯤은 만났을 텐데, 학과가 같은데도 불구하고 대학을 다니는 동안 셋이 친구가 되지 않았던 이유는 명백했다. 서로 잘 맞지 않았기 때문이다.

조숙영은 스물다섯에 아이를 먼저 낳고 결혼을 했다. 조숙영의 임신설은 한 학년 학생 수가 서른다섯 명이던 학과에서 금세 입을 타고 떠돌았다. 경미란과 김영이도 이 소식을 건너 들었다. 경미란과 김영이는 조숙영의 결혼식을 일부러 찾아가거나 축의 같은 것을 하지 않았으며 그럴 이유도 없다고 생각했다. 조숙영은 어딘가 새침한 데가 있었고 그 점이 늘 김영이의 신경을 날카롭게 만들곤 했다. 조숙영은 유럽 여행 중에 남자 친구가 있다는 말을 한 적이 없었는데, 여행을 다녀온 이듬해 임신 소식이 퍼져 나가기 시작했으니 조숙영에게는 유럽 여행을 갔던 그때 이미 남자 친구가 있었던 게 틀림없었다. 그 사실을 괘씸히 여기며 김영이가 동감을 구할 때마다 경미란은 침묵으로 일관했다. 조숙영이 그런 말까지 하고 싶지는 않았나 보다 생각할 뿐이었다. 여행을 함께 한 여름에 조숙영은 유아교육학을 복수 전공하고 있었고 졸업을 하면 당장 유치원 교사를 하겠다고 말하곤 했다. 경미란과 김영이에게 조숙영에 대한 소식은 여기에서 끊겼다. 그 후 조숙영이 유아교육학과를 졸업했는지 여부를 아는 사람은 적어도 둘의 주변에는 없었다.

경미란은 좀처럼 자신의 의견을 표현하지 않는 사람이었다. 조숙영과 김영이가 프랑스니 이탈리아니 다음 행선지를 놓고 싸우는 동안 경미란은 조용히 입을 닫고 무엇이든 정해지기만을 기다렸다. 경미란은 그것이 애초에 갈등을 만들지 않는 현명한 방법이라고 생각했다. 조숙영과 김영이의 의견은 달랐다. 경미란의 소극적이고 방어적인 자세는 여행을 추진하는 데 도무지 쓸모가 없었다. 그래서 조숙영과 김영이가 신경전을 벌이는 동안 경미란이 자리를 피해 있었다는 사실은 늘 두 사람의 화를 돋웠다. 경미란은 졸업 후에 대학원에 진학했고 그 후에는 청주인가 충주인가에서 학원 강사로 일하기 시작했다고 했다. 여기까지는 조숙영과 김영이도 학과에 얽힌 사람들을 통해 들었다.

김영이는 다니던 회사를 막 퇴직했다. 주한 미군인 남자 친구의 제대 시점에 맞춰 석사 유학을 계획하고 있기 때문이었다. 셋이서 유럽 여행을 다녀온 직후 편입 시험에 붙은 김영이는 다른 학교로 옮긴 후에 동기 한두 명을 제외하고는 학과의 거의 모든 사람과 인연을 끊고 살아 왔다. 경미란과 조숙영도 예외는 아니었다. 새로운 이력이 시작되었으므로 새로운 학교에서 새로운 친구들을 만나 나름대로 삶을 완벽하게 리셋하고 싶었다. 그런데 이명혜 교수에 대해서만큼은 그럴 수가 없었다.

이 교수는 김영이가 다른 학교로 편입하고 졸업한 후 취직을 한 후에도 김영이를 응원한다고 연락을 해 왔던 것이다.

오래전 여행 기획안을 나서서 만들고 발표한 사람이 김영이였듯, 이명혜 교수의 퇴임식에 꽃다발이라도 얹어 드리자고 의견을 낸 것 역시 김영이였다. 김영이에게 이명혜 교수와 함께 얽힌 사람들이라곤 경미란과 조숙영이 전부였다.

이명혜 교수는 유럽 여행을 할 마음이 있던 세 사람을 모아 주었고 학교 본부의 첫 배낭여행 프로그램에 지원할 수 있게 추천해 준 사람이었다. 김영이는 이명혜 교수의 퇴임 소식을 오래전에 들어 알았다. 그렇지만 교수를 혼자서 만날 자신은 없었고 그렇다고 이명혜 교수의 퇴임을 그냥 지나치자니 어쩐지 마음 한쪽이 뭉근하게 짓눌리는 느낌이었다. 김영이는 며칠을 고민한 끝에 경미란과 조숙영을 단체 대화방에 초대했다.

김영이는 일부러 하트가 덕지덕지 붙은 이모티콘을 써 가며 메신저 대화방의 분위기를 띄워 보려고 했다. 오랜만에 셋이 이명혜 교수를 만나 작은 축하 자리를 만들면 어떻겠냐고 물었다. 급작스러운 질문이었는데 조숙영이 선뜻 좋은 의견이라고 말했다. 조숙영의 적극적인 태도에 김영이가 더 놀랐다. 조숙영이 이명혜 교수를 애틋하게 생각할 거라곤 예상하지 못했기 때문이었다. 사실 조숙영에게는 이 교수에게 진 마음의 빚을 갚아야겠다는 생각이 있었다. 조숙영이 임신을 해서 스물다섯에 갑자기 엄마가 되었을 때, 이명혜 교수가 정신의 안정을 찾는 데 큰 도움을 주었기 때문이다. 그는 조숙영에게 아이를 낳아 기르는 것은 고귀하고 의미 있는 일이라고 말해 주었다.

유럽 여행을 갔을 때 그랬던 것처럼 아무 말 없이 둘의 대화를 읽고 있던 경미란도 불쑥 나타나 찬성의 뜻을 내보였다.

이렇게 셋은 5년 반 만에 의도하지 않은 자리에서 다시 만나게 되었다.

이명혜 교수는 무척이나 밝은 목소리로 제자의 전화를 반겼다. 반듯하고 군더더기 없는 본인의 성정처럼 간소하게 퇴임식을 하거나 혹은 아무것도 하고 싶지 않다고 했다. 학과에서도 이 교수의 뜻에 따라 별다른 행사를 계획하지 않았다는 거였다. 그래도 김영이가 어렵게 연락했다는 걸 눈치챈 이명혜 교수는 작은 정원이 딸린 한정식집에서 만나자고 제안했다. 셋은 선물 정산도 할 겸 약속 시각 30분 전에 모이기로 했다.

가장 먼저 식당에 나타난 사람은 경미란이었다. 충주에서 고속버스 시간을 맞춰 오다 보니 조금 일찍 도착한 것이었다. 그도 그럴 것이 경미란은 셋 중에 가장 바지런한 타입이었다. 세 명이 함께 만나는 게 워낙 오랜만이었기 때문에 경미란의 마음은 어쩐지 유럽 여행을 함께 했던 그때로 돌아가 있었다. 김영이가 정시에, 조숙영이 그보다 한참 뒤에 등장할 것을 경미란은 이미 짐작하고 있었다.

두꺼운 진회색 카디건을 걸치고 정각에 나타난 김영이는 경미란에게 다가와 환하게 웃으며 인사했다. 김영이가 무람없이 "미란아!" 하고 불렀을 때, 경미란은 변함없이 감정이 헤픈 김영이의 모습을 오랜만에 보는 게 반가워 괜히 웃었다. 그러나 그뿐이었고 이내 둘 사이에는 어색한 침묵이 감돌았다. 둘에게는 풀어야 할 깊은 감정의 골은 없었지만 관계를 보듬을 우정도 없었다.

김영이는 자리에 앉자마자 콜라 한 잔을 시키며 경미란에게 근황을 물었다. 경미란은 충주에 있는 어학원에서 영어를 가르치고 있다고 소식을 알렸다. 그러고는 말을 더 잇지 않았다. 상대의 말을 과도하게 자기 논리로 해석하던 김영이의 버릇이, 소리 없이 심장을 베며 지나던 김영이의 말들이 기억났기 때문이다. 김영이도 잊고 있던 경미란의 버릇이나 표정 같은 걸 기억해 내고 있었다. 대부분은 감정 없이 상대를 바라보는 얼굴이었고, 웃을 때 입술을 작게 벌리는 습관 같은 것도 떠올랐다. 전혀 다른 방향으로 쌓아 온 시간이 무력하게 두 사람은 중첩된 기억 속으로 순식간에 빨려 들어가는 중이었다.

한참 분위기를 살피던 김영이가 침묵을 깨듯 경미란에게 남자 친구가 있느냐고 물었다. 경미란은 혼자라고 답하며 김영이의 얼굴을 슬쩍 보고 웃었다. 김영이가 제 남자 친구 이야기를 할 셈이라고 생각했다. 김영이의 답은 의외였다.

"그래, 혼자가 좋아."

경미란이 김영이를 쳐다보자 김영이가 표정을 일그러뜨리며 말을 붙였다.

"난 팔자에 없는 미국살이를 해야 하잖아."

"왜, 요즘 한국 벗어나 살면 좋은 거지."

"모르는 소리 마. 하던 일도 그만두고, 모아 둔 돈도 한 푼 없이. 곧 서른인데 미국에 가서 새로운 삶을 시작해야 한다니 무슨 날벼락이야. 넌 그럴 걱정은 없잖아."

'그럴 걱정이 없어서 좋겠다.'라는 소리가 왜 기쁘게 들리지 않는지 경미란이 생각해 보는 동안 조숙영이 도착했다. 역시나 약속 시각에서 15분이 지났을 때였다.

"미안해. 애들 밥 먹이고 오느라 늦었어."

이 말에 김영이가 톡 쏘아 말했다.

"그런데도 15분밖에 안 늦었네. 정시 생활 하나 보다 요즘은?"

경미란이 관자놀이를 손으로 지그시 누르며 조숙영을 올려다봤다. 조숙영은 하얗고 작은 손으로 윤기가 흐르는 검은 머리카락을 쓸어내리며 방 안쪽으로 들어왔다. 잘 다림질된 베이지색 더블 버튼 스커트의 주름이 조숙영의 움직임에 따라 가볍게 찰랑거렸다. 아이를 돌보다 급히 나왔다기에는 누가 봐도 깔끔하고 정돈된 옷차림이었다. 얇은 쇠줄에 값비싼 브랜드의 이름이 작게 달린 검은 가죽 가방을 눈에 띄는 곳에 조심히 내려 두고, 경미란 쪽으로 몸을 약간 틀어 앉으며 조숙영이 말했다.

"들어보니 너희 어학원 꽤 잘나간다던데."

경미란이 대답했다.

"잘나가긴. 그냥저냥 하는 거지."

"왜, 충주에서 제일 큰 학원이라고 소문났던데."

"아냐. 도시가 작아서 커 봤자 그렇지 뭐."

경미란이 말하는 동안 김영이가 휴대폰을 바라봤다. 경미란은 대화에 집중하지 않는 김영이가 마음에 들지 않았지만, 김영이가 자신의 말을 듣고 있다는 확신은 있었다.

"이 교수님 길이 막혀서 한 30분 늦으실 것 같대."

그 말 후에 테이블에 침묵이 찾아왔다. 모두가 갑자기 주어진 시간을 어떤 식으로 채워야 하는지 생각하는 중이었다. 제아무리 많은 시간이 흘렀다고 해도 이미 형성된 관계의 리듬은 갑자기 좋아지거나 나빠지는 것이 아니라서, 셋은 자신의 템포에 맞춰 조금씩 부서져

가는 침묵의 시간을 견뎌 낼 뿐이었다. 경미란과 조숙영 중 누군가가 음료라도 미리 마시고 있자고 제안했다. 김영이가 호출 벨을 눌렀다. 룸에 들어온 직원에게 음료 메뉴판이 따로 있는지 묻는 동안, 조숙영은 휴대폰에서 아이들 사진을 꺼내 보였다.

"세상에, 정말 많이 컸다. 몇 살이야?"

경미란이 놀라서 물었고 조숙영은 한 아이는 벌써 다섯 살이라고 말했다. '와' 하는 감탄사가 이어졌고 조숙영은 매일이 전쟁이라고 운을 뗐다.

"아이들을 키우다 보니 엄마 마음도 좀 이해할 것 같고."

"남편은 뭐 해?"

김영이가 묻자 조숙영이 조그만 가게를 한다고 말했다. 경미란은 이미 들은 바가 있다고, 남편이 한의사 아니냐고 물었고, 조숙영이 고개를 끄덕였다.

조숙영과 경미란이 따뜻한 커피를 주문한 후에, 셋은 예전에 있었던 일에 대해 두서없이 말하기 시작했다. 유럽 여행할 때가 좋았었다고, 짧은 기간 동안 도시를 대체 몇 개나 이동했는지 모르겠다고, 조숙영이 아침마다 늦게 일어난 탓에 기차역까지 뛰어가야 했다고, 그것도 다 추억이라고. 셋이 늘 함께였다고 생각했는데 그러고 보니 셋은 저마다 다른 기억을 갖고 있었다.

혹시 마음 상한 게 있었으면 털어 버리자고 김영이가 말했다. 경미란은 사실 그때 겪은 일들을 다 또렷하게 기억하지 못했는데, 기억력이 나빠서라기보다 여행 이후 벌어진 다른 일들 때문에 기억이 희석된 탓이었다.

조숙영은 유럽에서 일어난 사건들을 비교적 정확히 기억하고 있었다. 김영이가 짠 빡빡한 스케줄을 따라가기가 버거워 여러 번 나름대로 보이콧을 했기 때문이었다. 전시회-전시회-전시회로 이어지는 일정은 아무리 김영이에게 스케줄을 맡겼다고 했기로서니 납득이 되지 않는 것이었고, 조숙영은 결국 김영이에게 따로 하루를 보내고 숙소에서 만날 것을 제안했다.

그때 경미란은 그저 김영이나 조숙영을 따라다녀도 좋겠다고 생각했다. 조숙영과 뮌헨 시내에서 아이스크림을 먹었던 기억도 있고, 김영이와 리옹 역 앞 카페에서 커피를 마셨던 기억도 있으니까 그때 누구를 따라나섰는지는 지금에 와서 중요한 게 아니라고 생각했다.

음료를 마시며 유럽 이야기를 하고 있는데 이명혜 교수가 도착했다. 셋은 벌떡 일어나 머리가 새하얗게 변해 버린 추억의 교수를 맞이했다. 이명혜 교수는 제자들이 함께 간 유럽 여행을 또렷이 기억하고 있었다.

"너희들이 처음으로 우리 과를 대표해서 유럽 자동차 전시회를 테마로 답사를 하러 갔었다. 그 후에 너희 후배들이 계속해서 그 프로그램 덕을 봤어. 그다음 해부터 테마도 조금 더 구체화되고 경쟁도 치열해졌지."

이명혜 교수의 말을 들으며 셋은 면접 치른 날을 기억해 냈다. 김영이가 막 생각났다는 듯 손바닥으로 탁자를 톡톡 두드리며, 면접 후에 이명혜 교수가 인문대 벤치 카페에서 가장 비쌌던 '아이스프라푸치노'를 사 주었다고 말했다. 그러자 모두 입가에 미소를 머금고 고개를 끄덕였다. 경미란이 그날 먹은 아이스프라푸치노가 커피슬러시 맛이었다고 얘기하자, 조숙영이 그때는 그런 값싼 색소를 먹어도 건강했었노라고 말해 모두를 당혹스럽게 했다.

"나는 우리 학과에서 아주 당당했던 세 명으로 너희들을 기억한다."

침묵을 깨는 이명혜 교수의 말에 셋은 고개를 숙이거나 쑥스러운 듯 웃었다.

네 사람은 함께 한정식 A코스를 골랐다. 해바라기씨를 띄운 진노랑의 호박수프, 당면과 채소를 버무려 매콤 새콤한 소스로 맛을 낸 전채 요리, 모둠 전, 갈비찜과 구운 생선 요리, 정갈한 반찬과 귀리밥, 후식으로 나온 수정과와 인절미까지 계속 먹었다. 식사를 하는 동안 이명혜 교수는 세 사람의 근황에 관해 물었다.

셋은 그 자리에서 학과에 관련된 모든 이가 알아도

상관없을 만한 이야기를 골라 꺼냈다. 이제 20대 후반이 된 제자들과 막 퇴임한 교수의 인연은 여기가 종지부일 확률이 높았으므로 쓸데없는 이야기를 피하려 조심했다. 가령 그들은 새 학교로 편입했던 김영이에게서 이명혜 교수와 이전 학교의 친구들이 아킬레스건이라는 이야기는 듣지 못했다. 김영이와 경미란은, 물론 초대받지도 않았지만, 조숙영의 결혼식 일정을 알고도 가지 않았다는 말을 하지 않았다. 경미란의 우유부단함이 유럽 여행에서 김영이와 조숙영을 화나게 한 이유였다는 것도, 사회 활동하기를 누구보다 많이 바랐던 조숙영이 그러지 못해 우울증을 앓게 되었단 말도 그 자리에서 나오지 않았다.

이명혜 교수는 앞으로도 자주 만나자고 말하며 자리에서 일어났다. 밥을 먹은 지 두 시간이 지났을 때였다. 이 교수는 김영이에게 미국으로 떠나는 비행 일정을 물었다. 경미란에게는 서둘러 충주로 가는 버스를 구하라고, 열심히 일하라고 덕담을 했다. 조숙영에게는 언제 한번 아이들과 함께 찾아오라고 했다. 조숙영은 둘째가 아직 어려 외출이 쉽지 않다고 두어 번 아쉬운 소리를 했는데, 그 말을 듣는 이명혜 교수는 인자하게 웃을 뿐이었다. 음식 값은 이 교수가 냈고, 제자 세 명이 마련한 꽃다발과 상품권은 김영이가 건넸다.

이명혜 교수가 택시 타는 것을 본 후에, 셋은 모두 다른 길로 나섰다. 김영이는 왼쪽 길을 따라 올라가 지하철을 타겠다고 했다. 경미란은 오른쪽으로 500미터쯤 떨어진 버스 터미널에서 마침 충주행 버스가 곧 출발한다고 말했다. 조숙영은 샛길에 차를 세워 두었다고 했다. 경미란은 악수를 청했지만 김영이는 한 발 더 가까이 다가와 경미란을 선뜻 껴안았다. 김영이와 조숙영도 포옹으로 인사했다. 언제 다시 보자. 누군가 그렇게 말했다. 꼭 다시 보자.

그리고 돌아섰다.

김영이는 남자 친구에게 전화했다. 그는 아직 업무가 끝나지 않았다고 하면서도, 갑자기 걸려온 김영이의 전화를 반기며 다정하고 달콤한 목소리로 사랑한다고 말했다. 김영이는 남자 친구가 매일 하는 그 말을 들으며 조숙영을 생각했다. 조숙영의 한의사 남편은 진료와 세미나, 학교 강의로 집에 들어오는 날이 안 들어오는 날보다 더 적다고 했다. 자존심 센 조숙영은 말하지 않았지만 김영이는 얼마 전 다른 친구를 통해 들은 조숙영의 속사정을 잘 기억하고 있었다. 돈만 갖다 주는 남편과 사이가 좋지 않다는 것, 스물여섯부터 아이 둘을 키우며 집 안에 거의 갇혀 사는 조숙영이 우울증을 앓는다는 것까지. 김영이는 입술을 오므려 삐죽 내밀었다.

집에만 있는 아줌마가 온몸에 명품을 두르고 나오기는. 김영이는 그게 조숙영의 열등감이 만들어 낸 과시욕이라고 생각했다. 불쌍하다, 불쌍해. 사모님 자리가 대체 뭐라고.

김영이가 후, 하고 한숨을 쉬자 찬 입김이 입 밖으로 흩어져 나왔다. 딱 이 정도의 온도 아닐까 싶은 조숙영과의 인연도 바람에 실려 몸 밖으로 밀려 나가는 느낌이었다. 아무렴, 아직도 철이 안 든 조숙영보다야 매일 사랑한다고 말해 주는 남자친구가 있는 내가 낫지. 김영이는 그렇게 생각하며 지하철역으로 내려가는 계단에 섰다.

조숙영은 차에 시동을 걸며 고속버스 터미널로 걸어가는 경미란을 다시 한번 마주쳤다. 연고가 없는 충주까지 가 혼자 버티며 사는 경미란의 뒷모습이 쓸쓸해 보였다. 조숙영은 쯧 하고 혀를 한 번 찼다. 요즘 학원업이 좀 힘들어? 아등바등 살아 보겠다고 혼자서 애쓰는 경미란의 모습은 유럽 여행을 갔을 때와 다른 것이 없었다. 안으로 곪는 일에 익숙해지면 그게 스스로 겨눈 칼이라는 걸 모르는 법이다. 저럴 바에야 하루하루가 전쟁이라도 남편 있고 아이 있는 내가 낫지. 조숙영은 남편을 떠올렸다. 거의 몇 년 동안 부부 관계를 갖지 못할 만큼 집에만 오면 피곤하다는 남편을, 남편을 쏙 빼닮아 벌써부터 유치원에 여자 친구를 둘이나 뒀다고 자랑하는 아이를, 아무것도 아니게 된 것 같은 자신의 삶을.

아니다. 조숙영은 가방을 열어 약을 꺼내 입안에 털어 넣으며 고개를 가로저었다. 한의원도 꽤나 잘되는 편인 데다 남편이 얼마 전부터 방송에 출연하기 시작하면서 식당이나 엘리베이터에서 남편을 알아보는 사람들까지 생겼다. 그런 남편을 둔 나인데, 그 남자를 만든 게 나인데!

생수병 뚜껑을 닫으며 조숙영은 골목 끝에 다다른 경미란의 뒷모습으로 시선을 돌렸다. 정말이지 패션 감각이라곤 찾아볼 수 없는 사람이었다. 몇 년 전에 유행한 회색 통바지에 아버지 옷 같은 검정 재킷이라니. 조숙영은 입가의 근육에 바짝 힘을 주며 중얼거렸다. 넌 정말 인생지사 마이웨이다, 대단해. 고개를 천천히 저으며, 자신의 세단을 천천히 몰아 큰길로 나갔다.

경미란은 터미널로 들어서면서 김영이를 떠올렸다. 영어도 자유롭게 구사할 줄 모르는 김영이가 미주리 촌동네 남자를 만나 미국까지 가야 한다니, 자존심 센 김영이는 알고 있을까. 그곳에서 당해야 할 차별과 무시는 감내나 침묵 같은 단순한 방법으로 해결될 수 없는 성질의 것이란 걸. 경미란은 김영이의 자기 주도적 성격이 김영이 자신을 옭아매는 도구가 될 것을 믿어 의심치 않았다. 지금의 김영이가 상상도 하지 못할 수준의 모욕감은 덤으로 얻을 테지. 하긴, 그 고집 좀 꺾일 필요가 있긴 해. 경미란은 김영이가 유럽 여행 때 썼던 마구잡이 영어 문장을 생각했다. 아메리카노, 플리즈. 톨 사이즈. 노, 핫. 경미란은 입꼬리를 살짝 들어 올리며 웃었다. 김영이가 아메리카노만 주문했던 건 혹시라도 주문받는 직원이 다른 단어를 알아듣지 못할까 싶어서였다는 걸 경미란은 눈치채고 있었다. 영어라면 경미란이 김영이보다야 훨씬 자신 있었다.

그뿐인가. 삶을 대하는 태도도 김영이보다 훨씬 적극적이었다. 경미란은 스스로 좋아하는 것을 잘 알았다. 어디에도 휩쓸리지 않고 혼자서 독립적인 삶을 꾸리는 자신을 기특해했다. 김영이와 조숙영이 티격태격하는 모양새를 볼 때마다 자신의 의견을 상대에게 강요하는 인간의 투쟁과 권력에의 욕구를 생각했다. 경미란은 매번 입을 다물었지만, 침묵은 그 자체로 하나의 의견이었다. 가장 품위 있고 강력한 언어였다.

경미란은 플랫폼 쪽으로 걸으며 자신이 가장 좋아하는 메뉴를 파는 곳이 없는지 둘러봤다. 그러면서 입을 열어 문장의 리듬을 신경 써 가며 작게 발음했다. 캔 아이 겟 어 톨 사이즈 핫 바닐라 라테, 플리즈?

이명혜 교수는 택시를 타고 가면서, 어린 줄만 알았

던 제자들이 벌써 서른이 다 되어 가네, 하고 생각했다. 차창 밖으로 가로등 불빛들이 길게 늘어져 어두운 밤하늘을 그었다. 그 모습을 들여다보며 이명혜 교수는 어둠 속에서도 무섭게 앞으로 질주했던 자신의 서른 살 시절을 떠올렸다. 온 힘을 다해 공부와 육아를 병행하던 때였다. 세상에 지지 않으려고, 아기가 있다고 해서 밀려나지 않으려고, 얼마나 열심히 살았는지 모를 서른이었다. 그것만으로도 좋았다. 젊음과 용기만으로도 빛이 나는 시절이었다. 덕분에 여기까지 올 수 있었다.

이 교수는 오랜만에 만난 제자들의 힘 빠진 모습이 못내 아쉬웠다. 지금이야 여자가 공부한다고 해서 눈치 주는 사람도 없고, 결혼하지 않았다고 해서 노처녀 소리를 듣는 것도 아닌데, 우리 시대에 아메리카는 꿈의 대륙이었는데. 저 아이들은 왜 잔뜩 주눅이 든 채 별 욕망도 없이 흘러가는 대로 두고 있을까, 저 아까운 시간을.

같은 시간, 김영이는 지하철 손잡이를 잡고 유리창에 비친 자신의 얼굴을 우두커니 들여다보고 있었다. 조숙영은 좀처럼 차가 빠지지 않는 사거리에 서서 운전대를 잡고 붉은 신호등만 물끄러미 주시하고 있었다. 경미란은 막 버스에 올라 자리를 잡고 앉았다. 그즈음 셋의 머릿속에 비슷한 생각이 스쳐 지나고 있었다. 오늘 저녁 식사 시간은 생각만큼 나쁘지 않았다. 유럽 여행을 했을 때처럼 날 선 순간도 없었고, 증오나 분노 같은 일차원적 감정도 오가지 않았다. 오히려 그 반대였다. 경미란은 갇혀 사는 거나 다름없는 조숙영을, 조숙영은 외국에 끌려가는 거나 다름없는 김영이를, 김영이는 연고도 없는 작은 도시로 먼 길을 떠나는 경미란을 안쓰러워하고 있었다. 잘만 했었다면 지나간 시간들에 셋이 조금 더 친해졌을 수 있었을 것 같은 기분이 들기도 했다. 그런 생각을 하다 보니 나중에 기회가 되면 언젠가 셋이 정말 다시 만날 수 있을 것 같기도 했고, 어쩌면 이명혜 교수에게 안부 전화를 종종 해도 좋을 것 같았다.

그날 저녁, 그렇게 그들은 막상 얼굴을 마주했을 때 입 밖으로 꺼낸 적 없는 복잡한 마음들을 안으로 삼키며 자신이 가야 하는 길을 향해 갔다. 회색 구름 떼가 팽팽하게 서로를 붙들고 하늘을 떠다니는, 어둠의 끝이 보이지 않는 밤이었다.

3부

집 짓는 사람

아이가 생겼다는 소식을 들은 뒤 남자는 며칠간 심하게 앓았다. 온몸이 불구덩이에 빠진 듯 뜨거웠고 입술이 부르트고 목이 메어 밥알을 넘기기 힘들었다. 심한 입덧에 시달리던 아내가 그의 옆에 붙어 정성껏 간호했다. 아내는 흰쌀로 죽을 쑤고 남자의 축축한 몸을 닦았다. 셋째 날 저녁, 마침내 열이 가라앉았을 때 남자는 제 손등에 손을 포갠 채 지쳐 잠든 아내의 얼굴을 바라보며 이마에 솟은 식은땀을 훔쳤다. 남자의 마음 속에 가족에 대한 애정과 가장으로서의 책임감이 차곡차곡 들어찼다. 그는 처음으로 아내의 배에 손을 얹어 보았다. 아무것도 전해지지 않았지만 벌써 아이와 닿아 있는 느낌이었다. 남자는 아이들이 마음껏 뛰어노는 넓은 마당을 떠올렸다. 한편에 작은 미끄럼틀과 시소가 있으면 좋을 것 같았다. 옆에서 아이들 방에 넣을 목제 서랍장을 만들고 있는 자신의 모습도 떠올랐다. 아이들은 부모 곁에서 놀 때 정서적 안정감을 느낀다지. 모래알이 뒤섞인 아담한 정원이면 좋을 텐데. 그는 바닷가 인근에 위치한 집을 상상했다. 어디선가 갯내가 풍겨왔다.

교외에서 살아 보자고 제안한 건 아내였다. 아내는 결혼 전부터 번잡한 도심을 벗어나고 싶다고 말하곤 했다. 생계만 해결되면 한적한 동네에서 사는 것도 좋지 않겠냐고 자주 물었다. 시간이 흐를수록 남자의 마음도 그쪽으로 기울었다. 불안정한 자신의 직장이 교외살이에 대한 아내의 호감을 높였단 사실을 남자는 나중에 알았다. 결혼한 뒤 두 사람은 남자의 본가에 들어가 살았다. 둘은 열심히 일했고 지독하게 모았다. 웬만해서는 지갑을 열지 않았고 물건을 허투루 사는 법도 없었다. 아내는 불편한 시댁 생활을 억척스레 감수했다.

3년 뒤 저녁 식사 자리에서 두 사람은 임신 사실을 가족들에게 공표했다. 어색한 기운이 흘렀다. 공무원 시험을 준비하던 동생은 멍하니 거실 구석을 바라보았고 골다공증을 앓던 어머니는 가을 들어 부쩍 통증이 심해진 무릎을 연신 쳐 댔다.

아휴, 이 좁은 데 어디 애 물건을 놓니.

어머니의 말을 흘려들으며 남자는 그가 생의 대부분을 보낸 집 안을 둘러봤다. 3인용 소파와 맞은편 벽면을 가득 채운 벽걸이 텔레비전, 한쪽 벽을 덮어 버린 거대한 책장, 가구 사이사이에 얹히고 끼인 조잡한 물건들이 한눈에 들어왔다. 더 이상 공간은 없어 보였다.

그날 밤 잠자리에서 남자는 집에 대해 혼자서 생각해 온 것들을 하나둘 아내에게 들려주었다. 주로 장소와 예산에 관련된 문제였다. 남해와 제주가 마지막 후보지였는데 아내는 남자의 예상과 다르게 남해를 선택했다. 접근 가능성 때문이었다. 스스로 집을 짓겠다는 남자의 계획을 듣고 이번에는 아내가 놀란 눈치였다. 한번 마음먹은 것은 기어코 해내고야 마는 남자의 성정을 잘 알기에 아내는 웃으면서 고개를 끄덕였다. 맞잡은 아내의 작은 손이 미세하게 떨렸다.

당신은 어떤 걸 원해? 선호하는 색감이라든지.

난 그냥 교외에서 사는 거면 다 좋은데.

그래도 원하는 걸 말해 줘야 방향을 잡지. 디귿 자 형태의 부엌이라거나 북유럽풍 침실이라거나.

음.

아내가 한참 뜸을 들인 뒤 말했다.

부엌이 화사하고 깨끗했으면 좋겠어.

남자는 아내가 쓰는 부엌을 떠올렸다. 지은 지 30년이 넘은 아파트라 붙박이장이 어긋나거나 갈라진 곳이 많았고 그 사이로 가끔 벌레가 지나다녀 아내를 놀라게 했다. 남자가 목소리를 높였다.

그럼 벽면을 화이트나 옐로 계열로 할까? 전체적으로 밝은 원목을 쓰면 공간도 넓어 보일 거야. 천장은 얼마나 높일까?

남자의 이야기를 듣던 아내가 곤란한 듯 윗입술을 들어 올리며 희미하게 미소 지었다. 입술 사이로 치아가 살짝 드러났다.

그것까지는 모르겠어.

남자가 상체를 일으켜 세운 뒤 머리맡에 둔 휴대폰을 집어 들었다.

테라스는? 테라스를 만들까?

글쎄…… 그냥 볕이 잘 드는 거실만 있어도 좋을 것 같아.

서재는?

서재…….

아내가 한숨을 쉬고는 말을 이었다.

그럼 이렇게 해. 나는 집이 밝았으면 좋겠어. 거실과 부엌은 특히. 집에서 바다가 보이면 좋겠지만 아니라도 괜찮아. 거실, 부엌, 아기 방 하나, 우리 침실 하나, 다용도실 하나. 그것 말고 달리 원하는 건 없어. 튼튼하고 견고한 집이면 돼.

당신 공간은?

집이 다 내 공간인데 굳이 따로 만들 필요가 있겠어? 필요하면 정원에 간이 테이블을 놓지 뭐.

남자는 입을 꾹 다문 채 휴대폰 메모장을 꺼 버렸다.

아내가 남자의 눈치를 살피더니 입을 열었다.

당신 편하라고 그러는 거야. 어련히 알아서 꼼꼼하게 짓겠어.

남자는 '알아서 하라.'라는 말이 책임 회피에 불과하다고 생각했다. 교외에 살자던 사람이 정작 집을 지을 때가 되니 겨우 거실, 부엌, 방이면 된다니. 애초에 교외에서 살자고 제안한 건 아내가 아니었던가. 집이 있어야 교외에 살든 말든 할 게 아닌가. 모래 해변 위에 살림을 차릴 건가? 무작정 남해에 가면 누가 펜션이라도 떡하니 내준다고 하던가? 아내는 번번이 이런 식이었다. 원하는 게 있을 때 직접 나서기보다 우선 남자의 마음을 떠봤고 막상 일이 시작될라치면 자신은 은근슬쩍 뒤로 물러섰다. 그러곤 남자를 배려한다는 듯 결정을 미뤘다. 그러다 보면 선택과 책임은 꼼짝없이 남자의 몫이었다. 남자는 그게 늘 불만이었지만 그렇다고 아내에게 화를 내거나 자신의 마음을 드러낸 적은 없었다. 그저 적당히 맞춰 주고 이해해 주는 것이 가정의 평화를 위해 현명한 태도라고 여겼다.

*

겨울로 접어들 무렵, 남자는 바다가 보이는 부지를 매입했다. 마을에서는 조금 멀었지만 비용 측면에서 부담이 덜했다. 84제곱미터에 안집을, 나머지 20제곱미터에 정원을 꾸리기로 마음먹었다. 넓지는 않아도 한 가족이 사는 데 불편함이 없을 크기였다. 남자는 바다가 훤히 내려다보이는 그곳이 마음에 꼭 들었다. 계약을 마친 뒤 그는 잡초가 무성한 부지에 서서 바다를 내려다보며 자신이 오랫동안 상상해 온 꿈의 집을 그려 보았다.

하얀 외벽이 화사한 느낌을 내는 이층집이었다. 정원과 현관 사이에 목제 테라스가 있었다. 테라스에는 원목으로 만든 의자와 테이블이 놓여 있고 안쪽으로 볕이 잘 드는 거실이 보였다. 천장이 높아서 전체적으로 웅장한 느낌이었다. 실내가 밝은 미색인 데다 천장 한쪽에 구멍을 내고 유리를 덧대 햇볕이 잘 들었다. 거실 한쪽에는 커다란 벽난로가 있었다.

남자는 잠시 숨을 골랐다. 전체적인 색감을 밝은 톤으로 맞춰 널찍한 느낌을 살리면서도 공간을 효율적으로 구분해야겠다는 생각을 하면서 스스로의 현명함에 놀랐다. 거실에 어릴 적부터 꿈꿔 온 벽난로를 배치해 볼 때는 뿌듯함과 함께 감동이 솟구쳐 울컥하기까지 했다.

배 속의 아이는 움직임이 크고 활발했다. 아이가 손

발은 물론이고 움직일 수 있는 모든 부위를 이용해 아내의 배를 쳐 댈 때마다 남자는 사내아이일 거라고 확신했다. 여자아이라는 것을 알게 된 남자는 괜히 서운한 마음에 아내에게 아이를 두엇쯤 더 낳으면 어떻겠냐고 물었다. 아내가 생긋 웃으며 말했다.

그러자. 아이들이 여럿 뛰어놀아야 집 같지.

남자는 꿈틀거리는 아내의 배에 손을 얹고 집 짓기에 최선을 다하겠다고 다짐했다.

그는 두어 달에 걸쳐 설계도를 구상했다. 그 과정에서 많은 자료를 참고했다. 살면서 그렇게 자주 서점을 들락거려 본 적이 없을 정도였다. 건축 코너에는 직접 집 짓는 사람들을 위한 책이 무수했다. 설계를 다룬 기술서부터 인테리어를 소재로 한 에세이까지 책의 종류와 성격도 가지각색이었다. 남자는 그중에서 제주에 게스트하우스를 지은 경험이 있는 저자의 에세이집을 펼쳤다. 저자는 집 짓기가 자신의 무모함과 용기에서 비롯되었다고 고백했다. 과정마다 어려움이 따랐음에도 자신이 만든 공간에서만 느낄 수 있는 특별한 감정이 어려움을 상쇄했다고 담담히 서술했다. 남자는 그 책의 에필로그에 쓰인 글귀에 주목했다. 저자는 마르틴 하이데거라는 철학자의 말을 인용하고 있었다.

인간은 자신이 사는 집을 완성해 가며 비로소 스스로가 누구인지 깨닫는다.

저자는 자신의 집 짓기를 그 문장으로 요약했다. 남자는 그 부분이 무척 마음에 들었다. 당장에 책값을 치르고 서점을 빠져나왔다.

이어서 남자는 건축 사무소를 돌아다녔다. 국제 대회에서 수상했다는 건축가의 설계 사무소를 찾기도 했다. 참고할 만한 설계도가 있으면 기꺼이 비용을 지불할 의사가 있었지만 사정이 여의치 않았다. 어떤 것은 지나치게 비현실적이었고 대부분은 엄두도 낼 수 없을 만큼 비쌌다. 결국 그는 직접 집을 설계하기로 결심했다. 기본 양식은 인터넷을 검색하면 쉽게 구할 수 있었고 전공이 전기공학이라 배선도를 그리는 데는 자신이 있었다.

그는 집의 공간을 크게 두 부분으로 나눴다. 높은 천장이 포인트인 거실을 중앙에 두고 방을 한쪽으로 몰아 층수를 늘렸다. 1층에는 아이와 아이의 동생을 위한 방을 하나씩 놓았다. 둘째가 태어나기 전까지는 손님방으로 사용할 생각이었다. 복도 끝에는 2층으로 통하는 좁고 긴 계단을 냈다. 2층에는 부부를 위한 침실과 자신을 위한 서재를 둘 계획이었다. 2층은 부부의 프라이버시를 보호받을 수 있도록 완전히 독립된 공간이어야 했다.

나중에 늙어서 계단을 못 오르면 어쩌지? 남자는 잠시 고민하다가 맥없이 웃어 버렸다. 쓸데없는 고민은 인간의 본능적 악취미였다. 그런 고민을 할 시간에 하나라도 더 배워 나가야 했다.

아내도 나름대로 학습에 나섰다. 무엇보다 '블루테라스'에서의 활동 빈도가 부쩍 늘었다. 블루테라스는 주로 도시에서 아파트 생활을 하는 주부들이 주축인 인터넷 커뮤니티였다. 설계나 시공보다는 인테리어 아이디어 공유 차원의 담소가 오갔다. 아내도 건축 서적을 탐독하긴 했지만 남자는 아내의 독서가 집 짓기에 얼마나 실용적일지 궁금했다. 아내가 어느 곳에 방점을 두고 공부를 해야 하는지 넌지시 알려 주고 싶었다. 그래서 어느 날 밤, 샤워 후에 막 방으로 들어오는 아내에게 대뜸 물었다.

경량 철골 주택이 뭐였지?

아내는 잠시 생각하는가 싶더니 말했다.

왜, 그, 조립식같이 생긴 거.

맞아. 그렇게 집을 지었을 때 단점이 뭐지?

뭐, 화재에 약하고. 수명 좀 짧고, 그렇지. 당신 몰라서 묻는 거야?

아니. 내가 모른다기보다.

남자는 이제 아내에게 조금 더 난이도 높은 퀴즈를 내도 괜찮을 것 같다는 생각이 들었다. 화장대에 앉은 아내는 막 손에 로션을 덜어 얼굴로 가져가려던 참이었다.

그, ALC랑 조적 중에서 말이야. 우리 집 같은 주택에 어떤 게 더 잘 어울릴까?

아내는 손바닥으로 볼을 살짝 두드리다 말고 뒤를 돌

아보며 물었다.

조적이 뭐야?

남자는 아내가 자신처럼 보다 고급스러운 건축 용어에 익숙해지기를 바라는 마음으로 답했다.

벽돌 같은 거 말이야.

음. ALC가 벽돌보다 가벼우니까 짓기 쉽지 않을까? 요즘 벽돌로 짓는 집 많이 없잖아.

중량이 몇 배 차이 나는 줄 알아?

그것까지는 모르겠는데. 책이나 인터넷으로 확인해 보면 어때?

아내의 답에 남자는 이때다 싶었다. 이런 점을 꼼꼼하게 파악할 줄 알아야 한다고, 그래야 설계도도 더 세심하고 체계적으로 보게 되는 거라고 말해 줄 참이었다.

그런 걸 잘 알아야 해. 벌써부터 인테리어를 볼 게 아니라고. 벽돌이 ALC 블록보다 여섯 배나 무겁다? 집을 짓는 데도 순서라는 게 있어.

아내의 눈동자가 머물 곳을 찾지 못하고 휘청거렸다. 아내가 반성을 하고 있는 게 분명했다. 역시 말하길 잘했다는 생각이 들었다.

그 후 아내는 집 짓는 일에 대해 급격히 말을 아꼈다. 남자가 이층집을 만들 생각이라고 하자 아내는 아이처럼 좋아했다. 거실 너머에 테라스를 놓겠다고 했을 때도 좋은 생각이라며 맞장구를 칠 뿐이었다. 그러면서 아내는 남자에게 고맙고도 미안한 마음이 든다고 고백했다. 자신은 그저 교외에 사는 것으로 만족하니 집 짓기에 관해서는 얼마든지 마음껏 하라는 독려가 거듭됐다. 남자는 그때부터 경량 콘크리트 외벽 따위가 아내에게 의미가 있을 리 없다는 걸 깨달았다. 게다가 임신 기간 내내 입덧이 지속되면서 아내는 시간이 갈수록 힘에 부쳐 보였다. 남자는 점차 아내에게 집 짓는 일과 관련된 사소한 결정들을 묻지 않게 되었고 아내는 산부인과에 다녀온 날 초음파 사진을 보여 주는 것 말고는 임신 기간의 고충을 홀로 감내했다. 서로를 배려하는 마음이었다. 자연스럽게 남자는 집 짓는 일에, 아내는 태교에 힘쓰게 됐다.

*

설계도를 완성한 남자는 아내와 함께 현장을 방문했다. 그사이 명의 변경과 착공계 허가를 비롯한 행정 절차가 마무리되었다. 미리 섭외해 둔 굴착기는 다음 날부터 토목 공사에 들어가기로 되어 있었다. 그들은 현장에 도착할 때까지 좁은 흙길과 잡초 더미를 여러 번 지나쳤다. 한번은 구덩이에 차가 빠질 뻔했고 또 한번은 쓰러진 나뭇가지에 보닛이 쓸리는가 싶더니 조수석 램프가 뜯겨 나갔다. 결국 그들은 차를 세워 두고 한참 걸어야 했다. 남자는 울상이 된 아내를 위로했다. 여기를 굴착기로 다 파내고 잡초를 걷어 낸 후에 길을 틀 거야. 얼마 뒤 그들은 풀숲이나 다름없는 주택 부지에 도착했다. 아내가 울먹였다. 이게 뭐야. 남자가 말했다. 저쪽이 바다야. 아직 안 보이지? 내일이면 관목들을 다 솎아 낼 거야. 아내는 수풀을 비집고 들어가 바다를 내려다보았다. 남자가 등 뒤에서 아내를 안았다.

우리가 매일 아침 내려다볼 풍경이야.

남자가 나무와 풀이 뒤얽힌 부지 이곳저곳을 짚으며 집에 관해 설명하기 시작했다. 이곳은 거실이고 여기엔 벽난로가 놓일 거야. 여기부터는 부엌이야. 뒤쪽에 테라스를 하나 더 놓을까 해. 아내는 남자의 말을 들으며 열심히 고개를 끄덕였다. 그렇구나, 여기가 거실이구나. 아, 당신이 말했던 그 벽난로 말이지.

남자가 뒤쪽 테라스 자리 주변에 어지럽게 널브러진 돌멩이들을 치우는 동안 아내는 풍선처럼 부푼 배를 끌어안은 채 무릎을 굽히고 펴길 반복했다. 왜 그래, 다리 아파? 남자의 말이 떨어지자마자 아내가 잡초 더미에 주저앉았다. 힘들어. 오랫동안 참은 듯 깊은 숨이 따라 나왔다. 그제야 남자는 새하얗게 질린 아내의 얼굴이 눈에 들어왔다. 아무것도 없는 허공에 대고 집을 상상하기는 쉬운 일이 아니었다.

남자는 아내의 엉덩이 아래에 자신의 점퍼를 깔아 주

었다. 아내는 점퍼를 반으로 접더니 그래도 불편한지 다시 접었다. 쿠션감이 충분하지 않은 바람막이 점퍼는 아내의 엉덩이 아래에서 납작해졌다. 결국 남자는 힘들어하는 아내를 차에 태우고 쉴 만한 곳을 찾아 나섰다. 낡은 민박과 여인숙, 허름한 모텔을 몇 개 지나쳤다. 한참 달린 끝에 부부는 길가에 엉뚱하게 솟아 있는 무인 모텔 앞에 섰다.

아내는 혼자서 몇 시간이나 외딴 모텔에 있어야 한다는 사실을 탐탁지 않게 여겼다. 남자는 자재 주문과 현장 점검 때문에 마음이 바빴다. 건재상에 연락해 흙과 콘크리트 블록의 수량을 체크하고 현장에 돌아가 내일 제거할 관목을 파악해 두어야 했다. 벌써 오후였고 내일은 아침 7시 반에 굴착기가 도착하기로 되어 있었다. 그러면 어떻게 하는 게 좋겠어? 차에서 쉴래? 남자가 말했다. 아내는 조그맣게 고개를 끄덕였다. 남자는 아내가 알아챌 수 없을 만큼 조용히 한숨을 쉬었다. 아내의 기분을 맞추는 건 피곤한 일이었다. 내성적인 아내는 좀처럼 자기 생각을 표현하는 법이 없는 데다 임신을 한 뒤부터 가끔 예민해지기까지 했다. 몇 시간을 차 안에만 있으면 허리가 아플 텐데. 남자가 걱정스럽게 말했다. 우선 들어가자. 조금이라도 누워 있는 게 좋겠어.

모텔 방에 들어가자마자 아내는 침대 구석에 모로 누웠다. 무거운 배를 감싼 채 몸을 쭈그리고 눈을 감았다.

아내의 숨소리가 잦아들자 남자는 곧바로 건재상에 연락했다. 그는 신호가 가는 동안 몸을 벌떡 일으켰다. 그리고 침대 끝에서 문 앞까지 몇 번을 오갔다. 건재상 사장은 자재를 배달할 주소를 불러 달라고 했다. 남자가 불러 주는 주소를 들은 사장이 큰 소리로 되받아쳤다. 강촌요? ALC 블록은 콘크리트여도 기포 자재라 습기에 약한데 바닷가에 괜찮겠어요? 남자는 그게 무슨 소리냐고 물었다. 전에는 그런 말씀 없으셨잖아요? 그러자 전화기 저편에서 사장이 대답했다. 그때는 바닷가라고 안 하셨잖습니까. 제가 미리 확인을 했을 텐데. 사장의 톡 쏘는 화법에 기분이 언짢아진 남자는 다시 연락하겠다며 전화를 끊었다. 결단코 그는 남자에게 현장 위치를 물은 적이 없었다. 게다가 남해는 마을 대부분이 바다를 중심으로 군락을 이루고 있지 않은가.

여기 사람들은 고객 무서운 줄을 몰라.

남자의 투덜거림에 아내가 부스스 몸을 일으키며 물었다.

뭐가 문제야?

별거 아니야.

남자는 모텔 방의 창문을 열고 담배를 입에 물었다. 아내가 멀뚱히 남자를 바라보고 있었다. 무표정한 얼굴에 피로가 역력했다. 남자는 담배를 도로 집어넣었다. 저녁이나 먹으러 나가자. 남자가 아내의 겨드랑이에 손을 넣어 몸을 일으켰다.

부부는 적당한 식당을 찾느라 애를 먹었다. 저녁 시간인데도 시가지에 문을 연 식당이 서너 군데밖에 없었다. 남자가 '근대 식당'이라는 간판이 달린 건물로 아내를 이끌었다. 군데군데 글자가 지워지고 녹이 슨 탓에 식당 이름이 '군내 식당'으로 보였다. 테이블이 여섯 개인 작은 식당이었다. 시멘트 벽에 여기저기 부서지고 긁힌 자국이 선명했다. 남자는 아내를 안쪽 자리에 앉혀 밖을 내다볼 수 있도록 배려했다. 아내는 된장찌개를, 남자는 삼치구이를 골랐다.

주문을 받고 주방으로 들어간 식당 주인이 낡은 냉장고에서 재료를 꺼냈다. 그는 씻지 않은 손을 커다란 통에 집어넣어 채소를 들어 올렸다. 남자는 얼굴을 찌푸리며 고개를 돌렸다. 벽 모서리에 거미줄이 잔뜩 끼어 있었다. 테이블은 군데군데 검게 그을렸고 수저는 어느 것을 집어도 얼룩 투성이였다. 얼마 지나지 않아 녹슨 양은 냄비에 담긴 찌개와 비린내가 풍기는 삼치구이가 나왔다. 찌개는 달았고 생선은 지나치게 짰다. 남자는 먹는 행위에 집중했다. 식당 안은 일부러 눈여겨보지 않았다. 맥없이 젓가락으로 음식을 뒤적이던 아내가 입을 열었다.

저기, 나는 집에 가 있을게.

바지런히 찌개를 떠 먹던 남자가 눈을 크게 떴다.

지금 돌아간다고?

아내가 덤덤하게 말했다.

그래야 당신이 집 짓는 데 집중할 수 있을 것 같아. 내가 곁에 있으면 신경 쓸 일이 많아지잖아.

남자는 말없이 꼬리가 까맣게 탄 삼치를 깨작거렸다. 대화는 이어지지 않았고 두 사람은 밥을 마저 먹었다. 어느덧 밥그릇을 비운 남자가 테이블에 젓가락을 내려놓으며 말했다.

당신이 옆에 있어야 든든한데, 내 욕심이지. 알았어. 얼른 올라갔다가 내려오지 뭐.

지금 올라가면 새벽에는 다시 내려올 수 있을 거라는 설명이 이어졌지만 완강한 쪽은 아내였다.

그건 비합리적이야. 버스만 타면 금방인걸. 당신은 터미널까지만 바래다주면 돼.

남자가 걱정 어린 표정으로 말했다.

그 몸으로 버스를 타는 건 무리야.

아냐, 그 정도는 괜찮아.

남자는 더 이상 아내를 설득하지 않았다.

버스에 오르기 전 아내는 부지 공사 뒤 인부를 데려오는 일에 신중을 기해야 한다고 조언했다. 뭐든 사람 쓰는 일이 가장 어렵고 중요한 법이라는 당부가 이어졌다. 버스가 떠난 뒤 남자는 현장에 한 번 더 다녀왔고 터미널 근처의 모텔에서 잠을 잤다. 방은 외풍이 심했고 아내가 없는 침대 위는 쓸쓸했다.

다음 날 아침 현장에 도착한 굴착기 기사는 범상치 않은 포스로 현장 이곳저곳을 둘러보더니 남자에게 잘라 낼 관목을 다시 한번 체크해 주었다. 관목과 흙을 퍼낸 뒤에는 그 위에 고르게 흙을 부었다. 현장 주변에 흙이 산더미처럼 쌓여 갔다. 그사이 남자는 아내에게 전화를 걸었다. 아내는 전화를 받지 않았고 통화 연결음이 굴착기 소음과 뒤섞여 정신을 산만하게 들쑤셨다. 남자는 아내와의 통화를 포기하고 다른 건재상에 전화를 걸었다. 이번에는 현장 위치를 먼저 말했다. 새로운 건재상의 사장은 깍듯하고 친절하게 응대했다. 그는 경량 콘크리트 블록에 슬래브를 얹으면 단열 효과가 있는 데다 습도 조절까지 용이하다고 말해 주었다. 전면이 바다인 제주에서도 쓰는데 남해에 안 될 리가 있겠습니까? 사장의 말에 남자는 기쁘면서도 혼란스러웠다. 세상 사람 모두가 제 나름의 관점을 갖고 있었고, 무엇이 옳고 그른지 남자로서는 알 수 없었다.

전화를 끊은 뒤 남자는 굴착기가 관목을 제거하는 광경을 물끄러미 바라봤다. 친구의 소개로 아내를 만나고 고모의 소개로 결혼식장을 구하고 아내와 어머니가 번갈아 해 주는 밥을 생각 없이 받아먹던 지난날이 떠올랐다. 지금까지 남의 말에 치우치지 않고 오롯이 선택했던 것들이 있긴 했나. 남자는 고개를 들어 먼바다를 바라봤다. 기억의 잔상들이 빛과 함께 잘게 부서지며 해수면을 떠돌았다.

부지 공사를 마친 다음 날 남자는 인력 소개소를 통해 인부 네 명을 모았다. 젊고 빠릿빠릿한 인부들을 쓰고 싶었지만 그런 이들은 새벽에 큰 건설 회사에서 보낸 승합차가 한꺼번에 모셔 간다고 했다. 자의 반 타의 반으로 그때까지 소개소에 남아 있던 인부들을 끌어모았다. 두 명은 남자보다 나이가 한참 많았고 다른 두 명은 그보단 어렸다. 한 명은 다리를 약간 절었다. 남자는 인부들을 차에 태워 현장으로 데려갔다.

그날 아침 딸이 태어났다. 아내가 홀로 산부인과를 찾은 지 두 시간 만의 일이었다. 남자는 무사히 첫아이를 출산한 아내가 대견스러웠다. 옆에 못 있어 줘서 정말 미안해. 아내는 오히려 남자를 위로했다. 당신은 더 중요한 일을 하고 있잖아. 아내와 통화를 마친 남자는 안절부절못했다. 인부들이 걱정 말고 어서 가 보라며 남자를 격려했다. 남자는 인부들을 현장에 내려 준 뒤 재빨리 지시를 내리고 다시 차에 올라탔다.

시 경계로 차를 몰면서 그는 아내에게 전화를 걸었다. 아내의 목소리는 평상시보다 힘이 없었다. 갓 태어난 딸의 몸무게는 겨우 1.95킬로그램이었고 정상적인 체중에 이를 때까지는 전문적인 보호가 필요하다고 했다. 그는 아내 역시 조리원에서 산후조리를 하는 게 좋을 것 같다고 생각했지만 그 의견을 입 밖에 내진 못했다. 아내는 아이에게 들어갈 비용을 걱정했고 남자는 그 질문에도 뾰족한 답을 해 줄 수 없었다. 얼마간 침묵이 이어진 뒤 아내는 공사 상황을 궁금해했다. 남자는 들뜬 목소리로 토목 공사를 거의 끝내고 올라간다고, 돌아와서 시멘트로 바닥을 다진 뒤에 골조 공사를 하게 될 거라고 했다. 아내가 퉁명스럽게 물었다.

우리 집에는 누가 있어?

인부들이 있지.

그렇게 두고 나오면 어떡해. 우리는 관리자도 없잖아.

남자가 갓길에 차를 세웠다.

그냥 두면 인부들이 시멘트에 먹다 남은 음식 쓰레기 같은 걸 넣어 버린대. 어떤 사람은 담배꽁초 같은 것도 봤대.

그는 서둘러 차를 돌렸다. 아내가 옳았다. 관리자가 없는 현장에서 인부들은 모여 앉아 아이스크림을 먹으며 잡담을 나누고 있었다. 아이스크림 봉지가 제멋대로 굴러다녔고 담배꽁초와 말라붙은 침 자국이 보였다. 남자는 인부들을 다시 모았다. 이번에는 각자의 역할을 상세히 지시하고 꼼꼼하게 그들을 관찰했다. 인부들의 작업 속도는 실망스러울 정도로 느렸다. 그들은 소개소에서 들었던 것보다 훨씬 힘든 현장이라 일당을 올려 받아야 한다며 투정을 하기까지 했다. 그날 작업을 마친 뒤 남자는 그들에게 아랫동네까지 걸어가는 길을 알려 주었다. 매일 출퇴근을 시켜 주시오. 이렇게 외진 곳까지 어떻게 오란 말이오? 남자는 인부들의 불평을 들으며 사람을 필요 이상으로 많이 고용한 것을 후회했다. 그들은 옹색하고 비굴한 데다 게으르기까지 했다. 그는 인부를 두 명으로 줄였다. 나이가 많고 투정이 유독 심한 두 명에게 더 이상 나올 것 없다고 딱 잘라 말했다. 대신 남자가 직접 팔을 걷어붙이고 콘크리트 블록에 접착제를 발랐다. 일을 하는 그의 마음에 안정이 찾아왔다.

블록을 세워 올리던 남자는 반대편을 둘러봤다. 부엌 한쪽에 정원으로 통하는 문을 낼 생각이었다. 그런데 부엌과 거실의 이미지가 상충했다. 집을 구상할 때부터 거실은 고급스러운 원목으로 채우고 마호가니 테이블과 의자를 둬야겠다고 생각했다. 양주와 와인을 채운 홈 바도 만들고 싶었다. 부엌은 아내의 취향대로 밝고 화사했으면 했다. 그렇다 보니 두 공간의 분위기가 전혀 어울리지 않았다. 그는 콘크리트 블록을 쌓다 말고 가구점에 전화를 걸었다. 가구점에서는 방문을 제안했다. 아무래도 직접 가구의 분위기를 확인하는 편이 좋을 것 같았다.

남자가 가구점 서너 곳을 둘러보고 돌아왔을 때는

이미 한밤중이었다. 인부들은 집으로 돌아가고 없었다. 다시 모텔로 가자니 까마득했다. 남자는 차에서 방수 매트와 담요를 꺼냈다. 거실이 될 공간에 매트를 깔고 담요를 덮었다. 이름 모를 별들이 밤하늘을 수놓고 있었다. 남자는 탄복하며 별 무리를 바라봤다. 적당히 차고 가벼운 바람이 불어와 남자의 뺨을 스쳤다. 별과 밤, 주변 공기와 보이지 않는 끈으로 단단히 이어진 느낌이 들었다. 여전히 먼지와 소음으로 가득한 도시에서 밤을 보낼 아내와 아이가 떠올랐다. 남자는 별 무리를 향해 손을 맞잡고 기도했다. 어서 가족과 함께 따뜻한 저녁을 먹고 별이 가득한 밤하늘을 올려다보며 잠드는 날이 오기를. 이런저런 생각을 하다 스르르 잠이 들었다. 더없이 평화로운 밤이었다.

아이는 하루가 다르게 커 간다고 했다. 남자는 매일 전화로 아이의 소식을 전해 들었다. 그때마다 당장 아이를 보러 갈 수 없다는 사실을 절감했다. 남자의 마음속에 미안한 감정이 쌓여 갔다. 딸이 태어나기 전에 집을 완성했다면 지금쯤 이곳으로 데려올 수 있었을 텐데. 그는 자신을 탓했다. 미안함과 죄책감이 남자를 더욱 채찍질했다. 집을 짓는 것은 이제 가족에 대한 의무이자 책임이며 자신의 존재를 증명하는 유일한 방법이었다.

집 짓기는 콘크리트 블록만 쌓아 올린다고 되는 일이

아니었다. 소방 설비와 난방 기구도 갖춰야 했고 기초 공사를 끝내면 더는 바꿀 수 없는 구조도 여러 번 점검해야 했다. 평생 이 공간에서 생활해야 한다고 생각하니 무엇이든 두 번, 세 번 곱씹어 보게 되었다. 남자는 꼼꼼하게 미장 작업을 했다. 각이 틀어지지 않고 최대한 깔끔하게 보이도록. 뒤에서 남자의 작업을 지켜보던 인부가 말했다.

사장님, 거 보이지도 않는 데다 무슨 신경을 그리 씁니까?

다리를 저는 인부였다.

그리 굼떠서는 집 한 채 짓는 데 평생을 날릴 거요.

입을 다물고 잠자코 말을 듣던 남자가 잠시 후 손에 들고 있던 접착기를 힘없이 내려놓으며 말했다.

점심이나 먹읍시다.

남자가 아랫동네까지 가서 배달 음식을 받아 왔다. 남자는 간짜장을, 인부 한 명은 짬뽕을, 다른 한 명은 볶음밥을 시켰다. 술이 필요하다던 인부의 말이 떠올라 소주도 한 병 샀다. 점심을 먹으며 남자는 인부들에게 어떻게 이 일을 시작하게 됐는지 물었다. 남자보다 어린 인부는 학자금 상환을 위한 돈이 필요하다고 했다. 3년 안에 갚지 못하면 신용 불량자가 될 판국이라 어쩔 수 없이 시작했다며, 자신이 원래 이런 일을 할 사람은 아니라고 덧붙였다. 다리를 저는 인부는 자기 집을 지어 본 경험을 살려 이 일을 시작했다고 말했다. 짓는 데 그렇게 큰돈이 들 줄 몰랐던 그는 중간에 파산하고 말았고, 이혼을 당한 후 그나마 익힌 기술로 근근이 생활을 이어 가고 있다는 거였다. 남자는 그의 말을 들으며 가만히 생각에 잠겼다. 얼굴이 불쾌해진 인부가 남자에게 경고했다. 집을 짓는 게 그리 만만한 일이 아니오. 나라고 실패하고 싶었겠소. 아내라는 작자는 쥐뿔도 모르면서 인내심은 형편없고 사방 천지에서 이런저런 트집을 잡으며 공격해 오는데……. 사장님도 헛꿈 깨시는 게 좋을 거요. 궁궐 같은 집 상상하다 인생 내 꼴 납니다.

남자는 그날 그 인부를 해고했다. 말 몇 마디로 남자의 신경을 건드리는 것까지는 참을 수 있었지만 선을 넘는 행위를 용납하며 배려를 보일 이유는 없었다. 무엇보다 그런 마음가짐으로 집을 짓는다는 게 아무래도 꺼림칙했다. 해고 이유로는 음주 문제를 들었다. 그는 남자의 통보를 듣고 한동안 현장을 둘러보았다. 시멘트와 접착기들이 어수선하게 흩어진 채 두 사람을 둘러싸고 있었다. 그는 곧바로 짐을 챙겨 아랫동네 쪽으로 사라졌다.

다음 날 아침 현장에 선 사람은 남자뿐이었다. 학자금을 갚아야 한다던 인부마저 모습을 감췄다. 남자는 종일 작업을 이어 가며 인력 소개소에 다시 연락해야 하나 고민했다. 그간의 경험을 비추어 보아 비슷한 문제가 반복될 게 뻔했다. 사람들이 말이야, 주인 의식이 없어. 남자는 뻐근한 허리를 두드리며 중얼거렸다. 결국엔 시간이 걸리더라도 하나하나 스스로 해 나가기로 마음먹었다. 어차피 자신의 일이었다고 생각하니 한결 마음이 편했다. 남자는 소맷자락을 걷어붙이고 블록을 쌓아 올렸다. 그다음 날도, 그다음 날도 종일 블록을 쌓아 올렸다. 집은 남자를 실망시키거나 희롱하지 않았다. 일한 만큼 성과를 얻었다. 블록은 남자가 쌓은 만큼 쌓였고 배선은 남자가 이은 만큼 이어졌다. 시간이 조금씩 지체되었다. 남자가 작업에 꼼꼼하게 임할수록 진도는 더 더졌다.

아내에게는 작업이 계획대로 진행되고 있다고 말했다. 아내 역시 남자를 안심시켰다. 성급하게 생각할 것 없어. 계획대로만 되면 다 괜찮을 거야. 어차피 우리가 평생 살 집이잖아. 조금 늦어지면 어때. 아내는 아이가 잘 먹고 잘 자며 동생은 공무원 시험 준비를 위해 기숙 학원에 들어갔다고 말했다. 남자는 스스로에게 다짐하듯 말했다. 그래, 조금만 더 참아 보자. 통화 말미에 아내가 머뭇거리며 운을 뗐다. 그래, 그런데……. 남자는 아내의 말이 마음에 걸렸다. 그런데?

아내는 한동안 말이 없었다. 조급해진 남자가 되물었다. 그런데 뭐? 아내가 정말 하고 싶은 말은 아껴 한다는 걸 알기에 남자는 신경이 곤두섰다. 마침내 아내가 울먹거리듯 말했다.

언제까지 이렇게 기다려야 하는 거야?

아내의 말이 남자의 뒤통수를 후려쳤다. 순간 남자의 머릿속에 그간의 고생이 떠올랐다.

집에는 아직 부족한 것이 많았다. 먹을 것을 구하기 위해서는 아랫동네까지 가야 했다. 수도관이 연결되기 전이라 물을 사용할 수조차 없었다. 터미널 화장실에서 물통을 채워 와 몸을 씻은 적도 많았다. 시내에서 마주친 사람들은 뽀얀 먼지로 뒤덮인 남자를 보고 눈살을 찌푸렸다. 남자는 개의치 않는 듯 움직였지만 점차 외부로 나가지 않는 날이 늘었다. 마트에 가면 보관 기간이 긴 참치 캔이나 햇반, 라면을 박스째로 샀다. 신선한 채소나 과일을 먹은 게 언제인지 기억도 나지 않았다. 그럼에도 끝이 보이지 않았다. 전기 배선을 하는 데만 몇 주가 걸렸다. 빗물 받침판에 대한 아이디어가 떠오르지 않아서 작업을 멈춘 채 며칠을 고민했다. 단열재 외피에 쓸 재료, 천장 페인트 색깔, 도배지 무늬 따위를 고민하는 사이에 또다시 몇 주가 갔다. 남자의 시간은 아침과 낮, 오후와 저녁으로 나뉘었다가 잠자는 시간, 일하는 시간, 쉬는 시간으로 삼등분되었고 결국 집을 지을 수 있는 시간과 그렇지 않은 시간으로 구분되었다. 눈뜨면 일을 시작했고 날씨가 좋지 않으면 거실에 앉아 이런저런 결정 사항을 점검했다. 온갖 건축 자재들로 너저분한 거실에 홀로 앉아 외로운 결정을 이어 가는 시간은 심신이 아플 정도로 고달팠다. 남자는 저도 모르게 쏘아붙였다.

내가 요즘 어떻게 사는지 알기나 해?

전화기 너머에서 아이 울음소리가 들렸다. 아내는 곧장 목소리를 낮췄다.

나중에 다시 이야기하자.

서운함이 가시지 않은 목소리로 남자가 말했다.

내가 누굴 위해서 이렇게 살고 있는 건데.

알겠어. 미안해. 내가 요즘 힘들어서 그래.

아이야 도움이 필요할 때 울어 신호를 보내 주지 않나. 남자의 생각에 집 짓기는 그보다 배는 힘든 일이었다. 어디에 무엇이 필요한지 매 순간 살피고 건축이니 인테리어니 온갖 지식과 동물적 감각도 갖춰야 했다. 아내가 현장에서 모든 순간을 지켜봤다면 자신의 고충을 알아주고 더욱 감사하는 마음을 갖게 됐을 텐데. 남자는 아내가 남은 과정이라도 함께한다면 저런 말을 생각 없이 뱉을 수는 없으리라고 생각했다.

이제 여기로 내려오는 게 어때? 2층은 살면서 지어 가고 우선은 1층에서 지내면 되니까.

남자의 제안을 듣고 아내는 타박하듯 말했다.

신생아를 데리고 그 산길을 어떻게 헤쳐 가. 아직 길도 정리가 안 됐다면서.

당신이 처음 왔을 때를 생각하면 안 돼. 이제는 살 만

하다니까.

아내가 뜸을 들이더니 아무래도 새집인 만큼 화학약품에 면역이 없는 아이의 건강이 가장 걱정된다고 중얼거렸다. 남자는 아내의 말에 발끈했다. 아이를 위해 친환경 소재를 사용했다는 말을 얼마나 자주 했던가. 당신만 부모냐며, 내 아이가 살 집인데 아빠가 되어서 그런 부분을 신경 안 썼겠냐며 화를 냈다. 아내는 알겠다고 답했다. 마지못한 목소리로 아이와 함께 내려가겠다는 말이 이어졌다. 그러면서 아내는 아이의 짐이 상당하다고 덧붙였다. 남자는 터미널로 마중을 나가겠다고 못박았다. 후반 작업이 줄줄이 겹쳐 있어서 왔다 갔다 할 시간이 없다는 이유였다. 남자의 단호한 말끝에 침묵이 이어졌다. 그들은 결국 결론을 내리지 못했다.

전화를 끊은 뒤 남자는 거실에 앉아 바깥을 내다봤다. 시야에 작업대 모서리가 걸렸다. 그 위에 책 한 권이 떨어질 듯 아슬아슬하게 놓여 있었다. 에세이집이었다. 책 한 귀퉁이가 접혀 있었다. 남자는 비로소 하이데거의 문장을 생각해 냈다. 사람은 집을 지으며 자기 존재를 깨달아 간다고 했지. 남자는 자리에서 일어나 거실을 한 바퀴 돌아봤다. 벽난로는 다소 보수적인 관점을, 일직선의 복도는 곧은 품성을 반영하는 듯했다. 전기 배선이 남자의 몸을 관통해 신경선처럼 집 안 곳곳으로 뻗어 있었다. 집이 그곳에 사는 인간을 닮아 간다면 만들어지는 과정 또한 그러지 않을까. 몸의 세포 하나하나가 집과 연결되어 자라나고 있는 것 같았다. 어느 때보다 집이 가깝게 느껴졌다. 경미한 흥분 상태에 빠져 있던 남자는 바르다 만 시멘트 바닥에 드러누웠다가 그대로 잠이 들었다. 꿈속에 완성된 집이 등장했다. 정원에 깔린 잔디 위에서 여자아이가 아장아장 걷는 게 보였다. 너무나 희미해서 아이의 얼굴은 보이지 않았다.

기본 골격이 완성되자 집은 스스로 위용을 갖춰 가기 시작했다. 단열재를 끼우고 덧칠을 하자 어엿한 건축물로 보였다. 외장 공사를 마친 남자는 공들여 고른 새시를 끼우고 공간마다 고유의 향기가 배어나도록 적절한 마감재를 넣었다. 거실 벽은 미색 페인트로 칠하고 벽난로 주변으로 벽돌을 하나씩 쌓아 올려 포인트를 주었다. 그러면서 장소에 어울리는 바닥재를 고심했다. 1층은 마무리 단계에 이르렀다. 저물녘에 남자는 흙으로 뒤덮인 정원 한가운데 서서 집을 올려다봤다.

집은 하나의 작품이었다.

남자는 무심코 지나친 건축물들이 짓는 이들의 희생과 열정으로 만들어진 고귀한 예술 작품이라는 사실을 그제야 몸소 깨달았다. 전통 양식에 자연의 아름다움을 덧대어 중국 조경 철학을 대표하는 건축물로 거듭난 이화원, 그리스도의 성서와 예수의 일생을 몽환적 예술성으로 표현해 낸 스페인의 사그라다 파밀리아, 태평양을 떠다니는 요트의 돛과 조개의 우아함을 섬세한 곡선으로 드러낸 호주의 오페라하우스까지. 모두가 하나의 완전한 생명체였다.

*

아이는 '아빠'라는 단어를 발음하지 못했다. 아내가 몇 번이나 주입시키듯 반복했지만 입만 빼금거릴 뿐 아무런 소리도 내지 않았다. 남자는 아이의 존재가 낯설었다. 그가 아이를 만나자마자 한 말은 '밥은 잘 먹어?'나 '걸어는 다녀?' 같은 시시한 질문뿐이었다. 조수석에 앉은 아내의 품속에서 아이는 새근대며 잠들었다.

오랜만에 온 가족이 저녁 식탁에 둘러앉았다. 아내는 약간의 식자재만으로도 국과 반찬을 척척 만들어 냈다. 읍내 마트에서 사 온 소고기를 넣어 끓인 뭇국과 콩장, 느타리볶음과 집에서 가져온 배추김치가 상에 올랐다. 남자도 맛깔스럽게 밥그릇을 비웠다. 아내가 물잔을 건네며 말했다.

이젠 제법 집답다.

남자는 집의 구조와 건축 자재들에 관해 설명하기 시작했다. 아이들 방은 일부러 문턱을 없애고 폴리싱 타일을 깔았어. 깔끔하고 고급스러워 보이거든. 거실과 부엌

분위기를 맞추려고 이 마호가니 식탁을 둔 거야. 선반 높이도 당신 키에 맞췄고. 고개를 끄덕이던 아내가 갑자기 동작을 멈췄다. 아이가 우는 것 같지 않아? 아내는 수저를 팽개치곤 아이 방으로 뛰어갔다. 놀란 남자가 소리쳤다.

뛰지 마. 타일 깨져!

아이의 울음소리가 더 커졌다. 다급해진 아내가 쿵쿵거리며 방으로 들어갔다. 아니, 저 여자가. 남자는 의자를 박차고 일어나 아내를 따라갔다. 그사이 바닥에 깔린 고급 폴리싱 타일에 기스가 나지 않았는지 꼼꼼하게 관찰했다. 진동 때문에 바닥이 벌어진 곳은 없는지 구석구석 살피는 것도 잊지 않았다. 어두운 복도에서 손전등을 비춘 채 두어 번 더 타일 상태를 확인했다. 다행히 이상이 없었다. 발레리노처럼 발뒤꿈치를 치켜든 채 걷던 남자가 조심스레 바닥에 발을 내려놓았다. 그리고 아내에게 주의를 주기 위해 방으로 들어갔다.

방에 들어서는 순간 남자는 근육이 경직됨을 느꼈다. 발밑에서 울음을 그친 아이가 멋대로 기어 다니고 있었다. 아이의 입에서 길게 침이 늘어졌다. 금방이라도 바닥에 떨어질 것 같았다. 남자를 더욱 화나게 한 건 아내가 그런 아이를 지켜보고만 있다는 사실이었다.

당신은 뭐 하는 사람이야.

남자가 신경질적으로 아내의 손에서 가제 수건을 빼

앗아 들었다. 얼른 아이의 입가로 가져갔다. 뒤쪽을 살피니 침 자국으로 여기저기 얼룩져 있었다. 남자의 얼굴이 터질 듯 달아올랐다. 그사이 아이는 침과 먼지가 뒤엉킨 고사리손으로 흰 타일을 짚었다. 벽을 지지대 삼아 일어서려는 참이었다. 아내가 재빨리 남자를 밀어내며 외쳤다.

저거 봐. 애가 일어서려고 해!

아이는 손으로 벽을 짚은 채 허벅지와 종아리에 힘을 주어 온몸을 일으켜 세웠다. 조그만 허벅지와 통통하게 살찐 발등이 남자의 얼굴처럼 붉게 달아올랐다. 아내는 두 손을 맞잡은 채 넋을 잃은 표정으로 그 장면을 지켜보고 있었다. 아이의 손이 벽면 여기저기를 짚었다. 남자가 정성껏 이어 붙인 벽타일에 침 자국이 남았다. 작은 지문이 선명했다. 순간 참지 못한 남자가 고함을 질렀다.

손대지 마!

기세에 놀란 아이가 엉덩방아를 찧으며 주저앉았다. 아이는 잠시 멍해 있다가 삽시간에 표정이 일그러지며 울음을 터트렸다. 아내가 재빨리 아이를 안았다. 아이의 울음소리가 더 높아졌다. 아내는 아이를 어르며 동그랗게 뜬 눈으로 남자를 바라봤다. 남자는 입술을 깨물며 화를 삼켰다. 의례적인 사과가 이어졌다. 그럼에도 아내의 눈빛이 바뀌지 않자 남자는 한숨을 내쉰 뒤 방을 빠져나왔다. 아내는 한동안 방에서 나오지 않았다. 남자는 밥을 먹으면서 간간이 칭얼거림이 새어 나오는 방을 힐끔거렸다.

벽지가 마르지 않아서 그들은 거실에서 함께 잠을 청해야 했다. 낯선 환경 탓인지 아이는 자주 잠에서 깼다. 덕분에 남자도 덩달아 잠에서 깨곤 했다. 새벽녘 잠이 달아난 아이는 사부작거리며 몸을 일으켰다. 곧이어 천천히 행동 반경을 넓히며 집 안 이곳저곳을 기어 다녔다. 처음에는 제 엄마 주위를, 다음에는 거실을, 결국은 복도와 부엌까지 침 자국을 남기며 무법자처럼 헤집었다. 아이 뒤로 아내가 꼬리표처럼 따라붙었으나 아무런 제지도 하지 않았다. 보다 못한 남자가 몸을 일으켰다.

복도가 문제였다. 복도 안쪽의 세라믹 장식장은 남자가 각별히 신경을 기울인 것이었다. 고도의 집중력으로 최고급 강화유리를 필요한 만큼 잘라 내 붙인 뒤 나머지는 마저 쓸 요량으로 그 곁에 남겨 두었다. 아이가 행여 침 묻은 손으로 유리 여기저기를 짚을까 봐 남자는 아예 그 앞을 막고 섰다. 그 옆의 오크 원목은 워낙 비싸서 서재에만 쓸 생각으로 남겨 두었다. 약간의 물기도 목재에는 치명적이었다.

아이가 복도와 손님방을 자유자재로 기어 넘을 때마다 남자는 한 발 앞서 근처 자재들을 살폈다. 이미 사방에 묻어난 지문은 한꺼번에 닦기로 하고 동선을 외워 두었다. 그러면서도 남자는 아이에게서 잠시도 눈을 떼지 않았다. 아이 발치에 앉아 있던 아내가 꾸벅꾸벅 졸기 시작했다. 어둠 속에서 남자의 눈빛이 번득였다. 조그만 뭉치가 움직이기 시작하면 남자의 눈동자도 그것을 따라 움직였다. 아이가 식탁 아래로 들어가자 남자도 몸을 낮춰 포복했다. 아이가 복도 끝에 쌓아 둔 강화유리 쪽으로 기어가려고 하자 남자는 아이보다 빠르게 그쪽으로 기어갔다. 그러곤 아이가 다가올 때까지 온몸으로 자재를 지키고 섰다. 남자에게 가로막힌 아이가 반대쪽으로 몸을 틀었다. 앞은 텅 빈 복도였다. 남자가 따라오지 않자 아이는 복도 중간에 앉아 멀뚱히 뒤를 살폈다. 남자가 아이를 바라보며 말했다.

조심해, 알겠니? 조심.

아이가 다시 어두운 복도를 가로질렀다. 남자는 고개를 가로저었다. 얼른 말이 통할 나이가 되어야 할 텐데. 갈증을 느낀 남자는 아이를 향한 시선을 유지한 채 부엌으로 들어갔다. 그가 냉장고에서 물병을 꺼냈다. 물을 한 모금 들이켰을 때 아이는 어느새 잠든 아내를 지나쳐 벽난로에 가까워지고 있었다. 먹잇감을 찾은 벌레가 꿈틀거리며 기어가는 것 같았다. 아이가 향하는 방향에 두께가 얇은 전구를 모아 둔 라탄 소재의 바구니가 있었다. 식탁 전등으로 사용할 예정이었다. 얇은 만큼 더욱 조심히 다루어야 했다. 저 알이 하나에 얼마짜린데!

물병을 든 채 남자는 벽난로 쪽으로 뛰어갔다. 급하게 움직인 탓에 스텝이 꼬여 버렸다. 대자로 엎어지면서 남자가 내뻗은 오른손이 바구니를 툭 건드렸다. 가벼운 라탄 바구니가 금세 뒤집어졌다. 요란한 소리가 울리면서 얇은 전구들이 산산이 부서져 나뒹굴었다. 그 반동으로 물병이 남자의 손에서 튕겨 나갔다. 남자가 엎어진 채로 아이를 붙잡고 으르렁대듯 말했다.

조심하라고 했지. 손대지 말라고.

아이는 입술을 빼금거렸다. 남자가 다시 이를 드러낸 채 몇 마디 주의를 줬지만 아이는 멀뚱히 쳐다볼 뿐이었다. 결국 남자는 아이의 팔을 쥐고 거세게 흔들었다.

조, 심, 해! 알겠니?

대답은 뒤쪽에서 들려왔다.

당신 미쳤어?

아내가 잠긴 목소리로 비명을 질렀다. 유리 파편 사이에서 재빠르게 들어 올려질 때까지 아이는 멀뚱멀뚱 남자를 내려다보고만 있었다. 문득 남자는 내뻗은 손등에서 따끔한 느낌을 받았다. 파편이 튀었는지 희미하게 핏물이 번지고 있었다. 덩달아 물병에서 쏟아진 물줄기가 목재 쪽으로 번지듯 흘러갔다. 남자는 옷소매로 정신없이 바닥의 물기를 닦았다. 남자가 한 땀 한 땀 정성 들여 붙인 폴리싱 벽타일과 오크 널 사이의 틈으로 아내의 외침이 갈기갈기 찢겨 나갔다.

날이 새도록 아내는 잠든 아이 곁에서 말없이 남자를 지켜보았다. 새벽 내내 집 안 곳곳을 쓸고 닦던 남자는 동이 틀 무렵 걸레를 집어 던졌다. 비슷한 시각에 택시 번호를 수소문하던 아내가 말도 안 되는 가격으로 택시를 부르는 데 성공했다. 차가 집 앞에 도착하자 남자는 아내와 아이의 짐을 챙겨 트렁크에 넣었다. 아내는 기사에게 남자의 차가 고장 났다고 둘러댔다. 기사는 친절했다. 미터기 가격의 세 배가 넘는 돈을 받기로 했으니 당연한 거라고 남자는 생각했다. 기사는 트렁크에 다 들어가지 못한 짐 가방을 조수석에 실으며 질문인지 혼잣말인지 모를 말을 해 댔다. 아이가 곧 걷겠네. 우리 손주도 이만한데. 사모님이 어디 잠깐 다녀오실 모양이네요. 남자는 잠자코 기사를 지켜보다 고개를 돌렸다. 아이는 담요로 꽁꽁 둘러싸여 머리카락 한 올 보이지 않았다. 그새 잠들었는지 칭얼거리는 소리도 들리지 않았다. 짐을 다 실은 기사가 남자에게 명함을 건넸다. 다음에 또 필요하실 땐 이 번호로 직접 전화 주세요. 언제든지 바로 옵니다! 남자는 고개를 끄덕였고 기사는 뒷좌석 문을 닫으며 집을 올려다봤다.

집이 아주 멋진데요. 저도 제 집 하나 짓는 게 소원입니다.

진한 선팅에 가려 뒷좌석에 앉은 아내가 보이지 않았다. 남자는 보이지도 않는 아이를 향해 손을 흔들었다.

중형차는 들어올 때와 마찬가지로 나갈 때도 소리를 거의 내지 않고 움직였다. 이윽고 택시가 천천히 멀어졌다. 남자는 몸을 돌려 집을 올려다봤다.

한차례 풍파가 지났음에도 집은 꼿꼿하게 제자리를 지키고 서 있었다. 남자는 안도하며 현관에 손을 얹었다가 금방 떼어 냈다. 손자국이 남을 수 있었다. 현관 손잡이에 붙은 먼지를 떨어 내다가 시멘트로 마감한 바닥을 내려다봤다. 약간 밋밋한가. 한참을 들여다보던 남자가 중얼거렸다. 너무 정석대로일 필요는 없는데 집이 날 닮아서인가. 남자는 어깨를 으쓱했다. 순간 남자의 머릿속에 한 가지 아이디어가 떠올랐다. 깨진 전구 조각을 활용해 보는 건 어떨까? 시멘트와 섞어 현관 바닥에 바른다거나. 남자는 주변을 둘러봤다. 정원 부지가 눈에 들어왔다. 남은 걸로는 정원에 울타리도 치는 거야. 깨진 전구마저 남김없이 쓸 생각을 하다니. 남자는 스스로에게 감탄하며 유리 울타리로 둘러싸인 정원의 잔디를 머릿속에 그렸다. 그러자 아내의 배에 처음으로 손을 얹어 본 날이 떠올랐다. 아이들이 뛰어놀 마당을 떠올리며 배 속의 아이와 교감하던 순간이 선연했다. 미끄럼틀과 시소가 있는 정원, 울타리 안쪽에는 그걸 만드는 게 좋겠어. 그가 꿈꾸던 집이 마침내 완벽하게 모습을 드러내려 하고 있었다.

남자는 팔을 걷어붙이며 집 안으로 들어갔다. 깨진

전구가 담긴 바구니를 향해 걷다 보니 간밤의 소동이 떠올랐다. 집을 완성할 때쯤이면 아이도 말귀를 알아들을 테고 아내도 상황을 파악해 자신의 잘못을 깨달을 게 분명했다. 그때쯤엔 아내를 용서해야 한다고 생각했다. 가족 간에 그런 일쯤은 얼마든지 이해할 수 있었다. 이런 너그러움마저 집이 준 선물 같았다. 시작하자. 남자는 온 집에 울릴 만큼 큰 소리로 손뼉을 치며 일과의 시작을 알렸다. 오늘도 해야 할 일이 많았다.

---

* 마르틴 하이데거(Martin Heidegger)의 문장은 1951년 8월 제2회 다름슈타트 심포지엄(Das Darmstädter Gespräche)에서 발표된 「짓기, 거주하기, 생각하기(Bauen, Wohnen, Denken)」라는 논문에서 인용·변형했다.

작가의 말

본격적으로 소설을 써야겠다고 결심한 날, 나는 입사한 지 세 달 된 신입 사원이었다. 퇴근길 가방에는 늘 소설책이나 시집이 한두 권씩 들어 있었고, 서울의 서쪽에서 집이 있는 동쪽으로 가려면 한 시간 넘게 버스를 타야 했으므로, 나는 그날도 습관적으로 책을 펴 읽기 시작했다. 버스 안은 사람들로 붐볐고 겹겹이 쌓인 피로에 온몸이 노곤했지만, 소설의 한 줄을 읽고 어느새 다음 줄을, 다음 장을 읽었다. 기억하고 싶은 문장이 나올 때마다 창밖의 가로등을 내다보며 숨을 골랐다. 살짝 움직인 마음, 비틀린 시선, 나를 매혹하는 근사하고 우아한 문장들. 나는 그 느낌에 자주 매료되곤 했다.

바깥을 응시하다가 문득 그날 받은 질문을 떠올렸다.

죽기 전에 꼭 해 보고 싶은 게 있느냐고, 누군가 그렇게 물었다. 단맛을 찾아 쓰디쓴 풀을 질겅거리듯 나는 질문을 곱씹었다.

모든 게 막연했지만 이제 발을 내디딜 시간이 왔다는 걸 그 순간 어렴풋이 알았다. 등단은 멀어 보였고 책을 내는 건 있을 수 없는 일 같았지만 소설을 쓰지 않으면 후회할 게 틀림없었다. 게다가 나는 일단 저지르고 보는 성격을 타고났다. 그날 공기의 질감, 조용히 내리던 눈, 달뜬 심장을 부여잡은 나를 무심히 지나치며 어둠을 긋던 가로등의 빛을 기억한다.

여기까지가 아홉 살 때의 꿈을 이루겠다며 무작정 창작의 세계에 뛰어들게 된 경위다.

무작정 뛰어들었다고 썼지만 혼자만의 의지로는 이뤄낼 수 없는 일이었다. 책을 내기까지 정말 많은 분들의 도움을 받았다.

김세영, 정기현 편집자를 비롯한 민음사 편집부 한국문학팀과 서효인 선배님, 책을 만들며 각자의 자리에서 노고를 마다 않으신 민음사 안팎의 선생님들께 진심으로 감사의 마음을 전하고 싶다.

소설들을 구상하고 쓰고 발표하는 과정에서 작업을 함께한 분들도 가슴 깊이 남아 있다. 등단지를 비롯해 웹진 비유, Be:lit, 문장 웹진, KBS 라디오 문학관, 웹진 과자당, 아르코, 대산문화재단 등에서 이 소설들의 지원군이 되어 주셨다. 글의 모난 데를 깎고 다듬을 동안 이 글을 함께 보셨을 애정의 눈빛과 따뜻한 마음들을 내내 기억했다. 책에 묶인 소설들이 발표되는 동안 응원해 주신 분들도 소중했다. 큰 힘과 용기를 얻었다.

창작 동인 '어'와 함께 가는 것만으로도 힘이 되는 동료 작가들께 친애의 마음을 보낸다. 이 책에 실린 소설 대부분의 첫 독자이자 모든 글을 내 편에서 읽어 주는 소중한 벗과 재미없는 원고는 매몰차게 재미없다고 말해 주는 동생에게 사랑의 인사를 전한다. 이들이 내게 전해 준 각기 다른 온도 사이에서 균형을 맞추며 한 발씩 걸음을 옮길 수 있었다. 본격적으로 글을 쓰겠다는 말에 '네 멋대로 살라.'라고 응원해 준 가족들에게도 사랑한다고 말하고 싶다.

좋은 작품들은 내게 글을 쓰는 원동력이다. 책을 통해 만난 멋진 작가들에게 연모와 존경의 마음을 보낸다.

마지막으로 지금 이 책을 선택해 읽고 계신 독자들께 깊은 애정의 인사를 건넨다. 지금의 불투명한 막이 걷힌 후에 우리는 또 다른 형태의 불투명 속에 갇히게 될지도 모른다. 그때마다 조심히 걷자고 말하면서, 서로의 손을 잡아 주었으면 좋겠다.

돌아보면 그날 내가 물끄러미 응시한 건 가로등 빛이 아니라, 가지만 앙상히 남은 채로도 꿋꿋이 제 자리에서 봄을 기다리던 어둠 속 나목들이 아니었나 싶다. 보이는 것들과 보이지 않는 것들, 들리는 것들과 들리지 않는 것들을 두루 살피며, 사람의 마음과 세상의 변화를 관찰하며 계속 쓰겠다. 내가 할 수 있는 방식으로 조금씩이나마 더 나은 인간이 되어 가겠다는 다짐이기도 하다.

2021년 봄

최유안

작품 해설

빛이 지나는 시간

소유정(문학평론가)

실패한 사례의 기록

최유안의 소설 속 인물들은 자주 실패한다. 다인종·다문화 주거 공동체에서 공생의 상호작용은 여러 번 어긋나 불화를 거듭하고,(「본게마인샤프트」) 난민 연구에 대한 성공적인 사례로 인정받은 '나'의 논문은 사례자의 죽음으로 사실 실패한 사례가 되었다.(「내가 만든 사례에 대하여」) 그럼에도 한 아이의 죽음에 대하여, 이제는 돌이킬 수 없는 것들에 대하여 진실을 말할 수 없다는 것까지가 지속되는 실패다. 뿐만 아니다. 사회생활에서 좋은 선배가 되고 싶었던 소박한 마음(「보통 맛」)이나 자신의 손으로 지은 집에서 행복한 가정을 꾸리고 싶었던 꿈(「집 짓는 사람」) 역시도 물거품처럼 사라진다. 그럴 때면 매번 어떤 빛이 이들을 따라오고는 한다. 가령 하우스메이트와 끝내 좁힐 수 없는 차이를 실감한 이의 등 너머로 "어두운 복도 끝"에서 새어나오는 빛이나, 죽은 난민 아이들을 떠올릴 때에 '나'를 지켜보는 "둥근 달", 증식하는 범죄를 외면하고 눈앞의 수익을 확인하는 순간의 "참을 수 없을 정도로 날카로운 빛" 등이 그렇다. 이때의 빛은 그것의 문학적 은유가 으레 그러하듯 실패 이후의 도약을 위한 희망의 이미지 같은 것이 아니다. 최유안의 소설에서 빛은 인물의 실패를 적나라하게 비추는 스포트라이트 역할을 한다. 잘 봐. 지금까지 네가 지나온 시간들을 봐. 네가 했던 선택을 봐. 인물을 향한 핀 조명이 떨어질 때마다 빛은 그렇게 말하고 있는 듯했다.

하지만 이러한 조명이 개인의 잘못을 따지거나 과오를 밝히려는 목적은 아닐 것이다. 작가가 빛을 밝히는 까닭은 그들이 또 다시 "실패한 사례"로 남지 않기를 바라는 마음에 있다. 인물들의 실패가 한 개인의 결함만은 아니기 때문이다. 그들의 실패는 주로 차이에서 비롯된다. 크게는 인종적·문화적 차이부터 시작하여 주어진 삶의 조건의 차이 또는 윤리적 태도의 차이 등에 의한 것이지만, 이를 아울러 '나'와 관계하는 당신과 '나'의 차이라고 말할 수 있을 것이다. 이들의 차이를 살펴보는 일은 우리로 하여금 실패의 사례를 답습하지 않을 수 있는 하나의 길이 될 것이다. 멀리 또 다시 희미한 빛이 비춰 오는 듯하다. 그 빛을 따라 가 보자.

우리가 테두리 밖으로 밀려날 때

소설집에 수록된 소설 가운데 눈에 뜨는 특징 한 가

지는 「본게마인샤프트」, 「내가 만든 사례에 대하여」, 「거짓말」, 「집 짓는 남자」와 같은 다수의 작품에서 주거 공간을 중심으로 이야기가 진행되고 있다는 것이다. 소설의 주된 모티프가 주거 공간인 까닭은 하이데거의 말처럼 거주란 집이라는 장소에 머물러 사는 것(being)뿐만 아니라 존재(Being) 자체를 뜻하기 때문일 것이다. 우리가 삶을 영위하는 공간이 곧 주체의 자리와 긴밀하게 연결되어 있으니 말이다. 소설집의 문을 여는 「본게마인샤프트」는 공동 주거 생활을 다룬다는 점에서 주목할 만하다. 독일로 유학을 간 혜령은 주거 공동체인 '본게마인샤프트'에 입주한다. 독일은 "철저한 개인주의 이념 때문에 모든 기숙사가 1인 1실"이라고 들었지만, 어째서인지 혜령은 2인실 방을 쓰게 된다. 게다가 룸메이트가 같은 아시아권의 중국인 유학생이라는 사실 또한 왠지 모르게 묘한 느낌이다. 본게마인샤프트에서의 생활은 첫날부터 혜령에게 "짜증과 모멸감"을 안긴다. 혜령이 가져온 김치 봉투가 터진 이후로 하우스메이트인 스테파니가 "A4 두 장짜리 규칙"을 내밀었기 때문이다. "규칙에 까다롭고 조항에 민감"하다는 독일인이 내민 스무 개가 넘는 조항은 스테파니에게는 당연한 것이었을지 모르지만, 혜령에게는 위계화된 인종적 차이와 그에 따른 자신의 위치를 가늠할 수 있는 계기로 작용한다. 그러나 정작 규칙을 깨 버리는 것은 스테파니였고,

규칙을 깬 이후 조금의 피드백도 없는 까닭에 그에 대한 혜령의 불만은 점점 더 커져 간다. 사건의 발단은 스테파니와 멜라니가 없던 어느 주말의 일이다. 함께 강의를 듣는 친구들을 불러 저녁 식사를 하던 혜령은 스테파니의 갑작스러운 귀가로 당황한다. 말하지 않지만 가만히 서서 지켜보는 것으로 불편함을 드러내는 그의 행동에 혜령은 화를 내고 1인실로의 이사를 알아보지만 조건마다 부가되는 이사 비용과 "구성원의 합의"가 필수인 절차로 인해 포기하고 만다. 지금보다 100유로는 더 나간다는 1인실의 주거 비용과 "주거 공동체에 사는 사람의 의무이자 규칙"을 지켜야 한다는 말은 유학생과 현지인의 경제적 차이를 실감하게 할 뿐이었다.

그들 사이의 이해는 정말 불가능의 영역일까. 이후 마트에서 우연히 스테파니를 만나면서 둘의 분위기는 서서히 풀어진다. 그와 함께 장을 보는 동안 혜령은 자기반성을 거듭한다. "스테파니는 혹시 나름의 방식대로 나를 이해하고 있는 게 아닐까.", "정작 정해진 생활 규칙을 깬 건 내가 아니었던가.", "모두를 그대로 인정하고 이해해 주었으면 좋았을 텐데. 못난 나는 어째서 내 세계의 둘레에 갇혀 있었던 걸까." 이런 생각이 무색하리만큼 그들의 차이는 끝내 좁혀지지 않은 채 소설은 끝이 난다. 표면적으로 이 소설은 주거 공동체에서 자기 정체성 위주로 타인의 문화적 습관을 지배하려는 경향의 스테파니를 혜령의 시점에서 폭로하고 있는 것처럼 보이지만, 다양성의 차이를 수용하지 못하는 것은 혜령 역시 마찬가지다. 룸메이트의 이름이 몽이 아니라 '멍'이라는 사실, "'몽'이 한국식 한자 발음이라는 것, 같은 한자라도 국가에 따라 발음 기호가 천차만별이라는 사실"을 깨달았음에도 불구하고 "몽이든, 멍이든, 널 어떻게 부르든 내 맘이야!" 하는 속마음에서 그가 차이를 받아들일 생각이 없음을 확인할 수 있기 때문이다. 스테파니와 멜라니를 대하는 태도에서도 그렇다. 혜령은 "어느 순간부터는 스테파니와 멜라니의 존재를 구별하는 일도 의미 없어졌다."라며 "그들은 같은 독일인이었고, 금발 머리에, 비슷한 인상이었으므로 거의 한 명인 것처럼 느껴"졌고 "속으로 그들을 부를 때면 스테파니, 멜라니의 끝 글자를 따서 '니 시스터즈'라고 통쳐" 부르곤 했다. "인간은 자신의 내면에 있는 범주를 통해 인식한다."라는 칸트 인식론의 한 구절은 「본게마인샤프트」의 인물들을 설명하는 가장 적합한 표현이다. 그의 말에 따라 관습화된 인식으로 인한 인종적·문화적 타자의 배제는 주거 공동체 안에서 한 방향이 아닌 여러 방향으로 진행되고 있었다.

주거 공간에서의 타자의 배제는 마지막 수록작인 「집 짓는 사람」에서도 나타난다. 소설의 주인공은 내 집 마련이라는 꿈의 실현을 앞둔 4년차 부부다. 축복 같은 아이도 아내의 배 속에 있다. 남자는 자신이 살 집은 스스로 짓겠다는 포부로 집 짓기를 시작한다. "인간은 자신이 사는 집을 완성해 가며 비로소 스스로가 누구인지를 깨닫는다."라는 하이데거의 말을 교훈 삼아 그는 집 짓기에 몰두한다. 그러나 그의 생각처럼 뚝딱뚝딱 일이 진행되는 것은 아니었다. 땅을 파는 일부터 자재를 고르는 일 하나하나까지 사소한 모든 부분에서 신중한 선택이 필요했기 때문이다. "지금까지 남의 말에 치우치지 않고 오롯이 선택했던 것들이 있긴 했나." 이렇다 할 주체적인 선택 없이 살아왔던 지난날을 소회하며 남자는 점점 더 공사에 매진한다. 그가 오롯이 자신의 선택만으로 완성된 하나의 건축물을 위해 몰두하는 사이 아이가 태어났다. 그럼에도 아내와 아이를 보러 갈 수 없었다. "집을 짓는 것은 이제 가족에 대한 의무이자 책임이며 자신의 존재를 증명하는 유일한 방법"이었기 때문이었다. 하지만 정말로 그러한가? 완공이 되지 않은 집에 아내와 아이를 이사시킨 남자는 아이의 손길이 닿는 곳과 침이 흐른 자리를 낱낱이 살피고 아내의 발걸음을 지적하며 수차례 조심하기를 경고한다. 아이의 안전보다 집이 훼손되는 것을 참을 수 없다는 듯한 태도에서 알 수 있듯, 이미 그가 꿈꾸는 집의 영역에 행복한 가족의 모습은 희미해져 버린 지 오래다. 그에게 아내와 아이는 '나'를 둘러싼 공간을 침범하는 완벽한 타자인 것이다. 하이데거의 명제를 다시금 불러 보자. '인간은 자신이 사는 집을 완성해 가며 비로소 스스로가 누구인지를 깨닫는다.'라는 말은 집을 건축하는 일이 '나'라는 자아를 재구축하고 그것을 알아 가는 과정과 같다는 말일 것이다. 하지만 이러한 "'견고한 건축물을 구축하려는 의지'가 궁극적으로는 하나의 토대에 도달하는 것이 아니라, 오히려 바로 그 자신의 토대가 부재함을 드러낸다."*는 것이야말로 역설적인 사실이다. 남자의 의지에 의해, 그의 손으로 지은, 남자와 다를 것 없는 집으로 인해 그와 관계하는 모든 이들을 타자화한 아이러니만이 그의 단단한 골조로 남아있다.

「거짓말」은 타자로서의 이웃과의 경계를 선명히 하는 소설이다. 딩크 부부인 '나'와 윤호는 둘만의 삶을 좀 더 만족스럽게 꾸리기 위해 집을 구할 때에 다음과 같은 몇 가지 조건을 염두에 두었다. "매일 흙을 밟을 수 있고 비 오는 날 문을 열면 비 내음을 맡을 수 있는 주택일 것, 프라이버시가 없는 주택 공동체는 싫지만 집이 옹기종기 모여 있어 외로워 보이지 않을 것, 인프라가 구축된 신도심일 것." 조건에 부합하는 집을 찾아 둥지를 틀었지만 '나'의 영역을 침범해 오는 이가 있었다. 맞은편에 사는 쌍둥이 엄마, 앞집 여자였다. 앞집 여자

* 가라타니 고진, 김재희 옮김, 『은유로서의 건축』(한나래, 2004), 69쪽.

는 '나'를 만날 때면 늘 아기 생각이 없느냐 물으며 "보기보다 예민한 면이 있나 보네.", "자기나 남편분한테 문제가 있나?" 등의 말을 서슴지 않는다. 아기 생각을 하지 않은 건 아니지만 난임인 데다 아이를 갖더라도 유산될 확률이 높다는 말에 '나'는 자신의 삶에 충실하기로 마음먹고, 그렇게 살고 있었다. 그런 '나'에게 지금의 임신과 출산은 겨우 안정적인 궤도에 오른 삶과 정체성을 흐리는 것과 다름 아니었다. 그런 점에서 임신과 출산을 수행했으며 적극적으로 권하기까지 하는 앞집 여자는 '나'에게서 격리되어야 하는 대상으로 여겨진다. 여자와의 만남을 피하기 위해 '나'는 골목을 돌고 돌아 집에 도착하고, 문고 봉사에도 나가지 않는다. '나'는 자신의 영역을 침범하는 앞집 여자를 '나'에게서 완전히 솎아내고자 한다.* 그에 대한 명징한 타자화의 행위로 '나'는 여자의 말을 곱씹으며 그것을 거짓말로 치부하는 것으로 자신의 안에서 그의 존재를 밀어낸다.

> 여자는 정말 나라의 미래인 아이들을 낳아 기르는 자신을 자랑스럽게 생각하고, 힘든 일상의 피곤을 아이들의 웃음 한 번에 말끔히 날려 버리고, 빛나는 순간을 탑처럼 쌓아 올리며 살고 있을까. 진심으로 나와

* 임옥희, 「혐오발언, 혐오감, 타자로서 이웃」, 『도시인문학연구』(서울시립대학교 도시인문학연구소, 2016).

더 친해지고 싶은 걸까. 나 역시 아이를 갈망하고 있다는, 권장된 생애 주기를 밟아가며 정해둔 행복에 순응한다는 말을 들으며 안심하려는 게 아닐까. 여자는 자신의 말대로 정말로 행복할까.

나는 불빛을 물끄러미 바라보다 중얼거리듯 말했다.

"거짓말."

—「거짓말」, 205쪽.

여자의 삶과 행복과 의도를 모두 거짓말이라 생각하고 고개를 돌려 버리는 것으로 '나'는 자신이 지켜 온 것을 더욱 견고히 하는 듯하다. 그러나 이 소설을 전부 읽은 이라면 이미 알고 있겠지만, 우리가 주목해야 할 것은 "나는 정말 하고 싶은 말을 하지 않았다."는 사실이다. 여자를 향한 '나'의 중얼거림이 사실은 자기 자신을 향해 있다는 것 또한 그가 말하지 않은 사실일 것이다.

갈림길에 서서

나의 삶에 불쑥 들어온 이가 있다. 「내가 만든 사례에 대하여」, 「영과 일」, 「해변의 닻」의 인물들은 그들을 밀어내지도 못하고, 그렇다고 적극적으로 손을 내밀지도 못한 채 주저하다 회피해 버리고 만다. 흥미로운 점은 그들의 사례가 사회적인 이슈에 대한 윤리적 딜레마를 포함하고 있다는 사실이다. 이때의 윤리적 딜레마는 소설을 읽는 우리에게까지 이어진다. 같은 상황에서 우리는 과연 인물들의 선택을 손가락질할 수 있을까? 그러면 안 됐다고 힐난할 수 있을까? 기로에 선 우리의 모습을 가늠해 보는 것 또한 최유안의 소설을 읽는 하나의 방법이다.

「내가 만든 사례에 대하여」는 앞서 인용한 칸트 인식론의 한 구절을 닮은 문장을 지니고 있다. "사람은 모두 자신의 눈으로 세상을 봐요."라는 아술의 말은 이 소설을 읽고 난 후에 오래 남는 문장 중 하나이기도 하다. 5년 전 난민 구조의 국제 공조 체제를 주제로 논문을 준비하던 '나'는 그리스 레스보스섬의 난민 캠프로 자원봉사를 간다. 그곳에서 만난 시리아 난민 남매 라일라와 아술에게 유독 마음을 쏟지만 "도움을 주는 자와 도움을 받는 자" 그 이상의 관계가 되면 곤란하다는 단원들의 말에 '나'는 심한 배신감을 느끼고 캠프를 나간다. "진심으로 친해지려는 노력 없이 진정한 공감이 가능한 걸까." 하는 자문과 함께였다. 그런데 '나'의 퇴소 이유는 단원들에게 느낀 배신감과 '나'를 배제했던 일들, 예를 들어 "난민 기구에서 구호 공조의 긍정적인 면을 드러낼 만한 가장 그럴듯한 사례"가 물품팀에 있었으므로 '나'를 물품팀에 배치했다는 사실이나 '나'와 라일라를 성애적 관계로 의심하는 듯한 경고의 말들 때문이기도 하지만, 사실은 '나' 자신 때문이기도 했다. 라일라와 아술의 입양까지 고려했지만 자격 요건 등의 현실적인 문제에 부딪혔고, "난민에 대한 논문을 쓴다고 한들 그것이 그들의 인간적인 삶을 보장해 주지 않는다는 사실"을 이제야 깨달았기 때문이었다. 도망치듯 한국으로 떠나온 뒤 "나는 나 자신을 '월세 난민'으로 치부하며 문제의식을 외면하는 평범한 생활인으로 변모해 갔다. 그토록 절박했던 사람들의 이야기가 내 기억의 세계에서마저 익사당하는 현실, 나로서도 대책이 있을 수 없었다."

사람은 모두 자신의 눈으로 세상을 본다는 아술의 말을 이때의 '나'에게 적용해 보면 어떨까. '나'는 자신과 단원들의 차이를 받아들이지 못했다. 라일라에게도 도움에 대한 기약 없는 약속밖에 건넬 것이 없었다. 그때의 '나'를 사로잡은 건 난민에 대한 책임과 의무였고, '나'의 눈으로 바라볼 때에 겨우 실현할 수 있었던 건 난민에 대한 논문을 쓰는 일뿐이었다. 그것이 정말로 난민을 '위한' 것인지는 보이지 않았다. 그렇기에 5년 후 사례자로 아술을 다시 만났을 때, 그가 한 사람을 견디게 한 희망이 "당신에게는 논문"이었다고 말할 때, 아무 말도 할 수 없었던 건 그것이 부정할 수 없는 사실이기 때문일 것이다. 몇 번의 인터뷰를 거쳐 아술은 '나'의 논문에 정확하게 부합하는 성공적인 사례자가 되지만, 한국에서의 삶을 포기하고 다시 돌아간 난민 캠프에서 죽음을 맞이하면서 결과적으로 실패한 사례가 된다. 그리고 아술이 실패한 사례임을 고백하지 않는 것으로, 자신이 만든 사례 안에서 "그는 불멸의 지위를 얻었다고" 자위하는 것으로 '나'는 자신의 실패를 감춘다. 하지만 라일라와 함께 있던 달빛 언덕을 떠올릴 때마다, 아술과 달을 보며 희망을 말했던 날을 떠올릴 때마다 "이제는 아술이 아닌 나 자신이 돌이킬 수 없는 사례가 되어 있었다."는 것을 진실로 긍정할 수밖에 없게 된다.

「영과 일」과 「해변의 닻」은 포르노 불법 촬영과 불법 유포, 성추행 사건과 같은 도처의 성범죄를 가시화한다. 순서대로 보자. 어느 날 갑자기 회사 채팅방에 동영상 클립 하나가 날아든다. 그것은 46초짜리 동영상으로 나체의 여성만을 비추고 있었다. 동료들 사이에서 그 영상의 주인공이 회사 인턴이었던 희주라는 말이 돌았다. 누군가 물었다. "근데 그거 찍힌 거예요, 찍은 거예요?" 누군가 답했다. "모르지, 뭐. 희주 씨라는 게 중요하지." 그들에게 희주의 피해 여부는 중요하지 않았고, '나'에게도 그건 마찬가지였다. 그때까지만 해도 '나'는 동영상의 주인공이 희주가 맞다고 해도 자신과는 아무런 관련이 없다고 생각했지만, 자신이 투자 중인 포트폴리오 가운데 다국적 공유 플랫폼이 있다는 것과 유사한 다국적 공유 플랫폼 안에서 희주의 영상이 무한히 증식되고 있다는 사실을 깨닫게 된다. 투자에 대한 수익으로 증식하는 '영과 일'의 돈처럼 희주의 영상은 사람들을 낚아채는 46초짜리 후크였다가, 무료로 볼 수 있는 2분짜리 영상이었다가, 포인트 결제 이후엔 13분짜리로, 더 많은 돈을 지불한다면 30분까지 볼 수 있는 영상으로 점차 확장되었다. 시간이 지날수록 조회 수와 구매자 수 또한 속도를 붙여 늘어남은 물론이었다. 동영상의 증식과 비례하는 수익률의 상승에도 '나'는 "어쩐지 껄끄러운 기분"을 떨쳐 내지 못한다. 하지만 태영을 만나 투자처에 대해 묻고 얼핏 불법 동영상 이야기를 꺼냈을 때, 아는 사람이 걸렸냐는 태영의 물음에 그렇다고 대답하지 못하고 망설였던 건 왜일까. 끝내 '나'는 "희주는 내가 '아는 사람'이 맞긴 할까?" 하고 희주와의 관계 자체를 지워 버림으로써 범죄에 가담했을지도 모른다는 사실을 외면한다. "나에게는 희주가 처한 상황에 대한 정보가 전혀 없었다."라는, 그러니까 "내게는 희주를 향한 어떤 의무나 책임이 없었다."라는 말은 책임을 회피하기 위한 합리화에 지나지 않는다.

또 다른 범죄의 가능성을 시사하는 「해변의 닻」은 갓 부임한 신입 경찰 수연의 첫 임무에 대한 이야기다. 수연은 단짝 친구 해림이 겪은 성추행 사건을 계기로 경찰이 되기를 결심한 인물이다. "약자를 보호하고 억울한 이를 대변하는 경찰"이 되고 싶었다던 수연의 포부는 지방 발령과 함께 사그라지는 듯하다. 해변에 놓인 트레일러에 사는 여자를 정신병원에 보내는 것을 첫 임무로 맡은 그는 여자가 역삼동에 살았다는 말이나 아버지를 찾아야 한다는 말을 들어주며 "어쩌면 여자는 정상일 수도 있다."라고 생각하지만 선임의 만류로 여자를 병원 수송차에 그냥 태워 보내고 만다. 문제는 수연이 여자가 떠난 뒤 여자를 경찰에 신고했던 이가 "주변을 살피며 트레일러 안으로 들어가는" 모습을 목격했다는 것이다. "값나가는 가방이나 액세서리", 그리고 "저 안에 이런 거 많아." 하고 속삭였던 여자의 목소리가 오버랩되지만 수연은 다시 해변으로 돌아가지 않는다. 지금 와서 또 다른 범죄 현장일 수 있는 트레일러를 찾아가고, 신고자를 추궁하고, 여자는 미치지 않았다고 그를 데리고 온다면 "여자를 끝까지 책임져 줄 사람"이 자신이 되어야 할지도 모르기 때문이다. 아무 연고도 없는 이곳에서 하루빨리 벗어날 생각이었으므로 수연은 경찰이 되겠다던 처음의 마음과 경찰이 된 지금의 윤리 의식마저 외면한 채 돌아보지 않는다. 수연의 사그라진 결심처럼 올릴 수 없는 해변의 닻만이 선명한 소리를 낼 뿐이다.

모르는 얼굴로 노래하기

타인과 함께할 때 나는 어떤 얼굴을 하고 있을까? 그들에게 나는 어떤 사람으로 비춰질까? 내가 생각하는 나 자신과 타인의 눈에 비친 내가 일치하리라는 건 타인에 대한 이해만큼이나 불가능의 영역에 있는 것일 테다. 그러나 어떤 사람으로 보이고 싶다는 욕망은 누구에게나 있는 것이라 우리는 가끔 타인으로서의 나를 스스로 그려 보고는 한다. 그 일은 내 눈에 비치는 타인의 모습과 전혀 무관하지 않다. 미처 보지 못한 새로운 모습을 발견하거나 알고 있었지만 시간이 흘러 그것이 달리 보일 때가 있다. 「보통 맛」과 「심포니」은 그러한 일상의 순간을 섬세하게 포착한다.

그러니까 이런 식이다. 근무 태만의 불성실한 후배가 매주 상사와 함께하는 세미나에 적극적인 자세를 취한다는 것, 상사의 생일을 살뜰하게 챙기며 케이크며 선물 준비를 마다하지 않는다는 것, 상사의 해외 출장에 시키지 않은 동행을 하겠다고 나서는 것. 「보통 맛」의 고은양 이야기다. 새로운 팀장이 온 뒤의 이러한 고은양의 변화는 '나'로 하여금 "다만 어떤 것이라고 확실하게 표현할 수 없는 기분이 들면서 가슴이 묘하게 꿀렁"거리게 만드는 것이었다. 그런 기분이 들 때마다 '나'는 고은양이나 강현모 팀장 쪽으로는 고개를 돌릴 수가 없었다. 만약 고개를 돌려 그들을 본다면, 서로를 바라보는 두 사람의 눈빛이나 표정 같은 것을 보기라도 한다면 돌이킬 수 없을 것만 같은 마음 때문이었다. 이 소설의 포인트는 불륜 관계인 고은양과 강현모를 두고 화자가 관심이나 사랑 같은 연애 감정의 단어를 의도적으로 또 적극적으로 소거한다는 것에 있다. 고개를 들 수 없었던 여러 순간들을 표현하는 확실한 단어가 바로 그러한 종류였기 때문이다. 게다가 두 사람의 관계에 대한 확인은 '나'라는 팀원의 은근한 배제와도 관련되어 있다. 그것은 공적 영역에서 사적 관계를 맺은 두 사람으로 인해 "팀 전체가 해야 하는 업무"를 혼자 도맡아 하고 있다는 사실 확인과 다름 아니었기 때문이다. 강현모의 주도로 고은양과 함께 저녁 식사를 했던 어느 저녁, 그날 먹은 라멘의 맛을 두고 '나'는 이렇게 말한다. "고은양과 강현모 사이에 어중간하게 끼워진 나만큼이나 어중간한 온도의 미소 국물"은 "그냥 다들 아는 보통 맛"이었다고. 이는 두 사람 사이에서의 '나'의 위치를 빗댄 것이기도 하지만, 직장 안에서의 '나'라는 개인에 대한 자조적인 표현이기도 하다. "나는 고은양에게 어떤 사람이었을까." "나는 성공한, 원칙에 강하고 가끔은 대담하고 용기 있는 선배로 보이고 싶었"지만 "이제 나는 내가 고은양에게 보통의 선배였을 뿐이라는 걸 인정하지 않을 수 없다."

끝으로 「심포니」를 읽는다. 지금까지 최유안 소설에서의 많은 '나'와 타자를 지나왔다. 반갑게도 이 소설에서 세 명의 목소리가 함께 울리고 있으므로, 앞서 톺아보았던 길을 벗어나지 않는 좋은 맺음이 되는 작품이다.

대학 동기 세 사람 조숙영, 김영이, 경미란은 교수의 퇴임식을 계기로 5년 반 만에 재회한다. 길다면 길고 짧다면 짧은 시간이겠지만 대학 시절 함께 다녀온 배낭여행 이후로는 몇 번 본 적이 없는 데다, 그 시간 동안 세 명의 생활이 제각기 다른 방향으로 흘러가고 있으므로 더욱 오랜 시간이 지난 것처럼 느껴진다. 각자의 성격이나 여행 스타일 같은 것이 모두 달라서 여행을 할 때부터 세 사람은 여러 번 부딪히곤 했다. 그런데 그러한 일들마저도 "저마다 다른 기억"으로 남아 있는 것이었다. 어린 날의 불협화음을 저마다의 기억대로 추억하며 세 사람은 각자의 길을 간다. 돌아가는 길 김영이는 조숙영을, 조숙영은 경미란을, 경미란은 김영이를 떠올리며 모두 '내가 낫지.' 하고 말한다. 세 사람의 목소리가 처음으로 어긋나지 않는 순간이지만, 타인의 삶에 부족한 부분을 두고 한 말이라는 점에서 고운 소리는 내지 못한다. 그러나 이내 같은 시간, "경미란은 갇혀 사는 거나 다름없는 조숙영을, 조숙영은 외국에 끌려가는 거나 다름없는 김영이를, 김영이는 연고도 없는 작은 도시로 먼 길을 떠나는 경미란을 안쓰러워하고 있었다." 나와는 다른 사람이라고, 다른 삶을 살고 있다고 생각했지만, 그 다름을 나의 다름과 포개 놓을 때, 비로소 완벽한 화음이 쌓인다. 어쩌면 조금 더 친해졌을 것도 같은 기분, 언젠가 셋이 다시 만나도 좋을 것 같은 기분으로 세 사람은 다음을 기약한다. 그때엔 더 좋은 하모니이기를 바라 본다.

빛이 희미해진다. 지나온 길을 밝히는 빛이 있어 그들은 조금 괜찮아졌을까. 더 나은 미래를 긍정할 수 있는 힘을 얻었을까. 물음에 응답하듯 최유안 소설의 인물들은 "입 밖으로 꺼낸 적 없는 복잡한 마음들을 안으로 삼키며 자신이 가야 하는 길을 향해" 걸어간다. 또 다시 어디선가 빛이 들어온다. 최유안의 첫 소설집 『보통 맛』이 비추는 마지막 인물은 다름 아닌 우리다. 최유안의 소설은 앞서 걸어간 이들에게 던졌던 물음을 돌려주며 우리의 실패를 돌아볼 차례라고 말한다. 앞으로 가기 위해선 뒤를 돌아보는 일이 반드시 필요하다는 듯, 되짚는 시간 동안 두려움이 어둠처럼 밀려와도 꺼지지 않는 빛이 되겠다는 듯. 조금의 용기가 생긴다. 이제 나의 작은 실패를 꺼내어 본다.

추천의 글

우리가 최유안을 주목해야 할 이유는 '그냥 다들 아는 보통 맛'이 아닌 특별한 맛의 소설을 쓸 수 있는 작가이기 때문이다. 눈여겨보지 못했던 이야기를 기어이 찾아내 정갈한 언어로 건네는 작가의 솜씨가 만만치 않다. '다만 어떤 것이라고 확실하게 표현할 수 없는' 인간관계와 사회생활, 삶의 이면에 대해서 섬세하게 다루는 시선이 예사롭지 않다. 인물들의 마음 깊숙한 곳으로 찾아들어 가 끝끝내 그 마음의 정체를 끄집어내는 집요함과 우리가 서로에게 속고 서로를 속이던 세계의 민낯을 과감하게 묘사하는 대범함도 눈여겨봐야 할 지점이다. 그러므로 여덟 편의 소설은 분명 최유안만이 쓸 수 있는 소설들이었다. 새로운 맛을 찾는 독자들이 최유안의 이름을 기억해야 할 분명한 이유가 될 것이다.

— 김이설(소설가)

추천의 글

“가슴이 텅 비어 없어져 버린 것 같아.” 여러 개의 자아상을 곡예하듯 굴리며 있는 곳에 적응하려 노력하는 최유안의 여자들은 원하는 것을 숨기고 아닌 척하는 데 익숙하다. 되고 싶은 사람과 되어 있는 사람 사이의 간극은 일할 때, 인간관계를 맺을 때, 가족을 떠올릴 때, 하다못해 혼자 있을 때에도 분열을 일으킨다. 가슴이 텅 비어 없어져도 사람은 없어질 수 없는 삶의 나날을 버틴다. 버틸 뿐인데도 죄를 짓고 있다. 시민일 때도, 직원일 때도, 가족일 때도 여성으로 살기란 분열적이고, 사랑도 평화도 너무 멀다. 이토록 스산한 공감이라니.

— 이다혜(《씨네21》 기자 · 작가)

보통 맛

1판 1쇄 펴냄 2021년 5월 7일
1판 3쇄 펴냄 2022년 3월 2일

지은이 최유안
발행인 박근섭, 박상준
펴낸곳 (주)민음사

출판등록 1966. 5. 19. (제16-490호)
서울특별시 강남구 도산대로1길 62(신사동) 강남출판문화센터 5층
대표전화 02-515-2000 팩시밀리 02-515-2007
www.minumsa.com

ISBN 978-89-374-4443-2 03810

* 이 책은 2020년 대산문화재단 대산창작기금을 받아 출판되었습니다.